전지적 독자 시점

전지적 독자 시점
Omniscient Reader's Viewpoint

싱숑 장편소설

PART 2

02

비채

일러두기

- 이 책은 e-book 《전지적 독자 시점》을 바탕으로 편집 및 제작되었습니다.
- 인명 등 고유명사는 국립국어원 외래어 표기법을 따르되, 입말로 굳은 단어 등은
  예외로 하였습니다.

차례

Episode

42

아스모데우스

Omniscient Reader's Viewpoint

1

덜덜덜 굴러가는 침대차. 아일렌을 비롯한 공민회 공민들이 분주하게 움직이며 나를 어딘가로 실어 날랐다. 잘게 쪼갠 설화 파편이 링거를 통해 끊임없이 흘러 들어왔다. 나는 몸속을 흐르는 설화를 느끼며 차분하게 상황을 정리해보기로 했다.

[현재 당신은 '길로바트 공단'의 계승권을 가지고 있습니다.]

내가 어떻게 혁명가가 되고, 마침내는 길로바트 공단의 계승권을 얻게 되었는가?
답은 간단했다.

「'김독자'가 '길로바트 공단'의 독재자를 죽였다.」

얼핏 순환논증처럼 보이지만, 실은 아니었다. 왜냐하면 길로바트 공작을 죽인 '김독자'는 이 몸이 아니니까.

즉 누가 나를 사칭하여 그곳에서 명성을 쌓고, 독재자까지 죽여버린 것이다.

[〈스타 스트림〉이 시나리오 오류를 수정하고 있습니다.]
[당신과 관련된 새로운 설화가 예정되어 있습니다.]

대체 어떤 정신 나간 놈이 그런 짓을 할 수 있을까.

당연한 얘기지만 그런 정신 나간 놈이 세상에 둘이나 있을 리 없다.

「김독자는 생각했다. 유중혁은 지금 '길로바트 공단'에 있다.」

처음에는 순수하게 고마움에 들떴다.

야, 우리 중혁이가 드디어 사람 됐구나!

이 자식이 나를 구하러 그 공단에 쳐들어갔구나!

진짜 별생각도 없이 한동안 감격에 젖어 있었다.

그런데 생각해보면 그럴 턱이 없었다.

유중혁이 나를 구해주겠다고 길로바트 공단에 쳐들어갔다?

애초에 유중혁이 내 위기를 안다는 것 자체가 이상한 노릇이었다. 성좌도 아니고 채널 접속도 못 하는 놈이 어떻게 내 위기를 알았단 말인가? 그러니 나를 구하러 왔다기보다는 그 반대일 가능성이 컸다.

놈은 내가 자기를 사칭한다는 걸 눈치채고 나를 족치러 마계에 온 것이다.

그러던 와중에 뭔가 일이 꼬여 길로바트 공단에 잘못 들렀고, 거기서 불필요한 시비를 겪어 공단 전체를 엎어버린 것일 터다. 덤으로 치졸한 복수를 하겠답시고 내 이름을 사칭했을 테고.

대체 얼마나 어마어마한 분노를 느껴야 그딴 짓을 할 수 있는지 짐작도 가지 않는다.

"치료 중이니까 몸 떨지 마요."

내 설화를 손보던 아일렌이 인상을 쓴 채 안경을 밀어 올렸다. 나는 머쓱하게 대답했다.

"미안, 나쁜 생각을 좀 했더니. 상태는 좀 어때?"

"본인 몸 상태인데 남 말 하듯 묻지 마시고."

아일렌은 한숨을 푹푹 쉬면서도 그렇게 나쁜 표정은 아니었다.

"기적이라고밖엔 볼 수 없네요. 조금씩 회복세에 접어들고 있어요. 설화 손상이 너무 커서 함부로 움직이는 건 곤란하지만…… 그래도 한동안 정양하면 괜찮을 것 같아요."

다시 메인 시나리오에 진입했기 때문인지 호흡의 감각부터 달랐다. 추방자가 되었다가 시나리오로 되돌아온 느낌이 어떤 건지, 겪어보지 못한 사람은 모른다.

「김독자는 생각했다. 이것이 '이야기'구나.」

포근하고 거대한 세상이 나를 감싸 안고 있는 느낌. 우습게도, 이제야 내가 제대로 살아가고 있다는 느낌이 들 정도였다. 이런 '감각'은 대체 어느 누가 설계했는지 생각하는 것만으로도 두려울 지경이다.

"큿……."

"함부로 움직이지 말라니까!"

아일렌의 뾰족한 목소리와 함께 격통이 찾아왔다.

[현재 당신의 설화 구성이 불완전합니다.]

화신체가 회복세에 접어들었다 해도 여전히 내 상처는 심각했다.

하긴 세이스비츠 공작을 처치하면서 그런 일을 당했는데 살아 있는 것 자체가 기적이었다. 내가 생각해도 무모한 전투였으니까.

나답지 않게 왜 그렇게까지 행동했는지 잘 모르겠다.

[몇몇 성좌가 당신에 관한 이야기를 수소문하고 있습니다.]

게다가 무려 설화병기를 소환했으니 앞으로의 일도 대단히 복잡해지게 됐다. 나는 미뤄두고 있던 메시지 로그를 열어보았다.

[채널 내의 대다수 성좌가 당신의 활약에 크게 감탄했습니다!]
[3,000코인을 후원받았습니다.]
[성좌, '긴고아의 죄수'가 당신의 자신감에 고개를 끄덕입니다.]
[4,000코인을 후원받았습니다.]

오랜만에 후원금이라니. 감개가 무량하구만.

[20번째 메인 시나리오가 종료됐습니다.]
[메인 시나리오 #20 – '마계 혁명'을 클리어했습니다.]
[과도한 메인 시나리오 스킵으로 인해 보상의 수령이 지연되고 있습니다.]
[메인 시나리오 클리어로 인한 설화 수령을 대기 중입니다.]

약간의 문제는 있지만 시나리오 메시지도 제대로 들어왔고.

[일부 성좌가 당신의 정체를 궁금해합니다!]

[몇몇 성좌가 당신을 자신의 성운에 초대하고자 합니다!]
[누군가가 당신의 설화병기에 눈독을 들입니다!]

익숙한 헛소리들도 시작됐다.
왜 저렇게 날뛰는지는 알 만했다.

「설화병기 플루토.」

거신병은 거대 설화 중 하나인 '기간토마키아'가 발동했을 때만 볼 수 있는 희귀한 병기니까. 소환자 탑승 없이도 전설급 설화의 총체인 공장을 장난감처럼 짓밟을 수 있는 병기.
그런 병기를 성좌들이 탐내지 않을 턱이 없었다.
그나저나 아직 '그분'은 오지 않으신 모양인데…….

[성좌, '부유한 밤의 아버지'가 당신을 바라보고 있습니다.]

……오셨네, 제기랄.

[성좌, '부유한 밤의 아버지'가 당신을 바라보고 있습니다.]

다행스럽게 '부유한 밤의 아버지'는 바라보는 것 이외에는 딱히 어떤 행동도 취하지 않았다. 자기 설화병기를 멋대로 사용했으니 화를 낼 법한데…… 아니, 애초에 하데스가 바라보는 것 자체가 무서운 일인지도 모른다. 무려 저승의 왕인데.

[전용 스킬, '제4의 벽'이 강하게 발동합니다!]
['제4의 벽'이 키득키득 웃습니다.]

빌어먹게도, 저 얄미운 녀석이 이렇게 든든할 수가 없다.

나도 이제 나름 '설화급 성좌'이니 격으로 따지면 하데스 발가락에라도 비벼볼 만할 텐데, 문제는 지금 내 상태였다.

화신체는 격의 表現型표현형. 표현형이 망가져 있으니 자연히 성좌의 격도 위축될 수밖에 없다. 붕대로 전신을 칭칭 감은 이 꼴로는 하데스는커녕 새끼 뱀도 상대할 수 없을 것이다.

팔 하나 까딱하기 힘든 상태였지만, 그나마 위안이 되는 것이 있다면 손안의 스마트폰이었다.

내가 히죽거리자 붕대를 감던 아일렌이 또다시 인상을 찌푸렸다.

"그거 너무 오래 들여다보고 있지 말라고 했죠."

"우리 엄마도 항상 그렇게 말했지."

"무조건 절대 안정을 취해야 한다고요."

"나한텐 이거 보는 게 절대 안정이야."

일부러 자세한 내용은 설명하지 않았다. 어차피 설명해도 못 알아듣거나 죄다 필터링될 게 뻔하고.

"세이스비츠 공단은 어때? 아니지, 이젠 '유중혁 공단'이라 불러야 하나."

"괜찮아요."

공작이 죽은 후 공단은 다시 안정세를 찾아가고 있었다.

수거 노예나 포로로 잡힌 귀족 잔당들 처우에 관해서는 말이 많지만, 아일렌은 나름 잘 해내고 있었다.

잠시 나를 바라보던 아일렌이 물었다.

"당신, 사실은 유중혁이 아니죠?"

예상한 질문이기에 나는 고개를 끄덕였다.

"맞아, 난 유중혁이 아니야."

"하지만 이 공단의 주인은 이제 유중혁이에요."

확실히 그 말이 맞았다.

실제로 내 메시지에도 그런 언급이 있었으니까.

[현재 공단의 주인은 '공작 유중혁'입니다.]

'공작 유중혁'이라······.

하여간 이 자식은 정말 나한테 고마워해야 한다.

나는 아일렌을 보며 말했다.

"곧 잘나신 공작님께서 직접 찾아올 거야."

"······유중혁은 어떤 악마인가요?"

나는 피식 웃었다.

"악마는 아냐. 가끔 악마 같을 때도 있지만."

뭐라고 설명해야 할까 고민하다가 이렇게 말해주기로 했다.

"이 세계의 유중혁은 좋은 놈이야."

아일렌은 그게 무슨 뜻인지 이해하지 못하는 눈치였다.

나는 고개를 절레절레 흔들며 말했다.

"그보다 부탁이 있는데, 장하영이랑 한명오 좀 불러줄 수 있어? 얘기할 게 좀 있어서."

"알았어요."

일단 고비 하나는 넘겼다.

하지만 말 그대로 그저 '고비 하나'일 뿐이었다.

혁명가 시나리오는 끝났지만 이어질 시나리오는 그것과 비교할 수 없을 만큼 스케일이 컸다.

[몇몇 마왕이 당신의 행적에 관심을 가집니다.]

조금이라도 방심하면 먹히는 쪽이 될 것이다.

그러니 지금부터 차근차근 준비해야 한다. 아일렌의 기척이 완전히 사라졌기에 나는 망설임 없이 파일을 열었다.

―멸망한 세계에서 살아남는 세 가지 방법(1차 수정본).txt

모처럼 보는 멸살법이라 그럴까.

희미하게 심장이 뛰었다.

'1차 수정본'은 무슨 의미일까.

그리고 작가는 대체 이걸 왜 나한테 줬을까.

화면이 곧바로 떠오르지는 않았다. 아일렌이 만든 스마트폰은 유사품이라 그런지도 모른다. 그야말로 내 구형 전화기가 그리워질 정도의 성능이다.

파일은 상당한 시간이 지난 후에야 간신히 열렸다.

"……폰이 느린 게 아니라 파일이 너무 큰가."

하긴 이 정도 크기면 웬만한 저사양 PC에서 로드해도 딜레이가 걸릴지 모른다. 오랜만에 어마어마한 양의 텍스트를 접하니 조금 기가 질렸다.

젠장, 내가 이걸 어떻게 다 읽었지?

이야기가 어디서부터 어떻게 수정됐는지 알기 위해서는, 처음부터 하나하나 다시 읽으며 기억과 대조하는 수뿐이었다.

그렇게 처음 열 페이지 정도를 읽었을까.

……바뀐 게 별로 없는 것 같은데?

지하철에서 시작하는 것도 그렇고, 유중혁이 하는 짓도 그렇고…….

게다가 이 자식은 수정본인데도 대사가 왜 이 모양인지.

진짜 수정본이 맞긴 한가?

「유중혁은 생각했다. '그놈이라면, 이런 생각은 하지 않았겠지.'」

나는 어떤 서늘한 느낌에 스크롤을 멈췄다.

잠깐만. 원래 이런 문장이 있었나?

「'그 녀석이 있었다면, 조금 다르게 판단했겠지만…'」

나도 모르게 스크롤을 올려 다시 앞 페이지로 이동했다. 스마트폰 성능 때문에 텍스트가 버벅거렸지만, 그런 걸 신경 쓸 여유 따위는 없었다.

섬뜩한 예감이 머릿속을 스쳤다.

뭔가 놓치고 있었다.

……첫 장면이 같다고?

아니다. 이것은 완전히 다른 시작이었다.

나는 멸살법 1화 첫 페이지에 스크롤을 놓은 채 한참이나 망연한 얼굴로 들여다보았다.

"……3회차가 아니었어."

《멸망한 세계에서 살아남는 세 가지 방법》1차 수정본.

나는 그 소설의 첫 문장을 다시 읽었다.

「그렇게, 유중혁의 네 번째 생이 시작되었다.」

1차 수정본은 유중혁의 4회차부터 시작하고 있었다.

「유중혁은 생각했다.」

「'이번 회차에 녀석은 존재하지 않는다.'」

2

이번 회차에 녀석은 존재하지 않는다…….

그 문장을 읽는 순간 머리부터 발끝까지 전류가 흘렀다.

설마. 아니겠지. 당연히 아닐 것이다.

유중혁이 '녀석'이라고 칭할 만한 녀석은 많다. 이전 회차에서 유중혁이 만난 '녀석'만 몇 명인데 그게 나일 리가…… 그러나 종종 등장하는 유중혁의 사유들을 읽으며, 머릿속이 복잡해졌다.

「유중혁은 생각했다.」

「회차를 반복한다고 나아진다 생각하지 말라 했지.'」

「'이번 생은 이번 생일 뿐이라고.'」

「'할 수 있을지 모른다. 그래도, 포기하진 않겠다.'」

제기랄. 이건 아무리 봐도 내가 한 말 같은데.

스크롤을 빠르게 내리며 다른 장면도 훑었다.

'그 녀석'이 남겼다는 말은 간헐적으로 등장했다. 한 번도 '김독자'라는 이름이 표기된 적은 없지만 분명 언젠가 내가 녀석에게 건넨 듯한 말들이었다.

물론 내가 한 말을 다 기억하지는 않기 때문에 100퍼센트 확신할 수는 없었다. 게다가 나 역시 멸살법에서 영향을 받았고, 그러니 내가 잘 기억하지 못하는 멸살법의 인물이 유중혁에게 비슷한 말을 했을 가능성도 있었다. 하지만 달리 생각해 봐도 좀처럼 떠오르는 인물이 없었다.

나 말고 누가 이런 대사를 지껄였다면 진즉에 유중혁에게 목이 달아났을 테니까.

"⋯⋯돌겠네, 진짜."

[성좌, '긴고아의 죄수'가 당신의 혼잣말을 궁금해합니다.]

아무래도 생각을 정리할 필요가 있었다. 아직 시간은 있으니까.

뜻밖에도 [제4의 벽]이 나를 도와주었다.

「김독자는 생각했다. 요컨대 현재 상태란 이런 것이었다.」

그래, 말해봐.

「하나, 멸살법의 1차 수정본이 도착했고.」
「둘, 수정본은 유중혁의 4회차부터 시작하며.」
「셋, 4회차 유중혁의 회상에 '김독자'로 추정되는 인물이 등장한다.」

일목요연한 정리였다.
그리고 그 세 가지가 방증하는 사실은 단 하나뿐이었다.

「유중혁의 3회차는 실패했다.」

아무리 고민해도 그렇게밖에 생각되지 않았다.
만약 나와 유중혁이 이 세계의 결말에 도달했다면, 지금의 유중혁이 4회차로 넘어갈 리는 없을 테니까.
즉 가장 합당한 추리는 이것이었다.
내가 개입한 3회차는 실패했고, 그 실패 이후의 회차가 멸살법 수정본에 새롭게 기록되었다는 것.
어떻게 그런 일이 있을 수 있을까 싶지만 이미 불가능한 일이 너무 많이 일어난 세상이었다.
나는 짧게 한숨을 내쉰 후 멸살법 파일을 다시금 살폈다.
의문 하나는 해결되었지만, 또 다른 의문이 잔뜩 산적해 있었다. 나는 [제4의 벽]을 통해 일단 떠오르는 의문을 하나하나 정리해보았다.

「왜 유중혁의 4회차에 '나'는 존재하지 않을까?」

이건 아무리 생각해도 답을 얻을 수 없었다.

내가 등장인물이 아니어서 그럴 수도 있고, 다른 문제 때문일 수도 있다. 어쨌거나 이 수정본을 믿는다면, 4회차부터 '나'는 존재하지 않는다. 왜? 이유는 모른다. 모르는 것은 그뿐만이 아니었다.

「만약 '1차 수정본'이 미래의 일을 서술한 거라면, 내가 앞으로 하는 행동에 따라 '2차 수정본'이 나올 수도 있을까?」

어쩌면 1차 수정본이 '확정 미래'일 가능성도 있지만, 높은 확률로 그럴 리는 없을 거라 생각했다. 만약 '확정된 미래'라면 작가가 굳이 이걸 나한테 보냈을 리 없으니까. 이유는 잘 모르겠지만, 작가는 수정본을 통해 나에게 기회를 준 것이다.

이대로 가면 3회차는 실패로 돌아가고, 4회차의 유중혁은 홀로 또다시 회귀를 반복하게 된다고. 그렇게 경고를 보낸 셈이다.

물론 작가의 지독한 악취미일 수도 있지만⋯⋯ 그런 경우는 어차피 생각해봐야 답도 없으니 고려하지 않기로 했다.

"일단은 이걸 다 읽어야 한다는 건데⋯⋯."

나는 지끈거리는 관자놀이를 누르며 멸살법을 계속해서 읽어갔다.

바뀐 부분도 있고 그대로인 부분도 있었다. 하여간 이야기를 다시 읽는 동안 수많은 감회가 교차했다.

'유중혁 이 자식, 내가 그 지랄을 했는데 또 이 모양이구나.'

하는 생각과.

'어? 이것 봐라. 그래도 좀 달라졌네?'

하는 생각들. 또는……

'그랬지, 여기 참 재밌었지. 이 부분 좋았는데.'

'아우 씨, 설명 많네 진짜……'

'……아니, 그래도 문장이 좀 단정해진 것 같은데? 작가가 성장했나?'

그런 상념들 속에 잠겨 스크롤을 내리다 보니 어느새 독자 본연의 모습으로 돌아가 멸살법에 빠져들었다. 여전히 개복치 짓거리를 반복하는 건 비슷하지만 흥미롭게도 유중혁의 자잘한 실수가 좀 줄어 있었다.

특히 괄목할 만한 부분은 옥수역에서 나처럼 어룡을 잡고 시작했다는 것.

「유중혁은 생각했다. '그 녀석도 여기서 히든 시나리오를 얻었겠지.'」

그리고 8회차와 11회차의 '극장 던전'에서 죽지 않았다는 것이었다.

「'······여기선 그 녀석 도움을 받았지. 뭐, 나 혼자서도 어떻게든 살아났겠지만.'」

　그 부분을 읽을 때는 거의 감동해서 눈물이 날 뻔했다. 자랑할 곳이 있다면 자랑이라도 하고 싶었다.

　'여러분, 보세요. 빌어먹을 개복치 자식이 이만큼이나 성장했다고요!'

　물론 멸살법의 독자는 나뿐이므로 자랑할 곳 따위 있을 턱이 없었다. 그렇게 한참이나 빠르게 내리던 스크롤을 멈춘 것은 불현듯 떠오른 의문 때문이었다.

　······이 녀석 생각보다 잘하고 있는 거 같은데?

　그럼 다음 내용은 어떻게 되는 거지? 다음 회차의 유중혁은······ 이 세계의 제대로 된 '결말'에 도달한 건가?

　"뭐야, 멀쩡하네? 아일렌이 다 죽어간다고 그랬는데."

　"김······ 중혁 씨. 몸은 좀 괜찮은가?"

　끼익, 하며 문이 열리고 장하영과 한명오가 들어왔다. 아일렌한테 두 사람을 불러달라고 말한 걸 까맣게 잊고 있었다.

　"엇, 그거 스마트폰 아냐?"

　장하영은 내가 들고 있는 기기를 보더니 반색하며 달려들었다. 나는 가볍게 스마트폰 쥔 손을 바꾸며 대답했다.

"아냐, 저리 가."

"혹시 문자도 돼? 전화는? 인터넷은?"

"될 턱이 있냐."

냉담한 대답에 장하영이 시무룩해진 눈치로 말했다.

"······그럼 왜 부른 건데?"

"내가 말해준 성좌들한테 계속 연락해보고 있어?"

"아아, 걔들?"

장하영이 어깨를 으쓱하며 말했다.

"별로 관심 없던데."

"그래?"

앞으로 닥쳐올 시나리오는 나 혼자만의 힘으로 이겨내기 어려웠다.

지금까지는 시나리오를 통해 강림한 재앙이나 개별적인 성좌를 적으로 상대했지만, 앞으로는 그보다 더 덩치 있는 녀석들이 나를 방해할 것이다.

가령 빌어먹을 '운명'으로 나를 엿 먹인 〈베다〉 같은 놈들.

그러니 녀석들에게 대항하려면, 나와 생각이 비슷한 성좌나 초월좌의 동향을 살필 필요가 있었다.

"다들 자기 할 일로 바빠 보이더라. 대부분 답장도 잘 안 해."

역시 아직 너무 일렀나 보다.

본래 장하영이 '초월좌들의 왕'이 되는 것은 훨씬 나중의 이야기였다. 그러니 원작에서 장하영 편이 된 성좌라도, 지금 시점에서는 생각이 다를 수 있다.

게다가 이미 '원작'도 바뀌어버린 참이고.

나는 한숨을 쉬며 말했다.

"됐어. 넌 나가봐."

"……뭐야? 자기가 불러놓고."

장하영이 투덜대며 자리를 비우자 치료실에는 나와 한명오만 남았다. 우물쭈물 눈치를 보던 한명오가 먼저 입을 열었다.

"자네, 이상한 데가 있구만. 회사 다니던 시절부터 알고는 있었네만……."

"됐고요. 왜 부른지는 아시죠?"

"으흠."

눈치 빠른 한명오는 역시 호출한 이유를 아는 것 같았다.

"사실 아직 연락이 안 되고 있네."

"권속 연결은 회복됐을 텐데요?"

"회복됐네. 그런데 마왕 쪽에서 응답이 없어."

얼마 전 '사인참사검'의 힘으로 한명오와 마왕 아스모데우스의 연결을 끊었다. 하지만 그것은 일시적인 것. 슬슬 아스모데우스가 다시 접촉해올 시기가 되었다고 생각했다. 그런데 아직까지도 연락이 없다?

"짐작 가는 건 없으십니까?"

"이제 나를 믿지 않는 것일 수도 있고. 아니면……."

그 순간, 츠츠츠츳 하는 소리와 함께 한명오의 표정이 바뀌었다.

"궈, 권속 연결이 됐네!"

나는 침을 삼키며 검 손잡이를 더듬었다.

마왕 아스모데우스.

72마왕 중에서도 손에 꼽히는 힘을 가진 마왕. 녀석이 이제 한명오의 눈과 입으로 내게 말을 걸 것이다.

그런데 한명오 표정이 좀 이상했다.

"응?"

"뭡니까?"

"뭔가 잘못된 것 같네."

"무슨 일입니까?"

"지, 직접 왔네!"

"예?"

"마왕이 직접 왔다고!"

마왕이 직접 왔다. 그 말의 의미는 간단했다.

마왕 아스모데우스가 화신체를 직접 끌고 이 시나리오 지역을 방문했다는 것.

나는 비유를 통해 채널 메시지를 탐색하며 물었다.

"이 근처에 왔답니까?"

"이, 이미 그가 자네를 찾아낸 것 같네……."

이미 나를 찾았다고?

하지만 아무리 감각을 키워보아도 마왕의 느낌은 없었다.

정말로 근처에 마왕이 왔다면 채널 내 성좌들이 모조리 뒤집히는 것은 물론이거니와, 마왕의 화신체가 방출하는 엄청난 아우라로 인해 일대 화신들이 칠공에서 피를 쏟으며 죽었어야 한다. 그런데…….

"잠깐, 설마……?"

생각해보면, 나는 이곳에서 '유중혁'이라는 이름으로 활동하고 있었다.

그러니 채널에 들어오지 않아 주변 상황을 정확히 모르는 다른 마왕들은, 스타 스트림의 유명세를 통해 내 위치를 어림할 가능성이 높았다.

그리고 스타 스트림에 따르면, 지금 내 위치는…….

"이런 제기랄."

"가, 갑자기 왜 그러나?"

"부장님, 여기서 '길로바트 공단'이 어느 쪽입니까?"

유중혁이 위험하다.

☒ ☒ ☒

"김독자 님!"

"김독자 님 만세!"

"공단의 독립이다!"

길로바트 공단 곳곳에서 터져나오는 함성을 들으며, 유중혁은 복잡한 표정으로 서 있었다.

'이렇게까지 할 생각은 아니었는데.'

유중혁은 자신의 손에 죽어버린 길로바트 공작을 바라보며 인상을 찌푸렸다.

츠츳, 츠츠츳.

초월좌로서 쌓아온 힘을 과도하게 개방한 탓에 유중혁의 신체 곳곳은 스파크로 새카맣게 변색되어 있었다. 지금 시점에서 개방할 만한 힘이 아니었기 때문이다.

'초월형 1단계를 개방하기엔 너무 일렀다.'

하지만 힘을 개방하지 않고서 마계의 공작을 처리하기는 힘들었다. 성좌들에게도 일부러 숨겨온 힘인데 하필 한 녀석에게는 들켜버린 셈이 됐다. 유중혁은 어깨에 앉은 우리엘 인형을 보며 생각했다.

'……정작 본 녀석은 아무 생각도 없는 것 같군.'

[성좌, '악마 같은 불의 심판자'가 당신의 업적에 흐뭇해합니다.]
[성좌, '악마 같은 불의 심판자'가 당신의 전우애에 감동합니다.]

"공작은 코인을 많이 준다. 그래서 죽였을 뿐이다."

[성좌, '악마 같은 불의 심판자'가 히죽히죽 웃습니다.]

유중혁은 그 메시지에 따로 대답하지 않고, 공작 집무실의 패널 화면을 돌아보았다. 혹부리들이 녹화한 듯한 저화질 시나리오 영상이 흘러나오고 있었다.

—유중혁이다!

—내가 바로 유중혁이다!

어이가 없는 장면이었다. 수백의 군중이 너도나도 자기가 유중혁이라고 외쳐대는 꼴이라니. 제일 꼴같잖은 것은 그 중심에서 제일 크게 소리를 질러대는 허여멀건 녀석이었다.

―유중혁이다! 유중혁이다! 와아!

유중혁은 미간을 찌푸린 채 그 광경을 보고 있다가 고개를 돌렸다.

[성좌, '악마 같은 불의 심판자'의 뺨에 은은한 홍조가 어립니다.]

[성좌, '악마 같은 불의 심판자'가 어서 김독자를 만나러 떠나자고 재촉합니다.]

그러나 유중혁은 고개를 저었다.

"……살아 있는 걸 확인했으니 됐다. 개인 시나리오는 그만 취소하고, 나를 원래 세계로 돌려보내라."

[성좌, '악마 같은 불의 심판자'가 깜짝 놀랍니다!]

[성좌, '악마 같은 불의 심판자'가 아직 개인 시나리오는 끝나지 않았다고 말합니다.]

[성좌, '악마 같은 불의 심판자'가 개인 시나리오 내용은 김독자를 만나서 진정한 전우의 회포를 다지며……]

"그딴 개인 시나리오를 진짜로 받아들일 거라고 생각하는 거냐?"

[성좌, '악마 같은 불의 심판자'가 큰 충격을 받습니다.]

어깨를 덜덜덜 떠는 우리엘 인형은 〈에덴〉이 멸망했다고
해도 짓지 않을 듯한 표정을 짓고 있었다. 잠시 그 꼴을 보고
있던 유중혁이 가볍게 숨을 내쉬며 물었다.

"그보다 네놈은 괜찮은 거냐?"

[성좌, '악마 같은 불의 심판자'가 시무룩한 얼굴로 고개를 듭니다.]

"나는 이제 마계의 공작이 됐다. 그런데 넌 대천사고. 같이
다니는 데 아무 문제가 없는지 묻는 것이다."

[성좌, '악마 같은 불의 심판자'가 크게 당황합니다.]
[성좌, '악마 같은 불의 심판자'가 거기까지는 생각해보지 않았다고
말합니다.]

"……."

속으로 온갖 욕설을 내뱉은 유중혁이 앞으로 이 대책 없는
대천사를 어떻게 해야 할까 고민하는 찰나.

[성좌, '악마 같은 불의 심판자'가 경고합니다!]

스파크 소리와 함께 주변으로 어둠이 몰려오기 시작했다. 새파란 어둠 사이로 느껴지는 가공할 기운에, 유중혁은 본능적으로 '진천패도'를 뽑았다. 하지만 적은 칼 한 자루를 들었다고 이길 수 있는 상대가 아니었다.

하나의 정수精髓처럼 모여드는 새카만 심연.

마계의 가장 깊은 어둠이 눈앞에 현현하고 있었다.

유중혁은 이 어둠을 잘 알았다.

"도망쳐라. 네 상징체를 지켜줄 수 없다."

[성좌, '악마 같은 불의 심판자'가 그럴 수는 없다고 말합니다.]

[성좌, '악마 같은 불의 심판자'가······.]

유중혁의 어깨가 가늘게 떨리고 있었다.

한 번도 그런 광경을 본 적이 없어 우리엘 인형이 당황한 기색으로 유중혁의 어깨를 붙잡았다. 하지만 떨림은 좀처럼 진정되지 않았다. 두려움을 인정하기 싫다는 듯, 유중혁이 짓씹듯 입을 열었다.

"······나는 저 녀석에게 한 번 죽은 적이 있다."

다음 순간, 주변 생명체를 모조리 터트려버릴 중압감과 함께 어둠의 본신이 드러났다.

[이런 곳에 있었군요, 구원의 마왕.]

✡ ✡ ✡

당장 길로바트 공단으로 데려다달라는 내 요청에 아일렌은
이렇게 대답했다.

"여기서 길로바트 공단까지는 아무리 빨리 가도 이틀 넘게
걸려요. 초월적 존재의 도움이 있다면 또 모르겠지만……."

"사절단이 타고 온 운송기관 있을 거 아냐. 그걸로도 무리
야?"

"그걸 썼다고 가정했을 때 이틀이에요."

이틀이라니…… 지금은 두 시간도 너무 길다.

아무리 길게 잡아도 한 시간 안에는 도착해야 유중혁의 시
체 쪼가리라도 건질 수 있을 텐데. 나는 머릿속으로 열심히 방
법을 떠올렸다.

"'초월적 존재'의 도움……."

제일 먼저 떠오르는 것은 '헤르메스'였다.

그 성좌의 가호가 있다면 이틀 거리쯤 몇 분 만에 주파할
수 있겠지. 문제는 녀석이 〈올림포스〉 소속이라는 점이었다.

"……뒈지면 뒈졌지, 그놈들 손을 빌릴 수는 없고."

"네?"

놀란 아일렌에게 내가 손사래를 쳤다.

"그냥 혼잣말이야."

물론 일부러 내뱉은 혼잣말이었다. 왜냐하면.

[성좌, '긴고아의 죄수'가 대체 무슨 일인지 궁금해합니다.]

[성별 바꾸기를 좋아하는 한 성좌가 무슨 일이 일어난 것인지 궁금해합니다.]

[극소수의 성좌가 당신이 감춘 정보를 궁금해합니다.]

바로 이 반응을 유도하기 위해서지. 나는 일부러 성좌들 메시지를 무시한 채 아일렌에게 운을 띄웠다.

"다른 방법은 없어? 워프 포털이라든가……."

"여긴 73번째 마계에요. 대마계의 변방 중에서도 변방이라고요. 그런 고급 운송기관이 있을 리 없잖아요."

"역시 그런가."

"대체 무슨 일인데 그래요?"

"누가 죽게 생겼어."

"누가요?"

"이 공단의 주인이 될 사람."

그러자 예상대로 내 메시지 로그는 폭발했다.

[성좌, '긴고아의 죄수'가 그게 대체 무슨 소리냐고 묻습니다.]

[성별 바꾸기를 좋아하는 한 성좌가 당신 이야기에 귀를 기울입니다.]

……폭발이라기에는 아직 소소한 수준이긴 하지만, 채널에 성좌가 많지 않으니 어쩔 수 없는 노릇이다. 그나저나 저 성별 바꾸기 뭐시기는 또 어떻게 알고 찾아왔는지 모르겠다.

"긴고아의 죄수. 혹시 도와주실 수 있습니까?"

내가 성좌에게 직접 말을 걸자 치료실의 일행들은 깜짝 놀란 표정이었다. 나는 더 뻔뻔하게 나가기로 했다.

"괜찮다면 근두운을 좀 빌리고 싶습니다."

제천대성의 성유물 중 하나인 근두운.

근두운이라면 여기서 길로바트 공단까지 단시간에 직행할 수 있다. 다만 저 까다로운 제천대성이 개연성을 무릅쓰고 성유물을 빌려줄지가 문제였다. 이미 나 때문에 한차례 개연성을 낭비한 상황에…….

[성좌, '긴고아의 죄수'가 왜 '근두운'이 필요한지 묻습니다.]

나는 조금 고민하다가 입을 열었다. 여기서는 말을 잘해야 했다.

"제가 유중혁을 좀 사칭했거든요. 그리고 유중혁은 저를 사칭했고…… 아무튼 그것 때문에 시나리오 오류가 발생했는데, 문제가 좀 생겨서……."

[성좌, '긴고아의 죄수'가 짜증을 냅니다.]
[성좌, '긴고아의 죄수'가 복잡한 것을 싫어합니다.]

나는 제천대성의 인내심에 맞게 상황을 요약하기로 했다.

"저 때문에 유중혁이 죽게 생겼습니다."

이렇게 말하면 알아듣고 도와주겠지 싶었는데 반응이 예상 밖이었다.

[성좌, '긴고아의 죄수'가 스트레스로 머리를 한 움큼 뽑습니다.]

"잠깐만요."

[성좌, '긴고아의 죄수'가 머리빗을 찾으러 떠납니다.]

"저기요?"
사라진 제천대성에게서는 응답이 없었다.

[성별 바꾸기를 좋아하는 한 성좌가 이 상황을 즐거워합니다.]
[100코인을 후원받았습니다.]

망연히 허공을 올려다보는 내게 아일렌이 물었다.
"잘은 모르겠지만, 지금 이 공단의 새 주인이 될 사람이 위기에 빠졌다 이거죠?"
"……맞아."
"왜요?"
"마왕이랑 만나게 생겼거든."
"마왕이라고 꼭 포악한 자만 있는 건 아닐 텐데요. 운이 좋다면 살아남을 수도 있어요."

"그렇기는 한데……."

문제는 그 마왕이 하필 아스모데우스라는 것이다.

원작에서 아스모데우스는 유중혁이 회차를 건널 때마다 큰 고비가 되는 숙적 중 하나였다.

심지어 유중혁은 지난 회차에서 아스모데우스에게 죽은 적도 있다.

그 녀석을 상대로 유중혁이 무사할 수 있을까? 아무리 생각해도 좋은 그림이 떠오르지 않았다.

초조한 눈으로 내 모습을 보던 한명오가 물었다.

"지금 그 꼴로 가서 뭘 할 수 있겠나?"

사실 그것도 문제였다.

가더라도 이미 걸레짝이 된 내가 유중혁과 힘을 합쳐 아스모데우스를 이겨낼 수 있으리라는 보장은 없으니까. 하지만.

"해보지 않고는 모르죠."

"허, 자네가 이렇게 열정적인 줄은 몰랐네. 회사 다닐 적에는……."

"죽을 만큼 열심히 해도 정직원 되기 어렵던 그때랑은 다르니까요."

"……험."

상황은 나쁘지만 가능한 한 낙관적으로 생각하기로 했다.

혹시 모르는 일이다.

어쩌면 내가 가지 않아도 일이 잘 풀릴지 모른다.

기적이 일어나 유중혁이 엄청난 각성을 할지도 모르고, 아스모데우스가 갑자기 착한 놈이 되었을 수도 있다.

……젠장, 그럴 턱이 있나.

나는 스마트폰을 열어 멸살법 수정본을 다시 펼쳤다. 당장 떠오르는 방법이 없으니 이거라도 읽어서 해답을 궁구해야 했다.

"갑자기 뭘 하는 거죠?"

"쉿, 조용히 하게. 저게 저 친구가 제일 잘하는 거야."

나는 스크롤을 빠르게 내리며 내용을 훑어 내려갔다.

그렇게 12회차쯤 되었을까. 문장 하나가 눈에 들어왔다.

「유중혁이 생각하기로, 3회차의 실패 이유는 여러 가지였다. 그리고 그중 가장 대표적인 이유는 바로 이것이었다.」

심장이 덜컥 내려앉았다.

아니, 그런 건 빨리빨리 좀 생각하라고 망할 자식아.

그리고 다음 문장을 읽은 순간, 나는 머릿속이 새하얗게 변해서 거의 돌아버릴 지경이 되었다.

「그때 우리는 마왕 아스모데우스와 척을 지지 말았어야 한다.」

※ ※ ※

눈동자가 새카만 소녀가 눈앞에 있었다.

여덟아홉 살쯤 되었을 듯한 작은 몸집. 젖살이 다 빠지지 않은 통통한 볼과 아역 배우를 연상케 하는 다채로운 표정. 외형만 봐서는 어떤 위협감도 느낄 수 없었다.

'……취향은 여전하군.'

하지만 유중혁은 알고 있었다. 저 몸에 깃든 거악巨惡은 결코 아동용 드라마의 주인공이 아니라는 것을.

저 소녀는 일흔두 개로 흩어진 대마계의 정점 중 하나이자, 무시무시한 설화급 성좌조차 꺼리는 '32번째 마계'의 주인이었다.

정욕과 격노의 마신, 아스모데우스.

[아, 그렇게 긴장할 거 없어요. 그냥 이야기를 하러 온 것뿐이니까.]

진언을 내뱉은 것만으로 일대의 화신들이 고통스러워하는 소리가 들려왔다. 이 정도면 아마 공단 중심가에 있는 모든 화신이 피를 쏟아내고 있을 것이다. 무시무시한 압박감 앞에 유중혁은 숨을 참은 채 전신의 마력을 끌어올렸다.

그러자 피부를 감싸던 압력이 조금씩 줄어들었다. 초월좌가 된 유중혁조차 운신이 힘들어질 정도의 존재감. 역시 마왕쯤 되면 격 자체가 달랐다.

그런 유중혁의 심경을 아는지 모르는지 아스모데우스가 사뿐한 발걸음으로 다가왔다.

[흥미롭군요. 마지막으로 권속을 통해 만났을 때는 세이스비츠 공단에 있었는데…….]

분명 가벼운 발걸음인데 유중혁 눈에 보이는 광경은 달랐다. 아스모데우스는 단 한 발자국으로 일대를 폐허로 만들 수 있는 존재였다. '진천패도'를 쥔 손에 더욱 힘이 들어갔고 목덜미에는 핏줄이 불거졌다.

[그 짧은 사이 길로바트로 이동한 것도 모자라 공작위까지 차지해버리다니…… 정말 대단한 솜씨군요, 구원의 마왕.]

구원의 마왕이라니…….

아무리 봐도 누구를 찾아왔는지는 명백해 보였다.

'빌어먹을 김독자.'

자칫하면 엉뚱한 곳에서 모든 것이 수포로 돌아가게 생겼다. 잠깐 사이, 유중혁 머릿속에 수십 가지 생각이 스쳤다.

'놈은 불완전한 화신체 상태다. 이길 수 있을까?'

'아니, 무리겠지.'

'화신체라 해도 여기는 마계니까.'

'그럼 도망칠까?'

'그것도 무리다.'

'마음먹고 화신체로 현현한 마왕을 떨쳐낼 방법은 없다.'

본래 마왕은 이 시나리오에 존재해서는 안 되는 존재.

겉으로 드러나는 스파크만 보아도, 실시간으로 무시무시한 개연성이 소비되는 중임을 알 수 있었다. 저만한 결심을 하고 나타난 상대를 당장 떨쳐낼 수 있을 턱이 없었다.

'조금이나마 기대할 방법이 있다면, 하나뿐이다. 놈이 개연성을 탕진할 때까지 시간을 끄는 것.'

아무리 마왕급이라 해도 하위 시나리오에 오랫동안 화신체를 현현할 수는 없을 것이다. 그러니 약간만 시간을 끌면 녀석은 강제로 돌아갈 수밖에 없다. 문제는 전투로 시간을 끌기가 불가능하다는 것.

결국 유중혁은 자존심을 잠시 굽히기로 했다.

"그래, 내가 구원의 마왕이다. 넌 누구지?"

[……조금 이상하네? 원래 이렇게 잘생긴 얼굴이었나요? 마지막으로 봤을 때는 이런 얼굴이 아니었던 것 같은데……]

"얘기를 하러 왔다면 용건이나 말해라."

[후후, 그러죠. 그런데 말하기 전에, 좀 신경 쓰이는 게 있어서 말이에요.]

"뭐?"

따악―, 하며 아스모데우스의 작은 손가락이 튕기는 순간.

츠츠츠츠츠!

가공할 스파크가 몰아치더니, 팔이 반쯤 찢겨나간 작은 인형이 허공에서 모습을 드러냈다.

[역시나.]

유중혁이 입술을 질끈 깨물었다. 상대는 마왕. 겨우 '은둔자의 망토' 정도로 들키지 않을 거라 생각한 게 오산이었다.

[왜 이곳에 '대천사'의 상징체가 있는 겁니까?]

"나는 모르는 일이다."

[이래도 말인가요?]

강렬한 스파크가 몰아치자 우리엘의 인형이 고통스러운 표정을 지었다.

[시시껄렁한 상징체를 보아하니 대충 누군지 알겠군요.]

[성좌, '악마 같은 불의 심판자'가 '아스모데우스'를 노려봅니다.]

[대천사 우리엘. 당신의 형제 라파엘은 잘 있습니까? 그에게 진 빚을 아직 잊지 않았다고 전해주면 좋겠군요.]

[성좌, '악마 같은 불의 심판자'가 노호怒號를 토합니다!]

[물론 무사히 돌아갈 수 있을 때 이야기겠지만 말이에요.]

유중혁의 안색이 급격하게 어두워졌다. 이곳은 마계. 아무리 우리엘이라 해도 간소화된 상징체로 화신체인 마왕과 대적할 수는 없다. 유중혁은 망설이지 않고 기운을 발출했다.

"그만둬라."

우리엘의 상징체를 잃으면 곤란했다. 여기서 상징체를 잃으면 자칫 시나리오의 미아가 될 수 있었다. 끓어오르는 유중혁의 마력압에 아스모데우스의 눈빛에 경이가 스쳤다.

[흐음? 이 기운은…… 강하군요. 하지만…….]

다음 순간, 아스모데우스는 유중혁의 코앞에 있었다.

[어디서 한낱 필멸자가 별의 흉내를 내는 건지.]

순식간에 뻗어진 작은 팔이 유중혁의 턱을 붙잡았다.

"큭……!"

[역시 그대는 구원의 마왕이 아니야. 그렇지?]

유중혁은 다급히 그 손을 뿌리치며 '진천패도'를 휘둘렀다. 그러나 아스모데우스의 손에 너무도 쉽게 붙들렸다.

[이렇게 예쁜 얼굴인 줄 알았으면 내가 처음부터 가만히 두지 않았을 테니까.]

그 말과 함께 '진천패도'가 우그러지더니 두 동강 났다.

[나를 두려워하고 있구나. 귀여운 아이야.]

"크윽……."

[그렇게까지 반항하면, 내가 대화할 마음이 사라지잖아.]

새카만 그림자들이 아스모데우스 뒤쪽으로 몰려들었다. 보는 것만으로 질식할 듯한 어둠이 허공으로 집약되며 거대한 뿔을 가진 괴수의 형상을 빚었다.

[짓밟고 싶어라.]

유중혁의 코에서 피가 흘러나오기 시작했다.

초월좌인 그를 짓누를 정도로 강대한 설화.

그 아득한 존재감 앞에서 유중혁은 조용히 '초월형 1단계'를 준비했다.

승산은 없지만 포기할 수도 없었다. 단 한 순간만 빈틈을 만들어낼 수 있다면 놈을 꺾을 수는 없어도 '지구 시나리오'로 귀환할 시간은 벌 수 있을지 모른다. 유중혁은 그렇게 생각했다. 첫 합을 겨루기 전까지는 그랬다.

투콰아아앙!

단 한 번의 공격을 허용한 것으로 육신이 모조리 부서지는 듯한 충격을 받았다. 왼쪽 팔과 오른쪽 다리의 관절이 꺾이고, 배를 두드리는 마력에 서 있을 힘조차 모조리 빼앗겼다. 정신을 차렸을 때는 넝마가 된 채 바닥에 너부러져 있었다. 유중혁을 그대로 들어 올린 아스모데우스가 이마에 가만히 손을 대었다.

[믿을 수 없군요. 한낱 인간이 이렇게 숭고한 절망을 가지고 있다니.]

"개……자……식."

[페르세포네는 분명 '김독자'라는 이야기가 최고일 거라고 했는데. 후후.]

고요히 입맛을 다시는 아스모데우스. 유중혁은 아스모데우스를 노려보다가 눈을 감았다.

'미안하다, 김독자.'

이젠 방법이 없다. 다음 회차를 기대하는 수밖에.

천천히 눈을 감은 유중혁의 시계가 뒤로 돌아갈 채비를 마쳤다.

초침이, 분침이, 그리고 시침이. 거대한 태엽이 지금껏 걸어온 방향과 정반대로 움직이려는 그 순간.

「그러니까 제발 일찍 좀 생각하라고 했잖아.」

갑자기 유중혁의 시계가 멈췄다.

¤ ¤ ¤

[전용 스킬, '전지적 독자 시점' 3단계가 발동합니다!]

유중혁 주변에서 거대한 스파크가 튀어 오르자 아스모데우스가 깜짝 놀라 뒷걸음질 쳤다. 천천히 눈을 깜빡이는 유중혁. 유중혁 안에서 뭔가 다른 존재가 깨어나고 있었다.

물론 그것은 나였다.

[당신은……?]

[성좌, '구원의 마왕'이 마왕, '정욕과 격노의 마신'을 바라봅니다.]

나는 새파랗게 일렁이는 눈으로 아스모데우스를 노려보며 말했다.

[내 화신을 건드리지 마라, 아스모데우스.]

3

"대체 이 남자는 무슨 생각으로……!"

아일렌은 카테터를 뽑아버리고 드러누운 김독자를 보며 중얼거렸다. 찢어진 붕대 사이로 흘러나오는 설화 파편들.

─지금으로서는 이게 유일한 방법이야. 진짜 쓰고 싶지 않지만.

아일렌은 황급히 용기를 가져와 파편을 쓸어 담고, 다른 쪽 팔의 맥을 짚었다. 김독자의 얼굴은 순식간에 창백해져 핏기가 하나도 느껴지지 않았다.

"설화 팩 더 가져와요! 빨리!"

아일렌의 외침에 곁에서 구경하던 한명오가 치료실 밖으로 허둥지둥 달려갔다. 아일렌은 죽어가는 김독자의 얼굴을 보며, 그가 마지막으로 남긴 말을 떠올렸다.

　　—딱 한 시간 정도만 죽어 있게 해줘.
　　—아, 물론 진짜로 죽는 건 안 되고. 간신히, 죽을 듯 말 듯한 정도로만.
　　—이번에 죽으면 진짜 김남운 그 자식 보러 가야 되거든.
　　—그러니까 믿을게. 알겠지?

　　삐— 모니터에 비치는 설화 안정도 수치가 급격하게 떨어졌다. 알 수 없는 표정으로 잠든 김독자를 보고 있던 아일렌이 깊게 한숨을 내쉬며 그의 팔에 새로운 링거를 꽂았다.

✳ ✳ ✳

　　다행히 [전지적 독자 시점] 3단계는 무사히 연결됐다.
　　아일렌이 제대로 일을 처리해줬다는 뜻이겠지.
　　……그나저나 일이 정말 어렵게 됐다.
　　쿠구구구구…….
　　눈앞에서 타오르는 아스모데우스의 기파. 기세등등하게 소리친 것과는 달리 사실 나는 바짝 쫀 상태였다.
　　그도 그럴 것이 상대는 바로 아스모데우스다.
　　처음부터 너무 인상 깊은 말로 시작했나 싶어 뒤늦게 후회가 찾아왔지만, 이제 와 후회해봐야 아무 소용 없었다. 마침내 아스모데우스가 입을 열었다.

[구원의 마왕?]

나는 유중혁의 얼굴로 태연하게 고개를 끄덕였다. 자아 한 귀퉁이에서 유중혁의 영혼이 발버둥 치는 느낌이 들었지만, 억지로 녀석을 잠잠하게 재웠다. 지금 유중혁이 튀어나와서는 될 일도 안 된다.

[내가 구원의 마왕이다.]

츠츠츠츠! 진언 사용으로 인해 과도한 개연성이 소모되었지만 애써 태연한 척했다. 여기서는 일부러라도 진언을 씀으로써 기세에서 밀리지 않을 필요가 있었다. 강해 보이기 위해 반말 기조를 유지한 것은 덤이었다.

의외라는 듯 나를 보던 아스모데우스가 다시 물었다.

[……그자가 정말 당신의 '화신'인가요?]

[그렇다.]

기절한 유중혁이 이 사실을 알게 된다면 한동안 뼈도 못 추릴 발언이었다. 어차피 뒤를 생각하고 저지른 일도 아니니 지금은 임기응변으로 이보다 나은 대답이 없었다. 적어도 내 생각은 그랬다.

[당신에게 그런 화신이 있다는 이야기는 듣지 못했는데요.]

[정보가 늦은 모양이군. 이 녀석은 내 화신이 맞아.]

놈은 분명 나와 '대화'를 하러 왔다고 했다.

그 말의 신빙성은 가늠할 수 없었다. 그럼에도 이것만이 유중혁이 살아날 방법이었다. 정말 대화가 목적이라면, 적어도 내 화신을 건드리는 불필요한 짓은 않을 테니까.

[흐음······.]

내 말을 어떻게 받아들였는지 아스모데우스의 기파가 점차 거세졌다.

나는 내가 아는 아스모데우스에 관한 정보를 필사적으로 떠올렸다.

「미쳐버린 탐미주의자.」

「미식협의 일원.」

「<올림포스>의 명계冥界와 약간의 친분이 있음.」

「비뚤어진 성욕의 소유자.」

몇 가지 도움이 될 법한 사항도 있지만 당장 쓸 만한 건 없었다.

어쨌거나 지금은 이 대치 상황을 가능한 한 원만하게 해결하는 것이 최선이겠지.

나는 은밀하게 감각을 최대한으로 끌어올려 주변에서 도움될 만한 것을 탐색했다. 하지만 눈에 띈 것은 발치를 나뒹는 작은 봉제 인형뿐이었다. 나는 인형을 주워 들었다.

······이건 또 뭐야?

그러자 인형이 나를 보았다.

[성좌, '악마 같은 불의 심판자'가 감동의 코피를 흘립니다.]

……잠깐만. 설마 이 인형…….

[성좌, '악마 같은 불의 심판자'가 당신에게 볼을 비빕니다.]

말랑한 인형의 감촉이 유중혁 뺨에 전해졌고, 유중혁의 몸으로 강림해 있는 나도 그 감각을 고스란히 느꼈다. 나는 패닉에 빠졌다.

대체 왜 여기에 우리엘이 있는데?

아스모데우스가 입을 열었다.

[내 격에 크게 위축되지 않는 걸 보니 소문이 맞기는 한 모양이군요. 10번대 시나리오에서 설화급에 올랐다더니…… 설마 사실이었을 줄이야.]

[모르지. 소문 이상일지도.]

나는 우리엘 인형을 끌어당겨 재빨리 품속에 숨겼다. 안 그래도 분위기가 이상한데 우리엘까지 나서서 애먼 짓을 하면 곤란해진다. 아스모데우스가 입맛을 다셨다.

[후후, 혀가 길다는 이야기도 사실인 듯하군요. 꼭 내 취향이야. 그런데…… 어떻게 살아 있죠? 성좌 녀석들 농간으로 죽었다고 들었는데.]

[운이 좋았지.]

[난 비밀이 많은 것도 좋아해요.]

[난 비밀을 굳이 캐내려는 녀석을 싫어해.]

[그자는 이번에 새로 들인 화신인가 보죠? 당신 취향은 어린애라고 들었는데.]

[무슨 헛소리지?]

[애써 준비한 보람이 없어서 하는 말이에요.]

나를 향해 매혹적인 미소를 지은 아스모데우스가 자신의 화신체를 내려다보았다. 예쁘장한 어린아이 외형. 한명오 말이 맞는다면, 저 화신체가 바로 한명오의 딸일 것이다. 다행히 한명오랑은 전혀 안 닮았다.

[뭔가 오해가 있는 것 같은데…… 헛소문이 꽤 많이 퍼져 있는 모양이군.]

아무래도 신유승을 화신으로 들여서 엉뚱한 소문이 퍼진 듯했다. 내 말을 어떻게 알아들었는지 아스모데우스가 유중혁을 보며 싱긋 웃었다.

[하긴 그만큼 아름다운 화신체라면 취향을 굽힐 법도 하죠.]

이쯤 되면 정상적인 대화는 불가능한 게 확실했다. 나는 대충 얼버무리며 말을 이었다.

"그보다 진언으로 이야기하는 건 그만두지. 주변 화신이 남아나질 않겠어."

[왜죠?]

"여긴 이제 내 공단이야. 함부로 내 공민을 해하는 건 그만두었으면 하는데."

공식적으로 길로바트가 '김독자'에게 죽었으니, 이곳은 내 공단이 되었다.

[당신은 공단의 새로운 주인이 됐습니다.]

실제로 이런 메시지도 떠오르고 있었고 말이지.

물론 사실은 진언을 계속 유지하는 게 버거웠기 때문에 적당한 구실이 필요했을 뿐이다. 아스모데우스가 작게 웃으며 말했다.

"흐음, 그러네요. 제가 실례를 했군요."

아스모데우스는 늘 반쯤 정신이 나간 녀석이지만 목적이 있을 때는 예의를 지킨다. 어디까지나 목적이 충족될 때까지는 그렇다.

"그래서, 날 찾아온 용건은?"

"이미 알고 있을 것 같은데. 아닌가요?"

"……내가 예언자도 아닌데 어떻게 알겠어?"

"당신에게 '아스가르드의 예언자'와 비슷한 힘이 있다는 걸 알아요."

저건 안나 크로프트 얘기겠지. 대체 내 이야기가 얼마나 와전되어 돌아다니는 건지 모르겠다.

소문이야 어찌 됐든 슬슬 이쪽에서 밑천을 깔 때가 된 건 확실해 보였다.

"아마 '마왕 선발전' 때문이겠지."

정답이라는 듯 아스모데우스가 싱긋 웃었다.

별로 어려운 추리도 아니었다. 왜냐하면 공단 함락 직후부터 내 귓가에는 이런 메시지가 들려오고 있었으니까.

[당신은 현재 73번째 마계의 '마왕 후보자'입니다.]
[현재 새로운 시나리오가 대기 중입니다.]

"그쪽도 새로운 마왕위를 노리고 있나?"
"음? 나는 이미 32번째 마왕이에요. 하급 마계의 마왕위 재획득은 무의미하죠."
"그러면 뭐지?"
"나는 당신이 새로운 마왕이 되는 걸 돕고 싶어요."
역시. 예상은 했다. 한명오도 비슷한 말을 했으니까.

—마왕은…… 내 손으로 직접 '73번째 마계의 왕'을 만들라고 했네.

잠시 생각하던 나는 고개를 저었다.
"미안하지만 도움은 필요 없어. 지금은 선발전에 참가하고 싶은 마음도 없고."
"하지만 당신에게 거부권은 없을걸요? 공작이 된 이상 선발전에 참가해야만 해요."
"혼자 힘으로 이겨낼 수 있어."
"글쎄, 지금까지는 운이 좋았을지 모르지만. 앞으로도 그럴

까요?"

"……"

"멜레돈과 베르칸의 공작들도 과연 당신과 생각이 같을까?"

이미 그쪽에 성운이 들러붙었다는 것은 알고 있었다. 그것도 내게 명백한 적대감을 드러내는 성운들이. 아스모데우스가 사이하게 웃었다.

"당신은 내 도움이 필요해. 거절하면 죽어."

그 죽음이 누구에 의한 것인지는 모르겠지만 내가 죽는 건 확실한 모양이다. 빌어먹을 놈들. 기껏 이리저리 피해 여기까지 왔는데, 또 발목을 잡겠다고?

[극소수의 성좌가 당신의 선택을 지켜보고 있습니다.]

[성좌, '긴고아의 죄수'가 당신의 선택을 지켜보고 있습니다.]

[성별 바꾸기를 좋아하는 한 성좌가 당신의 선택을 지켜보고 있습니다.]

이쪽으로 넘어오면서 비유에게 '채널 확장'을 부탁한 탓에 성좌들도 내 선택을 지켜보고 있었다. '마왕'은 대부분의 성좌가 꺼리는 존재. 여기서 어떤 선택을 하느냐에 따라 앞으로의 내 이야기도 결정될 것이다.

나는 침착하게 호흡을 고르며 물었다.

"'거대 설화'가 목적인 거냐?"

내 직언에 아스모데우스의 눈동자에 일순 파문이 일었다.

"벌써 그런 것까지 알고 있다니 놀랍군요."

"눈 깜빡할 사이 코 베어 가는 놈들만 있는 곳이니까."

나는 쓰게 웃었다.

거대 설화. 지금까지 내가 쌓아온 설화가 일반적인 '설화' 범주였다면, 스타 스트림에는 '거대 설화'라는 새로운 영역이 존재한다. 이를테면 〈올림포스〉의 '기간토마키아'나, 〈아스가르드〉의 '라그나뢰크' 같은 것들.

거대 설화의 작은 지분을 쌓는 것만으로 성좌는 막대한 힘과 개연성을 얻을 수 있다. 큰 지분을 차지할 시에는 하나의 세력을 이룰 수도 있다. 대멸망 시나리오가 덮칠 때마다 성좌들이 눈에 불을 켜고 달려드는 게 바로 그 때문이었다.

그리고 마계의 마왕 선발전은, 그 거대 설화 중 하나였다.

비록 '기간토마키아'에 비견할 정도는 아니지만, 일반적인 설화와 비교하기에는 스케일이 큰 설화. 아스모데우스가 고개를 끄덕였다.

"맞아요. 나는 거대 설화의 지분이 필요해요."

아스모데우스는 이미 마왕인 데다 상위 시나리오에 소속된 존재이기에 선발전에 참가할 수는 없다. 하지만 나를 돕고 그 대가로 설화의 지분을 일부 받을 수는 있다.

본래라면 이쯤에서 제안을 거절했을 것이다.

마왕 선발전을 통해 쌓을 수 있는 거대 설화는 앞으로 내가 성운들과 대적하는 데 핵심 동력이 될 테니까. 여기서 애먼 녀석에게 설화 지분을 내준다면 자칫 죽도 밥도 안 될 가능성이 컸다.

그런데 유중혁이 수정본의 12회차에서 중얼거린 말이 마음에 걸렸다.

「그때 우리는 마왕 아스모데우스와 척을 지지 말았어야 한다.」

무슨 뜻인지 유중혁 멱살을 잡고 묻고 싶지만, 기절한 이 자식은 12회차는커녕 겨우 3회차인 애송이니 알 턱이 없었다.

결국 선택은 내가 해야 한다.

마왕 손을 잡을 것인가, 잡지 않을 것인가.

나는 천천히 입을 열었다.

"우습군. 아직 나는 마왕이 되지도 않았어. 아직 갖지도 못한 거대 설화의 지분을 어떻게 나눠줄 수 있지?"

"내가 돕는다면 가능하죠."

아스모데우스의 표정에 오만한 자신감이 떠올라 있었다. 하나의 존재를 마왕으로 옹립시키는 것쯤 아무것도 아니라는 듯한 표정. 나는 그 얼굴을 가만히 들여다보다가 말을 이었다.

"……좋아, 만약에 내가 마왕이 된다면 설화 지분을 나눠주겠어."

순간 허공의 별들이 깜빡이는 것이 보였다.

[극소수의 성좌가 당신의 판단에 크게 실망합니다.]

[성좌, '긴고아의 죄수'가 착잡한 눈길로 당신을 바라봅니다.]

[성별 바꾸기를 좋아하는 한 성좌가 당신의 성별을 바꾸고 싶어합니다.]

성좌들의 격렬한 반응은 예상했다.

하지만 지금은 어쩔 수 없었다. 무엇이 아스모데우스와 척을 지게 만드는지 알 수 없는 이상, 정면에서 적대할 만한 행동을 할 수는 없었다. 내 선택에 만족한 듯 아스모데우스가 웃었다.

"잘 생각했어요. 얼마나 줄 거죠?"

"30퍼센트."

아스모데우스의 표정에 실망의 빛이 스쳤다.

"너무 적은데."

"너무 욕심이 많다고 생각하지 않나?"

"50퍼센트. 지금 여기서 계약서 써줘요."

순 날도둑놈이 따로 없다. 만약 거대 설화의 절반을 빼앗기면, 아스모데우스 동의 없이는 거대 설화의 힘을 끌어 쓸 수 없게 된다.

나는 단호히 고개를 내저었다.

"그런 계약서는 쓸 수 없어."

"왜죠?"

주변 자갈들이 허공으로 떠오르기 시작했다. 아하, 무력으로 협박하시겠다? 이런 공갈에 당할 정도면 여기까지 오지도 못했다. 나는 하늘을 올려다보았다. 주변의 모든 별들이 숨죽인 채 해명을 요구하고 있었다.

"당신에게만 지분을 나눠주진 않을 거니까."

아스모데우스는 내 말이 무슨 뜻인지 이해하지 못한 듯 고개를 갸웃했다.

"설화 지분 30퍼센트는 경쟁 지분으로 내놓을 거다."

"……경쟁 지분?"

"누구든 나를 도와주는 존재라면 지분을 가질 수 있다는 뜻이야. 몫을 누가 얼마만큼 가지게 될지는, 전적으로 당사자의 설화 기여도에 달려 있겠지."

그제야 하늘에서 나를 노려보던 시선이 하나둘 변하기 시작했다.

[성좌, '긴고아의 죄수'가 흥미로운 표정을 짓습니다.]
[극소수의 성좌가 당신의 말에 탐욕을 드러냅니다!]

경쟁 지분은 내가 마지막으로 내놓을 수 있는 카드였다.

맹수를 끌어들여야만 앞으로 나아갈 수 있는 상황이라면, 차라리 그 맹수들의 각축장을 만들어 내 운신의 폭을 넓히는 편이 나았다.

의도를 눈치챈 아스모데우스는 표정이 완전히 굳어졌다.

"……나를 속였군요."

"속이지 않았어."

허공에 떠오른 자갈들이 동시에 나를 향해, 정확히는 유중혁을 향해 쇄도했다. 하나하나에 강대한 격이 새겨진 공격들. 예전이라면 힘겨웠을지도 모른다. 하지만 지금은 아니었다.

왜냐하면 지금 나는 혼자가 아니니까.

<u>츠츠츠츠츠츳!</u>

날아들던 돌들이 보이지 않는 손에 붙잡히기라도 한 것처럼 허공에 정지했다.

[극소수의 성좌가 마왕, '정욕과 격노의 마신'을 노려봅니다.]

이미 내가 거대 설화의 일부를 '경쟁 지분'으로 내놓기로 선언한 상황. 그 지분을 노리는 일부 성좌가 아스모데우스의 행동을 가만히 지켜보고만 있을 턱이 없었다. 아스모데우스가 이를 빠드득 갈았다.

<u>츠츠츠츠츠!</u>

아무리 아스모데우스라도 이런 데서 다수의 성좌와 개연성을 낭비하고 싶은 생각은 없을 것이다. 게다가 이쪽에는 만만찮은 성좌도 하나 끼어 있었다.

[성좌, '긴고아의 죄수'가 마왕, '정욕과 격노의 마신'을 노려봅니다.]

한동안 허공을 노려보던 아스모데우스가 힘을 회수했다. 그러자 지탱할 곳 잃은 돌무더기가 동시에 바닥에 떨어졌다.

[마왕, '정욕과 격노의 마신'이 당신에게 실망합니다.]

아스모데우스가 무서운 표정으로 말했다.

"뭔가 착각하는 모양인데, 마왕이 될 수 있는 건 당신 하나가 아니에요. 당신은 지금 중요한 기회를 차버린 거라고."

언제든 다른 쪽에 붙을 수 있다는 식의 말투. 확실히 아스모데우스가 다른 쪽과 손잡는다면 문제가 복잡해질 것이다.

하지만 나는 물러서지 않았다.

"글쎄, 기회를 차버리는 건 내가 아니라 그쪽 같은데."

짧은 사이, 아스모데우스가 왜 하필 나를 선택했을지 생각하고 또 생각했다.

상식적으로 보면 아스모데우스는 내가 아니라 베르칸이나 멜레돈 쪽에 붙는 것이 더 유리했다. 굳이 따지면 난 인간이자 성좌인 존재고, 베르칸과 멜레돈은 날 때부터 악마종이니까.

그런데 녀석은 내게 먼저 손을 내밀었다.

지금 아스모데우스에게는 나를 선택해야만 하는 필연적인 이유가 있는 것이다. 실제로 내 거절에 아스모데우스의 표정은 조금 위축되어 보였다.

"……정말 불쾌하군요. 내가 마왕이라 탐탁잖았나요?"

저 지고한 악마가 저런 표정을 짓다니. 멸살법 전체로 보아도 극히 드문 장면이겠지. 나는 천천히 고개를 저으며 말했다.

"마왕이든 성좌든 그딴 건 중요한 게 아냐. 나는 내 설화가 최고의 설화가 되길 바랄 뿐이야."

"최고의 설화?"

"미식협에 속한 당신이라면 무슨 뜻인지 잘 알 텐데."

일부러 언급한 그 단어에, 아스모데우스의 표정이 일변했다. 당황한 것 같기도 하고 기뻐하는 것 같기도 한 얼굴. 인간의 수사로는 형용할 수 없는 표정으로 나를 보던 아스모데우스가 십여 초가 흐른 후에야 입을 열었다.

[……감히 '후보자'가 '마왕'의 요리 솜씨를 시험하겠다……?]

순간적으로 차오른 살기에 나는 숨을 들이켰다. 일대의 시공간 전체가 쪼그라들며 마왕의 손아귀에 붙잡힌 것 같았다. 당황한 성좌들이 빛을 짜냈으나 이미 주변 어둠은 그들의 힘이 닿지 않을 정도로 농도가 짙었다.

이것이 진짜 마왕의 힘.

만약 아스모데우스가 처음부터 전력을 다했다면, '긴고아의 죄수'가 있든 없든 나와 유중혁은 소멸했을 거라는 확신이 들었다.

녀석이 자신의 격을 지금 드러내는 것은 일종의 증명이자 경고였다.

[마왕, '아스모데우스'가 당신에게 미묘한 호감을 드러냅니다.]

언제든, 저쪽에서는 나를 죽여버릴 수 있다는 경고.

어둠 속에서 아스모데우스가 웃었다.

[내 마음에 쏙 들어. 오늘은 그냥 물러가겠어요.]

다행히 사태는 이쯤에서 일단락되는 듯했다. 아스모데우스
와 딱히 척을 지지도 않았고, 일방적으로 설화의 지분을 빼앗
기지도 않았다. 언제든 상황이 뒤바뀔 수 있는 여지는 충분히
만들어놓은…….

[다만 쓰레기 청소는 하고 가야겠어.]

아스모데우스가 손가락을 튕기는 순간, 가슴 어귀에서 폭발
소리가 들렸다. 바람 인형이 터지는 듯한 소리. 심장 부근이
욱신욱신 아렸다. 그러나 유중혁의 신체에는 딱히 손상이 없
었다.

아스모데우스의 화신체가 잿더미로 흩어지며 마지막 말을
남겼다.

[내 눈앞에서 그런 게 돌아다니는 꼴은 볼 수 없거든요.]

나는 홀연히 사라지는 아스모데우스를 바라보았다. 그러다
한순간 스치는 서늘한 감각에 급히 품속으로 손을 넣었다.

"……우리엘?"

뒤늦게 끄집어낸 우리엘 '인형'은 이미 너덜너덜한 넝마 조
각이 되어 있었다. 곧이어 축 늘어진 인형에 이어져 있던 뭔가
가 끊어지는 느낌이 들었다. 나는 유중혁의 눈으로 떠오르는
메시지를 보았다.

[성좌, '악마 같은 불의 심판자'와 연결이 일시적으로 끊어졌습니다.]

[개인 시나리오가 자동으로 해지됐습니다.]

나는 그제야 유중혁이 어떻게 이곳에 왔는지 알 수 있었다.

이유는 잘 모르겠지만, 우리엘이 마계에 개인 시나리오를 지정했고 유중혁은 그 시나리오를 받아 이곳으로 온 것이다.

문제는 방금 그 시나리오가 강제로 해지되었다는 사실이다.

츠츠츠츠츳!

피부 사이사이로 번지는 선연한 스파크. 나는 무슨 일이 일어나려는 것인지 깨달았다.

"우리엘! 정신 차려요!"

필사적으로 인형을 흔들어봤지만 우리엘은 반응이 없었다. 상징체가 지나치게 망가져서 진체와 연결이 강제로 해지된 모양이었다.

"제기랄."

유중혁의 단단한 육체에 균열이 번지고 있었다.

[당신은 '메인 시나리오'에서 이탈했습니다.]

나는 황급히 주변을 둘러보았다.

이대로는 안 된다. 이대로면 유중혁은 반드시 죽는다.

['추방자 페널티'가 시작됩니다.]

나와는 다르다. 유중혁에게는 [제4의 벽]이 없다.

추방자가 되고 나서 지켜줄 녀석이 없단 말이다.

"이봐! 아무라도 좋으니까!"

나는 다급히 하늘을 향해 소리쳤다. 그러나 이미 목소리조차 나오지 않을 정도로 유중혁의 전신은 망가지고 있었다.

쩌저저저저적.

다리에서 시작된 균열이 순식간에 목까지 번져 성대를 마비시켰다. 밤하늘의 성좌들에게 도움을 청할 힘조차 앗아가는 페널티. 마치 이대로 이야기를 모두 빼앗아 말려 죽이기라도 하겠다는 것처럼, 전 우주가 유중혁의 죽음을 강렬하게 바라고 있었다.

……여기까지라고?

그럴 수는 없다.

이 녀석이 여기서 죽으면 모든 게 끝이다.

일 초도 채 되지 않는 짧은 순간 머릿속에서 멸살법 페이지가 넘어갔다. 무수한 페이지에 적힌 활자들이 나를 향해 날아들었고, 나는 그중 제일 먼저 손에 닿는 것을 골라 집었다.

그래. 그 방법밖에 없다.

나에게는 없지만 유중혁에게는 있는 것.

그 녀석에게 도움을 청할 수밖에 없다.

[성좌, '구원의 마왕'이 유중혁의 배후성을 바라봅니다.]

진언을 쓰고 싶지만 힘에 부쳤다. 부디 내 이야기가 그 존재에게 닿기를 바라는 수밖에 없었다.

[화신 '유중혁'의 배후성이 당신을 바라보고 있습니다.]

어떤 거대한 존재가 나를 바라보는 느낌.

어딘가 익숙하고, 익숙한 만큼이나 낯선 시선.

그러나 내가 채 입을 열기도 전에 까마득한 느낌이 나를 덮쳐왔다.

[전용 스킬, '전지적 독자 시점' 3단계가 강제로 해제됐습니다.]

※ ※ ※

새카만 어둠으로 뒤덮인 공간.

언젠가 이런 경험을 해본 적이 있었다.

언제였더라.

별자리의 연회에서 퇴장하던 때였나.

【■■…….】

【바꿀 방법은…….】

【……없다.】

빌어먹을, 그게 대체 무슨 소리—

※ ※ ※

"허억!"

나는 마치 양수를 토해내듯 숨을 토하며 자리에서 깨어났다. 심장이 미친 듯이 뛰고 목에서는 컥컥거리는 소리가 새어 나왔다. 눈자위에 눈물이 한가득 고여 있었다.

살았다. 아일렌이 제대로 나를 살려준 것이다.

하지만 안도했다기보다는 다급한 심경이었다. 나는 가래 끓는 목소리로 치료실 밖을 향해 외쳤다.

"아일렌!"

바깥에서 대기하던 아일렌이 뛰어 들어왔다. 그녀는 카테터를 쥐어 뽑은 나를 보더니 창백한 안색으로 달려들었다. 나는 그녀의 손을 뿌리치며 외쳤다.

"나 좀 일으켜줘. 어서 길로바트 공단으로 가야 돼."

"무슨 소리예요? 깨어난 지 얼마 되지도 않은 사람이—"

"시간 없으니까 빨리!"

외치면서도, 속으로 수십 가지 생각이 교차했다.

제천대성에게 도움을 청하자.

만약 안 된다면, 헤르메스라도 부르자.

정말 싫지만 설화 지분이라도 떼어준다면 가호를 받을 수 있을지 모른다. 그래서 당장 길로바트로 가는 거다. 아직 늦지 않았다. 지금 당장 간다면—

"일주일이나 기절해 있던 사람이 대체 무슨! 절대 안 돼요! 적어도 앞으로 이 주는 더 쉬어야 몸이 안정될 거라고요!"

"뭐?"

순간 심장이 멎는 듯한 느낌이 들었다.

환청 같은 것이 들렸다.

내가 읽어온 세계의 활자들이 일제히 무너지는 듯한 소리. 제자리를 잃은 활자들이 밀려들며 나를 두드렸다.

"……얼마나 지났다고?"

"일주일이요. 당신, 일주일째 기절해 있었어요."

나는 잠시 멍하니 바닥을 내려다보다가 아일렌이 만들어준 스마트폰을 집었다. 허겁지겁 패널을 켜 파일을 확인했다.

—멸망한 세계에서 살아남는 세 가지 방법(1차 수정본).txt

텍스트 제목은 변하지 않았다.

2차 수정본은 오지 않았고 유중혁 대사도 그대로였다.

아무것도 변하지 않았다는 것이 이렇게 절망스러운 순간이 없었다.

정말로? 정말로 유중혁이 죽었다고?

당황한 마음에 손이 떨렸지만 나는 애써 심호흡을 하며 침착함을 되찾았다.

아니다. 그 유중혁이 그렇게 죽었을 리 없다.

무엇보다 눈앞에 떠오르는 메시지가 그 증거였다.

[현재 다음 메인 시나리오를 기다리는 중입니다.]

상식적으로 생각했을 때 유중혁은 추방자 페널티를 받아서
는 안 되는 상태였다.

왜냐하면 유중혁 또한 나처럼 새로운 시나리오로 진입했을
테니까.

비록 개인별로 시나리오 편차가 존재한다고 해도, 내가 공
작이 되었듯 녀석도 공작이 되었다. 유중혁도 나와 마찬가지
로 '마왕 후보자' 자격을 얻었다는 뜻이었다.

[현재 <스타 스트림> 시스템 오류로 보상이 지연되고 있습니다.]

다만 한 가지 걸리는 게 바로 저 메시지였다.

스타 스트림에서 '사칭'을 통해 설화나 업적을 획득하는 것
은 무척 드문 일이었다. 그런데 이번에 나와 유중혁은 아예 서
로 사칭해서 상대의 이름으로 업적을 쌓았다.

만약 이 때문에 스타 스트림의 메인 시나리오가 꼬였다면
어떻게 되는 걸까?

나는 무사히 메인 시나리오로 진입했지만 유중혁은 진입하
지 못했다면?

그래서 추방자 페널티가 시작된 거라면?

"괜찮아요?"

"······혹시 물 한 잔만 마실 수 있을까?"

나를 잠시 못 미더운 눈으로 바라보던 아일렌이 말했다.

"갔다 올 동안 또 카테터 뽑지 말아요."

아일렌이 치료실 밖으로 사라진 후 나는 침착하게 상황을 되짚어보았다.

냉정하게 말해 아직 유중혁이 죽었는지 아닌지는 확실히 알 수 없었다. [전지적 독자 시점] 해제 직전에 추방자 페널티가 시작된 걸로 봐서 죽었을 확률이 높기는 하지만, 스타 스트림에서 절대적인 확신은 금물이었다.

일단 유중혁의 생사를 제대로 확인하는 것이 먼저다.

"비유."

현재 비유는 길로바트 쪽까지 채널을 확장해놓은 상태. 비유가 도와주기만 한다면 성좌의 시선으로 그쪽 동네를 볼 수 있을지도 모른다.

"비유. 들려?"

그런데 무슨 일일까. 비유가 응답이 없었다.

심지어 다른 성좌들 메시지도 들리지 않았다.

순간 불안한 마음이 들었다.

내가 없는 동안 비유에게도 무슨 일이······.

새근새근.

······응?

새액새액.

조용히 귀를 기울이자 비유의 새근거리는 숨소리가 들려왔다. 담요를 들춰 보니 새하얀 비유의 몸체가 내 가슴팍에 얼굴을 파묻고 잠들어 있었다. 안도의 한숨이 나왔다. 비유에게도 무슨 일이 벌어졌다면 정말로 절망했을 것이다.

"……미안하다."

나는 비유의 머리를 쓰다듬었다.

멸살법에 따르면 태어난 지 얼마 안 된 도깨비는 하루의 절반을 자야 한다. 그간 나 때문에 잠이 밀렸을 테니 곯아떨어져도 이상한 일은 아니었다. 체력이 방전된 비유를 혹사시킬 수는 없는 상황.

나는 두 번째 방법을 쓰기로 했다.

[전용 스킬, '전지적 독자 시점'을 발동합니다!]

츠츠츠츳, 하는 소리와 함께 관자놀이가 욱신거렸다.

[누적된 피로로 인해 스킬 사용이 취소됩니다.]

……젠장, 역시 이것도 안 되나.

아무래도 유중혁과 링크가 끊어지며 타격이 컸던 모양이다.

결국 나는 다시 스마트폰을 집어 들었다.

이렇게 무력한 기분은 처음이었다. 유중혁이 살았는지 죽었는지도 알 수 없는 마당에, 할 수 있는 일이 소설을 읽는 것뿐이라니.

아니, 그렇게 생각하지 말자.
정신 차리라고 김독자.
넌 지금까지 이 소설 덕분에 살아남은 거야.

입술을 꾹 깨문 채 멸살법 파일을 열었다. 모든 건 이 이야기에서 비롯되었다. 그러니 답도 이 이야기에 있을 것이다.

[특성 효과로 '읽기 속도'가 상승합니다!]

나는 문장 한 줄도 놓치지 않을 기세로 눈을 부릅뜬 채 소설을 읽었다.

「그때 우리는 마왕 아스모데우스와 척을 지지 말았어야 한다.」

나와 유중혁이 이번 일로 아스모데우스와 척을 졌다고 보기는 힘들었다.

마지막에 녀석이 '빅엿'을 먹이기는 했어도 어쨌거나 우리 쪽에 협력하는 듯한 뉘앙스였으니까. 그러니 이 문장만으로 유중혁이 죽었다고 확신할 수는 없었다.

13회차.

14회차.

…….

유중혁의 회귀는 계속해서 이어지고 있었다. 내가 그토록 다그친 시간이 무색하게도, 이어지는 회귀 속에서 녀석의 정신은 조금씩 닳아갔다.

「'힘들다.'」

18회차.

「'이젠 그만두고 싶다.'」

21회차.

「'빌어먹을, 빌어먹을, 빌어먹을.'」

…….

유중혁의 절망을 읽으며 나 역시 심장이 까맣게 타는 느낌이었다. 회차가 늘어날수록 유중혁은 본래의 염세적인 모습으로 돌아갔다. 비대해진 자아와 날이 선 원칙만으로 꾸역꾸역 매 회차를 살아가는 회귀자.

「'아무것도 바꿀 수 없다.'」

　돌아가고, 돌아가고, 또 돌아가고.
　중후반 회차는 예전에 읽은 멸살법과 큰 차이가 없었다. 내가 영향을 끼친 초반부 회차를 제외하면, 유중혁은 다시 비슷한 실수를 반복했고, 기존의 성향으로 변해갔다.

「'대체, 몇 번을 더……'」

　내가 유중혁과 보낸 몇 개월의 시간은, 고작해야 원작에 이 정도 영향밖에는 미치지 못했구나.
　좌절하는 유중혁을 도와주고 싶지만 텍스트 속 유중혁은 내가 닿지 못하는 곳에 있었다. 25회차, 26회차, 27회차……
끝없이 회귀를 반복하는 유중혁을 보던 나는 어느새 읽기를 그만두었다.

　읽는 것이, 고통스러웠다.

　원래 멸살법이 이런 이야기였던가.
　원래의 나는 대체 어떻게 3,149화를 모두 읽었을까.
　불규칙한 호흡 때문인지 가슴에 붙어 있던 비유가 몸을 뒤척였다. 나는 페이지를 기억해둔 뒤 스크롤을 맨 아래로 내렸다. 당장 이 이야기를 따라가는 것이 부담스럽더라도, 먼저 확인해야 할 것이 있었다.

과연 유중혁은 '1차 수정본'에서 제대로 된 결말에 도달했을까.

작가는 과연 '에필로그'를 써두었을까?

스마트폰 성능이 좋지 않아서 스크롤을 내리는 동안 화면이 심하게 버벅거렸다. 그렇게 줄어들었다 늘어났다 하는 스크롤을 얼마나 내렸을까.

나는 마침내 본래의 '결말'이 있어야 할 자리에 도달했다.

그러나 내가 발견한 것은 그저 거대한 공백뿐이었다.

「현재 수정 중입니다. ㅠㅠ」

그리고 한 줄의 메시지.

나는 서로 다른 두 가지 감정에서 오는 고양감에 휩싸였다.

"……하하."

'수정 중입니다' 바로 뒤에 붙은 이모티콘에서 오는 장난스러움이 나를 분노케 했고, 그럼에도 '수정 중입니다'라는 메시지에서 오는 어떤 가능성이 나를 흥분케 했다.

아직 이 이야기는 바뀔 수 있다.

설령 유중혁이 죽었다 해도 방법은 있을 것이다.

내가 어떻게든 놈을 다시 이 회차로 데리고 와야 한다.

비장한 각오로 스크롤을 서서히 움직였다.
그런데 결말의 이전 화에 쓰인 문장들이 눈에 띄었다.

「시나리오의 끝을 앞두고, 유중혁은 죽을 뻔했던 무수한 기억을 떠올렸다.」
「'그러고 보니 3회차에서 아스모데우스를 처음 만났을 때도 죽을 뻔했지.'」

순간 너무 많은 생각이 들었다.
……어? 잠깐만. 그러니까 지금 말하는 '3회차'라는 게…….
똑똑.
문 두드리는 소리에 고개를 드니 마르크가 머쓱한 표정으로 고개를 내밀고 있었다. 그는 깨어난 나를 보더니 반색하며 손을 흔들었다.
"오, 혁명가! 깨어났나? 다행이군그래."
"무슨 일이죠?"
"다른 건 아니고, 누가 찾아와서 알려주려고 왔네."
지금은 바쁘니까 돌아가라고 말하려던 찰나, 마르크가 말을 이었다.
"공단 주인이 찾아왔네."
"예?"

"공단 주인이 자네를 찾아왔다고."

그게 무슨 말인가 싶었다. 공단 주인은 나인데?

"비켜라."

다음 순간, 누군가가 마르크를 밀치며 치료실 안쪽으로 들어왔다.

단지 서 있는 것만으로 주변 분위기를 완전히 바꿔놓는 존재감. 나는 멍하니 입을 벌린 채 그 사내를 올려다보았다.

죽은 줄만 알았던 유중혁이 거기 서 있었다.

※ ※ ※

내가 정신을 차리기까지는 시간이 약간 더 걸렸다.

차를 내온 아일렌이 슬금슬금 눈치를 보다가 테이블을 정리한 후 사라졌고, 머쓱하게 서 있던 마르크도 자리를 피했다. 주변이 좀 조용해진 후에야, 생각이 정리된 내가 먼저 입을 열었다.

"여긴 언제 온 거냐?"

"이틀 전."

지난 십 분간의 내가 부끄러워 미칠 지경이었다.

놈이 멀쩡히 살아서─ 심지어 같은 공단을 걸어 다니는데, 나는 그것도 모르고 녀석이 죽었다고 온갖 망상에 걱정을 해대고 있었다.

"어떻게 살아난 거냐? 도저히 그럴 수 있는 상황이 아니었는데."

"도움을 좀 받았다."

"누구? 설마 네 배후성?"

"그 녀석은 한 번도 날 도와준 적 없어."

하긴 나 역시 도움을 청하긴 했지만 유중혁의 배후성이 도와줄 거라는 생각은 추호도 하지 않았다. 멸살법이 끝날 때까지 녀석이 하는 일이라고는 유중혁을 회귀시키는 것이 전부였으니까.

그간 상처가 꽤 아물었는지 유중혁은 꽤 건강해 보였다.

"성좌 하나가 나를 도왔다."

"성좌? 누구?"

"자세한 건 네놈이 알 거 없다."

"뭘 대가로 바친 거야? 그놈들이 그냥 도와줄 턱이 없잖아."

"그냥 약간의 페널티만 감수하면 되는 정도다."

"페널티?"

"마계 시나리오가 끝나기 전까지, 나는 하루에 십 분씩…… 사라진다."

"사라져? 그게 뭔 소리야?"

"아무튼 지금 나는 메인 시나리오로 진입했고, 시나리오 오류도 해결되었으니 쓸데없는 걱정은 할 필요 없다."

유중혁이 저렇게까지 말하는 것을 보면 뭔가 해결되기는 한 모양이었다.

어쩐지 허탈했다. 내가 잠든 일주일 사이 나와 관계없는 이들의 도움으로 유중혁은 살아났다. 그리고 여기까지 찾아와 공단 지배자로서 승인도 마쳤다.

"……."

녀석과 이렇게 이야기해본 적이 드물었기 때문일까. 어색한 정적이 치료실 안에 가득 차올랐다. 무표정하게 테이블을 내려다보던 유중혁이 멋대로 내 차를 마셨다.

대체 여기는 왜 온 거냐, 라고 물어보고 싶기도 했고.

그래서 앞으로는 어쩔 거냐, 라고 물어보고 싶기도 했다.

그러나 내 입에서 나온 것은 전혀 다른 말이었다.

"다른 사람들은…… 잘 지내냐?"

사실 유중혁이 알 턱이 없었다. 언제나 자기밖에 모르고, 시나리오 공략으로 머릿속이 가득 찬 녀석이니까.

그런 녀석이 다른 이들이 뭘 하고 있을지 신경을 쓸 리 없다. 그래서 일부러 잔소리를 좀 하고 싶었다. 제발 인생 좀 혼자 살지 말라고. 그렇게 살아서는 절대로 시나리오의 종막까지 갈 수 없다고. 그런 소리를 한바탕 해주려고 꺼낸 말이었다. 그런데.

"이현성은 군대로 갔다."

유중혁이 이야기를 시작했다.

"정희원과 이지혜는 새로운 화신들을 훈련시키고 있다. 앞으로 찾아올 대멸망 시나리오에 대비해 경기 쪽 전력을 증강

시키고 있지."

"……어?"

"유상아와 한수영은 정부 쪽 인사와 접촉하는 것 같다."

"그 두 사람이 같이 다닌다고?"

유중혁이 그렇게 많은 말을 하는 것을 처음 보았다. 그래서 일까. 조금씩 녀석의 이야기에 빠져들고 있었다.

"공필두는 성남 쪽 땅을 사들여서 거대한 성을 짓고 있다. 자기가 정말 왕이라도 된다고 생각하는 것 같더군."

"하하, 그 아저씨는 진짜……."

"두 꼬맹이는 잘 지내고 있다. 심심할 때마다 동전 같은 걸 던지는 걸 봤다."

나는 간간이 피식거렸고, 유중혁은 무뚝뚝한 목소리로 이야 기를 계속했다. 어떤 이야기는 쉽게 알아들을 수 있었고, 어떤 이야기는 이해하는 데 시간이 조금 걸렸다.

그러나 모두 내가 아는 사람들 이야기— 내가 좋아하는 사 람들이, 내가 없는 곳에서 살아가는 이야기였다. 이야기를 들 으며 나는 어쩐지 감미롭고 애달픈, 그리고 그리운 기분이 되 어갔다.

"다들 바쁘게 살아가고 있다."

이야기가 끝났을 때 나는 기묘한 외로움을 느꼈다.

그렇구나. 다들 잘 살아가고 있구나.

[전용 스킬, '제4의 벽'이 흔들리고 있습니다.]

내가 이 이야기의 '외부인'이라는 사실이 새삼 실감 났다.

「25회차의 유중혁은 말했다. '아무것도 바꿀 수 없다.'」

내가 없어도 사람들은 시나리오를 계속할 것이다.

마치 유중혁이 회귀를 반복하는 것처럼.

4회차, 5회차, 6회차…… 끝없는 이야기가 이어지는 동안 나는 쉽게 잊히겠지. 그리고 사람들은 결말을 향해 나아갈 것이다. 당연한 일이었다. 당연한 일이었음에도, 그 사실을 상기하기가 고통스러웠다. 나는 입술을 깨문 채 어떻게든 말해보려 했다. 다행이네. 끝내 입이 떨어지지 않았다. 그런데 그때 유중혁 목소리가 들려왔다.

"그리고, 다들 네 이야기를 한다."

나는 천천히 고개를 들었다. 유중혁은 여전히 무표정했다.

"많이 한다. 네 이야기를."

나는 양손으로 눈을 덮은 채 작게 웃었다. 겉으로는 웃는 것처럼 보이지 않더라도, 웃는다고 말하고 싶었다. 양손이 만든 작은 어둠 속에서, 고요히 차를 마시던 유중혁의 목소리가 다시 한번 들려왔다.

"지구로 돌아가자, 김독자."

Episode

43

파천검성

Omniscient Reader's Viewpoint

1

준상급 도깨비 심사가 끝난 후 비형은 조금 나태해졌다.

그가 하는 일이라고는 전임 서울 지부장 '바람'이 맡기고 떠난 '한반도 시나리오'를 관리하는 것, 그리고 가끔 이렇게 누워서 자기가 만든 시나리오를 구경하는 것이 전부였다.

─희원 씨! 이쪽이에요!

─젠장, 한 놈 놓쳤어요. 한 사람만 북쪽으로 가요!

화면에서는 한반도 시나리오 중 하나인 '두더지 잡기'가 한창 진행 중이었다. 정해진 시일 내에 도망친 '폭탄 두더지'를 모두 잡는 시나리오.

하나라도 놓치면 일대에 끔찍한 대폭발이 벌어질 텐데 한반도의 화신들은 그다지 다급해 보이지 않았다.

─티타노가 발견했대요. 저랑 유승이가 처리할게요.

구성도 팀워크도 완벽했다. 비슷한 시나리오에서 국토의 사분의 일이 날아가버린 일부 국가와는 확실히 달랐다.

물론 그렇다고 이 시나리오가 극악의 난도인가 하면 그건 또 아니었다.

"젠장. 왜 이렇게 됐는지 정말⋯⋯."

손가락을 잘근잘근 깨물던 비형이 작게 푸념했다.

사실 이번 시나리오도 난도를 높이려면 얼마든지 높일 수 있었다.

한반도 절반을 날려버리고, 화신들을 끔찍한 재앙으로 이끌 수도 있었다. 하지만 그렇게 하지 못했다.

'역시 그때 김독자를 살려뒀어야 하나⋯⋯ 여기서 난이도를 더 조절하면 분명 다 뒈져버릴 텐데.'

이제 와 후회해도 늦은 노릇이었다.

아무리 여러 가지 안배를 준비했다 해도, 시나리오 바깥으로 떠난 존재가 살아 돌아오기란 불가능에 가까우니까.

[한반도의 성좌들이 '김독자 일행'을 응원합니다.]
[한반도의 성좌들이 2,000코인을 후원했습니다.]

그나마 비형의 채널이 유지되는 것은 김독자가 남긴 골수 구독좌 덕분이었다. 시나리오의 흥미 유무와 별개로 꾸준히 후원해주는 성좌들.

하지만 채널에 그런 성좌만 있는 것은 아니었다.

[다수의 성좌가 시나리오 진행을 지루해합니다.]

[일부 성좌가 채널에서 이탈했습니다.]

김독자가 사라지고 유중혁마저 한반도 시나리오에서 벗어 나자, 채널 이탈자는 나날이 늘어갔다. 한마디로 비형의 채널 은 조금씩 망해가고 있었다.

'변화를 꾀해야 해. 하지만 어떻게?'

물론 방법은 알고 있었다. 예전처럼 시나리오 난이도를 극 악으로 올려 화신을 갈려나가게 만들면 구독좌는 다시 늘어 날 것이다. 하지만 비형은 이제 그런 식으로 시나리오를 이끌 고 싶지 않았다.

'나도 변한 것일지 모르지.'

무조건 자극적인 시나리오만 추구하던, 그리하여 화신의 생 사 따위 눈곱만큼도 신경 쓰지 않던 예전과는 뭔가 달라졌다. 비형은 조금 다른 이야기를 해보고 싶었다. 관리국에서 하루 가 멀다 하고 외쳐대는 '사이다'는 집어치우고, 뭔가 다른 시 나리오가 보고 싶었다.

마치 저 먼 옛날 1세대 도깨비들이 만든 시나리오처럼, 오 래도록 성좌들에게 기억될 수 있는 그런…….

—비형.

허공에서 들려온 도깨비 통신에 비형은 반사적으로 자리에 서 일어났다.

—팔자 좋아 보이는군. 잘 지내는가?

뒤이어 패널에 떠오르는 것은 '대도깨비 후보'가 되어 서울
돔을 떠난, 전 지부장 바람의 얼굴이었다. 질겁한 비형이 재빨
리 예의를 갖추었다.

서울 지부를 떠난 뒤 바람은 관리국 원로회에 입성했다. 세
상에서 가장 현명한 도깨비가 상주한다는 원로회.

그새 또 무슨 이야기를 보고 들었는지 패널 너머로 느껴지
는 바람의 인상은 한층 더 기품 있어 보였다.

—몇 가지 전달 사항이 있어서 연락했네.

"어떤……?"

비형은 살짝 긴장했다. 바람이 저렇듯 의미심장하게 서두를
열 때 좋은 소식을 받은 적은 한 번도 없었다.

—거대 설화의 징조가 있네.

"……아직 '기간토마키아'나 '라그나뢰크'까지는 시일이 꽤
남았을 텐데요?"

—그쪽이 아닐세. 이번에 거대 설화가 발족되는 곳은 마계야.

마계라는 말에 비형의 낯빛이 변했다.

"설마 '마왕 선발전'입니까?"

고개를 끄덕이는 바람을 보며 비형이 침을 꿀꺽 삼켰다. 정
기적으로 발생하는 이벤트성 거대 설화와는 달리, 마왕 선발
전은 무척 드물게 발생하는 시나리오였다. 비형조차 마왕 선
발전 시나리오는 직접 본 적이 없었다.

'마지막 마왕 선발전이 벌써 팔백 년 전이지.'

거대 설화를 상상하는 것만으로 이렇게 가슴이 떨리다니. 그런 비형의 마음을 읽었는지 바람이 웃었다.

—기대되지 않나?

"기대는 됩니다만, 아쉽군요. 어차피 그쪽은 도깨비 담당이 아니잖습니까?"

마계는 예로부터 혹부리들의 영역이었다. 시나리오 지대 전역에서 거의 유일하게 채널이 열리지 않는 불모지였다. 그러니 이번에도 마왕 선발전을 방송하는 것은…….

—이번에는 달라. 관리국에서 마계로 도깨비를 파견하기로 했네.

"예? 하지만 그건……."

도깨비는 혹부리 일에 간섭하지 않고, 혹부리는 도깨비 일에 간섭하지 않는다. 그것이 바로 '지평선의 약속'이었다. 그런데 지금 바람이 하는 말은, 그 규약을 정면으로 부정하고 있었다.

—본래는 혹부리들과 새로 협약을 맺은 후 채널을 개설할 예정이었는데, 이번에는 일이 좀 복잡하게 됐네. 저쪽에서 먼저 약속을 어겼거든.

"약속을 어기다뇨?"

—마계에 '불법 채널'이 발생했네.

"……예?"

상식적으로 있을 수 없는 일이었다. 마계에는 도깨비가 없다. 그런데 채널이 열리다니 무슨 소리인가.

―아직 정확한 건 모르네. 그 일 때문에 지금 관리국도 난리야.

"만약 흑부리들이 채널을 훔친 거면 이쪽에서 그냥 닫아버리면 되지 않습니까?"

채널 운영권은 예로부터 도깨비에게 한정된다.

흑부리가 요상한 술수를 사용해 채널을 훔쳤어도, 채널 한두 개 닫는 정도야 관리국 차원에서도 손쉽게 할 수 있다.

―그게, 흑부리가 아니니 문제야.

"흑부리가 아니라고요? 그럼 누가 채널을 열었습니까?"

―마계에 우리가 모르는 도깨비가 있는 것 같네.

"……도깨비?"

잠깐만…… 설마?

바람이 계속해서 말했다.

―아무튼 그것 때문에 관리국에서 마계로 도깨비를 파견하게 됐네.

"그렇군요. 그런데 왜 저에게 이 소식을……."

―자네도 파견 목록에 있네.

"저는 한반도 담당인데요."

―한반도는 다른 도깨비가 맡아줄 걸세. 자네는 중하급 도깨비를 데리고 마계에 잠시 다녀오게.

순간 비형은 어이가 없었다. 제일 핫한 지구 시나리오에서 벗어나 마계로 가라고? 좌천이나 마찬가지였다.

―한반도 쪽은 어차피 사건도 없잖은가? 너무 섭섭하게 생

각지 말게. 이번에 제대로 한 건 하고 오면, 상급으로 올라가는 것도 꿈은 아니니까.

"……지난번에도 비슷한 이야기를 하신 것 같은데요. 왜 하필 접니까?"

—나도 정확한 이유는 모르겠지만, 원로회에서 자네를 직접 지목했네.

원로회에서 그렇게 정했다면 번복은 없다는 얘기다.

비형은 우울한 얼굴이 되었다. 그 위험한 지역에 하필 지금 가야 한다고?

—무슨 생각을 하는지 알겠지만 너무 의기소침해지지 말게. 좌천 같은 건 아니니까. 그보다 심상찮은 정보가 하나 있는데, 자네가 들으면 좋아할지도 모르겠군.

별 기대 없이 고개를 드는 비형에게, 바람이 묘한 목소리로 말했다.

—마계에 '구원의 마왕'이 나타났다는 제보가 있네.

※ ※ ※

한참이나 침묵하던 내가 입을 연 것은 유중혁이 그 말을 하고 무려 삼십 분이나 지난 후였다. 삼십 분이 지났다는 것도 중간에 아일렌이 방에 한 번 들어왔다 나가는 것을 보고 깨달았다.

"……유중혁, 혹시 우리엘 인형 가져왔냐?"

내 물음에 유중혁이 말없이 품속에서 인형을 꺼냈다. 나는 인형을 조심스레 받아 살폈다.

팔과 다리의 실밥이 모두 뜯어진 모습.

아무리 상징체지만 이렇게까지 타격을 받으면 본체에도 영향이 미쳤을 것이다.

드높은 자존심의 대천사가 마계에서 이런 꼴을 당하다니.

"……역시 지금은 돌아갈 수 없어."

"그렇군."

마치 그럴 줄 알았다는 듯한 대답. 유중혁도 우리엘 인형을 보고 있었다. 방 안 누구도 입을 열지 않지만 서로 무슨 생각을 하는지는 훤히 알 수 있었다.

"마왕 선발전에 참가할 생각이겠지?"

나는 고개를 끄덕였다. 마왕 선발전. 앞으로 있을 성좌들과의 대결을 위해 반드시 거쳐야 하는 시나리오.

"일행들에겐 미안하지만, 나는 여기서 거대 설화를 얻어야만 해."

나는 찢어진 우리엘의 팔을 조심스레 붙이며 말을 이었다.

"그래야 앞으로 있을 대멸망 시나리오들을 대비할 수 있으니까."

지구로 돌아가면 선택지가 한정된다. 거기서도 나름대로 기연을 얻을 수 있고 세력을 꾸릴 수 있겠지만, 지금 돌아가는 건 효율이 좋지 않았다.

이미 시나리오 난이도는 원작의 그 어느 때보다 극악해진 상황. 이 타이밍에 지구로 돌아가면 애먼 곳에 시간을 빼앗길 뿐이다.

유중혁이 나를 잠시 바라보다가 말했다.

"나쁘지 않은 생각이군."

여러 가지를 이해한다는 듯한 말투였다. 아마 유중혁은 누구보다 이 마음을 잘 이해할 것이다. 약하다는 이유로 소중한 것을 가장 많이 잃어본 사람일 테니까.

"너는 어쩔 거냐?"

"나도 당분간 마계에 머무를 거다. 이곳에 개인 시나리오가 있어서 당장은 떠날 수도 없다."

오호, 그렇다 이거지.

"그래? 괜찮으면 나 좀 도와주지그래."

"돕는 건 내가 아니라 네놈이겠지."

순간 그게 무슨 말인가 싶어 유중혁을 보았다. 분명 아까와 같은 무표정이지만 뭔가 느낌이 달랐다.

"……설마 너도 마왕 선발전에 참가할 셈이냐?"

"당연한 얘기를 하는군."

갑자기 머릿속이 복잡해졌다. 이 자식, 어차피 마왕 선발전에 참가할 생각이었으면서 왜 나한테는……?

"잠깐만! 너 아까 나보고 지구로 돌아가라고 한 게 혹시……."

유중혁은 내 말을 다 듣지도 않고 자리에서 일어나 창가로 다가갔다. 희미한 석양이 옆얼굴에 짙은 음영을 드리웠다. 멸살법에 따르면 유중혁은 속내를 들켰을 때 짐짓 멋있는 표정을 짓는다.

이 자식, 알고 보니 나를 지구로 보내고 자기가 마왕이 될
속셈이었다.

그 뻔뻔한 뒷모습에 이제껏 받은 감동이 싹 달아나는 기분
이었다.

그때 유중혁이 입을 열었다.

"왔군."

창밖으로 밀려드는 한기와 함께, 아일렌과 마르크가 치료실
문을 박차고 뛰어들었다. 무슨 일인지는 듣지 않아도 알 수 있
었다.

왜냐하면 어느새 눈을 뜬 비유가 긴장한 표정으로 나를 올
려다보고 있었으니까.

[성좌, '인류의 시조'가 '유중혁 공단'을 노려봅니다.]
[성좌, '최후의 파라오'가 '유중혁 공단'을 노려봅니다.]
[특정 성운의 성좌들이 '유중혁 공단'을 노려봅니다.]

십여 개가 넘는 별이 하늘에서 반짝인다 싶더니 그중 하나
가 유독 강렬한 빛을 내며 스파크를 터뜨렸다.

잠시 후 공단 입구에 거대한 형상이 나타나기 시작했다. 황
금빛 왕관을 머리에 쓴 미라의 모습. 성벽 높이를 훌쩍 뛰어넘

는 그 크기에, 공단의 화신들이 일제히 비명을 지르는 소리가 들려왔다.

내 기억이 맞는다면, 저 성좌는 〈파피루스〉에 소속된 녀석이다. 그리고 〈파피루스〉는 베르칸 공단과 손을 잡았다.

유중혁이 짓씹는 듯한 말투로 입을 열었다.

"……시위라도 하러 온 모양이군."

무슨 시위인지는 물어볼 필요도 없었다. 벌써 마왕 선발전의 전초전이 시작된 것이다.

2

[이 공단의… 새로운 지배자는… 누구냐.]

어마어마한 목소리에 나와 유중혁은 동시에 창밖을 내다보았다. 츠츠츳, 하는 잡음이 많은 걸로 봐서 진언 사용이 꽤 힘겨워 보이는 녀석이었다. 유중혁이 작게 중얼거렸다.

"〈파피루스〉의 성좌다."

"'최후의 파라오'면 아무래도 내가 생각하는 그 여자겠지?"

거대한 미라 형상에 낡은 황금빛 왕관. 다른 모든 곳이 붕대로 덮였음에도 드높은 콧대만은 드러난 얼굴. 멸살법에서 읽은 그대로였다. 분명 저 화신체는 이집트 '최후의 파라오' 클레오파트라의 것이다.

[유중혁이…… 누구지……?]

다시 한번 이어지는 진언에 공단 전체가 쩌렁쩌렁 울렸다.

확실히 대단한 패기이긴 하지만 우리 둘 중 누구도 주눅 들지는 않았다. 클레오파트라는 고작해야 위인급 성좌. 유중혁도 나도 이제 위인급 성좌의 기세 정도에는 쫄지 않는다.

"유중혁. 이길 수 있겠냐?"

전신에 설화 팩을 주렁주렁 달고 있는 지금으로서는 감당할 수 없는 상대였다. 유중혁이 고개를 저었다.

"지금은 무리다. 곧 그 시간이라서."

"아까 그 페널티 말하는 거냐? 하루에 십 분씩 사라진다는?"

유중혁은 대답하지 않았다. 긍정의 의미로 받아들인 나는 고개를 돌려 클레오파트라 쪽을 바라보았다.

"그럼 저 녀석을 어쩐다……."

"놈은 아무것도 못 할 거다."

"왜?"

"아직 마왕 선발전은 시작되지 않았으니까."

당연한 얘기지만 이 시나리오에 소속되지 않은 성좌들의 화신체는 강력한 개연성의 제약을 받는다. 아직 '거대 설화'가 열리지 않은 이상, 그들 또한 마음대로 활개 칠 수는 없는 것이다.

하지만 그렇다고 해도…….

"야, 아스모데우스한테 당한 거 벌써 잊었어?"

"누구나 아스모데우스처럼 굴 수 있는 건 아니다."

그 정도는 나도 안다.

마계에서 마왕은 성좌보다 개연성 제약이 덜하니까. 문제는 저 성좌들이 그 제약을 극복할 만한 여분의 개연성을 가지고 있다는 것이다.

"클레오파트라는 〈파피루스〉 소속이잖아? 성운의 개연성을 빌려와서 난장을 놓으면……."

"김독자. 벌써 네놈이 한 짓을 잊은 모양이군."

"뭐?"

유중혁이 채 대답하기도 전에 허공에서 클레오파트라의 목소리가 들려왔다.

[공단의 새로운 지배자…… 그에게 전해라. 마왕 선발전에 참전하면…… 반드시 죽게 될 것이라고.]

클레오파트라의 화신체는 그 말과 함께 조금씩 사라지기 시작했다. 거성이 무너지듯, 모래알처럼 조각난 화신체가 먼지로 돌아가고 있었다.

[명심해라… 〈파피루스〉는… 결코 두 번 경고하지 않는다.]

왜 저렇게 고분고분히 떠나는 거지?

이상한 일이었다. 보통 저런 식으로 현현하고 나면 화신 수백쯤 학살하는 건 식후 운동 정도로 여기는 녀석들인데.

유중혁이 한심하다는 듯 입을 열었다.

"잊었나? 놈들은 너에게 운명을 강제했다."

"아."

그러고 보니 그랬다. 〈파피루스〉뿐만 아니라 〈베다〉와 〈올림포스〉도, 당시 나를 자기들 편에 끌어들이기 위한 '운명' 선언에 대량의 개연성을 갈아 넣었다. 그제야 클레오파트라가

순순히 사라진 이유가 납득되었다.

놈들은 지금 여분의 개연성이 부족한 것이다.

"마왕 선발전까지는 시간을 번 셈이군."

유중혁의 침착한 목소리에 나는 고개를 끄덕였다.

적어도 당장 성좌들이 이쪽을 공격해올 리는 없다.

나는 메시지 로그를 확인했다.

[현재 '마왕 선발전'이 준비 중입니다.]

[남은 준비 시간: 28일 17시간 12분]

내 예상이 맞는다면 마왕 선발전은 21번부터 24번 시나리오까지를 소비할 것이다. 거대 설화니까 그 정도는 잡아먹는 게 당연하겠지. 나는 남은 시간을 가늠하며 말했다.

"우리 둘만으로는 부족해."

"알고 있다."

마왕 선발전이 시작되면 저쪽에서는 성좌들이 출몰하기 시작할 것이다.

아무리 위인급 성좌라도 일단 성좌 수준에 도달했으면 일반적인 화신보다는 훨씬 강하다. 더군다나 이름값 높은 녀석이 나타나기 시작하면 나와 유중혁만으로는 상대하기 버거워진다.

"생각해둔 거 있나?"

유중혁은 고개를 저었다.

지구에 있는 일행을 데려오는 방법도 있겠지만, 이현성이나 정희원은 초월좌나 성좌를 상대로 싸우기에는 아직 부족했다. 그들도 개인 시나리오와 메인 시나리오를 번갈아 수행하며 강해질 시간이 필요했다. 그래야 후반 시나리오에 들어섰을 때 본격적인 전력 운용이 가능해진다.

지금은 당장 함께할 수 있는 동료를 구해야 한다.

"여기서 모은 동료는 없나?"

"아, 있긴 한데……."

그러고 보니 장하영 이 녀석이 어디 갔지? 나는 아픈 몸으로 비틀거리며 주변을 둘러보았다.

"마침 같은 편을 물색해놓으라고 말해둔 참이야. 슬슬 성과가 있을 때가 됐는데……."

"준비해둬라. 나는 잠깐 다녀올 테니."

어딜 가느냐고 채 묻기도 전에 유중혁의 모습이 시야에서 사라졌다.

✪ ✪ ✪

몸도 풀고 작전 계획도 세울 겸, 붕대를 대충 정리한 후 치료실을 나왔다. 아일렌은 두 주는 더 요양해야 한다고 했지만, 긴장이 풀렸기 때문인지 몸 상태가 그리 나쁘지는 않았다.

[특성 '라마르크의 기린'의 효과로 회복 능력이 급상승합니다.]

……아, 특성 효과 때문이었군. 기지개를 켜며 밖으로 나서자 아일렌이 경악하며 달려왔다. 나는 그녀가 입을 열기 전에 선수를 쳤다.

"괜찮으니까 걱정 마. 그보다 아일렌, 이거 좀 고쳐주라."

내게서 우리엘 인형을 건네받은 아일렌이 고개를 갸웃했다.

"이게 뭔데요?"

"성좌의 상징체."

불경하게도 아일렌은 그 말을 듣고 곧장 인형을 떨어뜨리는 실수를 저질렀다. 황급히 인형을 다시 주워 든 아일렌이 나를 보며 물었다.

"……떨어뜨렸다고 천벌받진 않겠죠?"

"착한 성좌니까 걱정하지 마. 튼튼하게 수선해줘."

성좌가 착하다니. 좀 이상한 말이기는 하지만 다른 성좌도 아니고 우리엘이니 그렇게 표현해도 이상하지는 않을 것이다. 나는 잠깐 산책을 다녀오겠다고 말한 뒤 공단의 거리로 나왔다.

희미한 햇살 속에 드러난 거리는 예전과 확실히 분위기가 달랐다. 나를 알아본 몇 명이 가볍게 묵례하며 지나쳤다. 사람들 표정에서 일전에는 찾아볼 수 없던 생기가 느껴졌다.

아마도 삶을 결심한 사람들의 표정이리라.

"야, 유중혁! 깼냐?"

소리가 들려온 곳을 돌아보자 마침 내가 찾던 녀석이 이쪽으로 달려오고 있었다. 도움닫기를 해 내 목에 매달린 장하영이 어설프게 헤드록을 걸었다.

"내 이름은 유중혁이 아냐."

"아, 이제야 본명을 밝히시려고?"

"……알고 있었냐?"

"뭐, 나만 가명을 쓰는 건 아닐 테니까."

나는 잠시 장하영을 바라보다가 의미심장한 투로 말했다.

"내 이름은 김독자야."

나름대로 멋지게 얘기해본 건데 장하영은 표정이 영 시큰둥했다.

"이상한 이름이네. 근데 어디서 들어본 것 같기도 하고……."

"됐어. 근데 뭐 하고 있었냐?"

"아, 채팅 좀 하다가 이 근처에 제보가 떠서 나왔지."

"제보?"

"넌 누워만 있어서 모르겠구나? 공단에 그동안 재미있는 사건이 좀 있었거든."

나는 장하영에게 지난 일주일간 있었던 사건 이야기를 들었다. 그중에서도 가장 흥미로운 것은 물론 유중혁에 관한 이야기였다.

"그 녀석이 통치를 거부했다고?"

"맞아. 공작위 계승은 하되 여길 통치하지는 않겠다고 했어. 그래서 지금 다들 난리야."

무슨 상황인지는 알 법했다. 아마 유중혁은 자신의 신조인

'군림하되 지배하지 않는다'를 실천 중이리라. 그래서 그딴 말을 했겠지. 생각은 좋다. 그런데 상황이 나빴다.

"난리 났겠네. 아직 정리도 안 된 상태에서 그런 선언부터 하면 치안 문제가 발생할 텐데."

"안 그래도 그것 때문에 지금 공민들 엄청 흥분해 있어."

강력한 독재자는 그 존재만으로 사람들의 욕망을 통제할 수 있다. 그런데 독재자가 실권을 포기했으니 지금껏 쌓여온 공민들의 욕망이 한꺼번에 분출되기 시작했을 것이다.

「"내가 죽는다고 공단의 어둠이 사라질 것 같은가?"」

멸살법에 나온 세이스비츠 공작의 대사였다.

새삼 그 말이 맞으리라는 생각이 들었다. 독재자가 바뀐다고 갑자기 공단 전체가 달라지지는 않는다. 오히려 포악한 독재자가 사라졌으니 사람들이 감추고 있던 야욕은 더욱 적나라하게 드러날 것이다.

"어이, 그 파편 내놔!"

"시, 싫어요. 제가 주웠습니다."

기다렸다는 듯 들려온 목소리에, 나와 장하영이 동시에 고개를 돌렸다. 골목 안쪽에서 다수의 화신이 누군가에게 린치를 가하고 있었다. 어떤 상황인지는 뻔해 보였다. 분명 '공장'에서 나온 설화 파편을 두고 다툼이 벌어졌겠지. 내가 움직이려는 순간 뜻밖에도 장하영이 제지했다.

"잠깐. 기다려."

"왜?"

"말했잖아. 제보가 있었다고."

"무슨 제보?"

"여기에 '징벌자'가 나타날 거야."

"징벌자?"

그런 존재에 관해서는 들어본 적이 없었다. 멸살법은 물론이고, 혁명가 시나리오에서도 그런 포지션은 없었다. 내 의문을 눈치챘는지 장하영이 덧붙였다.

"공민들이 만든 별명이야. 며칠 전에 갑자기 나타나서 치안을 정리하는 녀석인데, 정말 엄청난 미모의……."

골목 안쪽에서 고함이 들려왔다.

"죽이고 빼앗아!"

화신들이 병장기를 빼 들었다. 본격적으로 린치를 가하려는 모양이었다. 징벌자인지 뭔지 그딴 걸 기다리느니 내가 먼저 움직이는 게 빠르겠다.

허리춤의 검으로 손을 움직이는 순간, 골목에 호리호리한 그림자 하나가 나타났다.

"멈춰라."

전신에 흑색 케이프를 두른 여자가 담벼락 위에 서 있었다.

케이프 때문에 무장은 정확히 확인할 수 없지만 얼굴만큼은 아주 분명하게 보였다. 마치 혼자서만 화질이 다른 듯한 얼굴. 허리까지 내려오는 머리카락이 바람에 찰랑거리는 것을 보며, 나는 엄청난 충격 속에 느릿느릿 생각을 움직였다.

……멸살법에 저런 인물이 있던가?

갑자기 내가 아는 모든 찬사들의 의미가 묘연해지는 느낌이었다. 가지런히 놓인 먹색 눈썹 아래로 드러난 깊고 선명한 눈동자. 세상의 미를 결정하는 온갖 기준이 동시에 무너져 내리고 있었다.

성좌들 수식언으로도 묘사할 수 없을 듯한 얼굴.

그렇기에 분하게도, 그 얼굴을 표현할 방법은 단 하나뿐이었다.

「그것은 틀림없이 유중혁의 뺨을 세 대쯤 갈길 미모였다.」

멸살법에도 그런 표현은 나온 적 없었다. 손에 꼽히는 외모를 가진 장하영도 '두 대 갈긴' 정도였으니까. 유중혁 뺨을 두 대 갈긴 장본인이 작게 속삭였다.

"왔네. 저 녀석이 징벌자야."

미모에 압도되었던 화신들도 뒤늦게 정신을 차렸다. 히죽거리는 입술을 보아하니 무슨 소리가 나올지는 뻔해 보였다. 그런데 화신들 입이 열리기도 전에 뭔가가 움직였다.

투둑.

그리고 뭔가가 떨어졌다. 화신들이 비명을 지른 것은 그보다 조금 후의 일이었다.

"으, 으아아아악!"

팔이 잘린 화신이 끔찍한 비명을 질러댔고, 뒤이어 사태를 파악한 화신들이 허겁지겁 병장기를 놓고 달아나기 시작했다. 자신들이 상대할 수 없는 적이라는 사실을 눈치챈 것이다.

심지어는 린치에서 벗어난 사내조차 겁에 질려 골목길을 빠져나갔다. 순식간에 골목에는 잘린 팔과 여자만 남았다.

고요히 검을 집어넣는 모습을 보며 장하영이 감탄사를 터뜨렸다.

"봐봐, 진짜 죽이지? 네가 쓸 만한 인물을 물색해보라고 했잖아. 어제도 말 걸어보려고 했는데 바로 사라져버려서—"

잔인한 손놀림이지만 그럼에도 정도定道를 지킨 검술.

놀라운 것은 그 검술의 속도였다.

나는 부지중에 중얼거렸다.

"화신 수준의 검술이 아니야."

"뭐?"

장하영은 눈치채지 못했겠으나 나는 확실히 보았다. 현시점에서 저 정도 빠르기의 발검은 초월좌나 가능했다.

심장이 크게 뛰었다.

저 여자가 누구인지는 모르지만, 동료로 삼을 수만 있다면 틀림없이 마왕 선발전에 큰 전력이 될 것이다. 흑색 케이프의 여자가 등을 돌리려는 순간 나는 망설이지 않고 골목 안쪽으로 뛰어들었다.

"이봐!"

말을 걸어 시간을 끄는 동시에 [전지적 독자 시점]을 사용해 정보를 볼 계획이었다. 누구인지는 몰라도 특성창을 볼 수만 있다면 설득하기 쉬워질 테니까.

그리고 운만 좋다면—

"큿……."

그러나 다가가 스킬을 쓰기도 전에 자리에 멈춰 서야 했다. 이글거리는 여인의 눈동자가 나를 노려보고 있었다. 그 순간 전해지는 끔찍한 감정의 양에 몸을 떨었다.

나를 향한 엄청난 원망과 분노.

그만한 감정의 폭포를 겪어본 것은 정말 오랜만이었기에 일순간 아연해지고 말았다.

……뭐야 이 여자?

나를 아나? 아니, 그보다 왜 날 이렇게까지 싫어하는데?

쏟아지는 감정의 파도를 간신히 거스르며, 나는 뒤돌아서는 징벌자를 향해 외쳤다.

"잠깐만! 기다려!"

그때 머릿속으로 성좌들의 메시지가 밀려들었다.

[성좌, '긴고아의 죄수'가 경악합니다.]
[극소수의 성좌가 당신의 판단력에 가슴을 졸입니다.]
[성좌, '긴고아의 죄수'가 당신의 눈치에 격렬한 알레르기 반응을 일으킵니다.]

응? 뭐? 갑자기 무슨…….

[성좌, '악마 같은 불의 심판자'가 채널에 입장합니다.]

……우리엘?

[성좌, '악마 같은 불의 심판자'가 경악합니다!]
[성좌, '악마 같은 불의 심판자'가 경악합니다!]
[성좌, '악마 같은 불의 심판자'가 경악합니다!]

벌써 아스모데우스 사건 이후 일주일이나 지났으니 우리엘이 채널에 입장해도 이상한 일은 아니었다. 문제는 이어지는 성좌들의 메시지였다.

[성좌, '악마 같은 불의 심판자'가 이게 대체 어떻게 된 일이냐고 묻습니다.]
[성좌, '긴고아의 죄수'가 자기도 잘 모르겠다고 말합니다.]
[성별 바꾸기를 좋아하는 한 성좌가 킬킬 웃습니다.]
[성좌, '악마 같은 불의 심판자'가 성운 <아스가르드>를 향해 삿대질을 합니다.]

갑자기 쏟아지는 메시지 때문에 정신을 차릴 수 없었다. 대체 무슨 상황이지? 삿대질은 또 뭔데? 성좌들 메시지에 정신이 팔린 사이, 징벌자는 골목에서 자취를 감추고 말았다.

"잠깐만. 기다리라니까!"

아쉬웠다. 좋은 동료를 얻을 기회였는데. 뒤늦게 쫓아온 장하영도 한마디 거들었다.

"어때? 엄청 예쁘지?"

"쟨 언제 나타난 거야?"

"사흘 전인가 나흘 전. 미색은 물론이고 실력까지 출중한 녀석이라 순식간에 소문이 퍼졌어. 신출귀몰한 것도 그렇고."

"내일도 올까?"

검술 종류까지는 파악하지 못했지만, 그만한 발검이라면 분명 마왕 선발전에 큰 도움이 될 것이다. 그나저나 어디서 저런 인물이 나왔지? 분명 멸살법에는 없는데…….

"매일 왔으니까 아마 내일도 올 거야. 그나저나 단단히 반했나 봐?"

"그런 게 아니야."

"농담이야 농담. 다 안다고. 너 여자한테 별 관심 없잖아."

"……누가 그래?"

또 어디서 그런 헛소문이…….

[성좌, '악마 같은 불의 심판자'가 당신을 바라봅니다.]

……어디서 퍼진 헛소문인지 알 것 같네.

"오랜만입니다, 우리엘."

✠ ✠ ✠

[성좌, '악마 같은 불의 심판자'가 에헴 하고 콧대를 세웁니다.]

드문드문 들려오는 우리엘의 간접 메시지를 들으며, 나는 장하영과 치료실로 향하는 중이었다.

[성좌, '악마 같은 불의 심판자'가 자신의 공을 칭송합니다.]

주로 들은 이야기는 유중혁을 설득해 마계까지 놀러 온 우리엘의 천방지축 모험담이었다.

역시나 나를 구하도록 유중혁을 설득한 건 우리엘이구나. 그럴 거라고 생각은 했다. 유중혁 그놈이 나를 구하겠다고 제 발로 여기에 올 턱이 없으니까.

"상징체는 현재 수선 중입니다. 끝나면 다시 그쪽으로 현현하실 수 있을 거예요."

[성좌, '악마 같은 불의 심판자'가 감동의 눈물을 글썽입니다.]

"근데 유중혁한텐 무슨 개인 시나리오를 주신 겁니까? 대천사가 함부로 마계에 개인 시나리오를 풀어놓으면 위험할 텐데요."

사실 우리엘 정도 고위급 성좌가 마계에 오는 것은 위험한 일이었다.

성운 〈에덴〉과 72마왕의 마계는 휴전 중인 상태니까.

우리엘이 제대로 된 화신체 대신 허접한 상징체로 현현한 것은 그걸 의식한 까닭도 있을 것이다. 애초에 이런 상황이 아니었다면 우리엘이 아스모데우스에게 무력하게 당할 일도 없었겠지.

[성좌, '악마 같은 불의 심판자'가 시무룩한 표정을 짓습니다.]

[성좌, '악마 같은 불의 심판자'가 어차피 이제 그런 건 중요하지 않다고 말합니다.]

아마 유중혁과 우리엘의 링크가 끊기면서, 우리엘의 개인 시나리오는 강제로 말소되었을 것이다.

유중혁도 다른 개인 시나리오를 받았다고 말했지. 그때, 나와 우리엘의 이야기를 가만히 듣던 장하영이 끼어들었다.

"근데 너 어떻게 성좌들이랑 친한 거야?"

"나도 성좌거든."

"……뭐? 농담이지?"

"내가 말 안 했나?"

장하영은 어딘가 복잡한 표정으로 입을 열었다.

"성좌면…… 저 하늘에 있는 그런 거지? 오늘 아침에 나타난 그 미라 같은 애들."

"보통은 그렇지."

"그 왜, 수식언이란 것도 있고. 그 수식언의 맥락에 별자리를 짓고 살아간다는……."

그러고 보니 그런 설정이 있었지. 성좌의 진체는 수식언의 맥락 속에 있다고. 나야 성좌가 되자마자 타락하는 바람에 맥락이라는 걸 구경도 못 해봤지만…….

"맞아. 그게 성좌지."

"넌 수식언이 뭔데……요?"

갑자기 내가 성좌라는 사실을 의식했는지 장하영은 무척 조심스러워했다. 어쩐지 웃음이 나왔다.

[성좌, '악마 같은 불의 심판자'가 화신 '장하영'을 경계합니다!]
[성좌, '악마 같은 불의 심판자'가 화신 '장하영'에게 친한 척하지 말라고 경고합니다!]

"웃……!"

우리엘에게 무슨 협박을 당했는지 장하영이 재빨리 내게서 한 걸음 떨어졌다.

[성좌, '악마 같은 불의 심판자'가 당신에게 천사 같은 미소를 짓습니다.]

저 천사는 대체 얘한테 뭔 소리를 한 거야?

치료실로 들어가니 느긋하게 테이블에 앉아 차를 마시는

유중혁이 보였다.

"늦었군."

"뭐야, 벌써 와 있었냐?"

어디를 다녀온 건지는 모르겠지만 부츠에 흙먼지가 가득했다. 그새 새로 타왔는지 차도 바뀌어 있었다.

이곳의 허브티 같은 건가? 생각해보면 이 녀석 미감이 엄청나게 까다로웠지.

유중혁이 내 뒤쪽에 있는 장하영을 흘끗 보며 말했다.

"아까 말한 게 그자인가?"

"맞아."

내가 대답하자 장하영이 앞으로 나서며 말했다.

"……이쪽이 새로운 공작님? 안녕, 난 아슬란이야."

"인사는 생략하지."

"아…… 그러셔?"

순간 두 사람의 눈길이 허공에서 부딪쳤다. 뭔가 분위기가 어색해지는 기류가 보여서 내가 재빨리 말을 끊었다.

"둘이 처음 보는 건가? 유중혁 너 며칠 전에 왔다며?"

"한가하게 주민들과 통성명하고 다닐 시간 따윈 없었다. 그래서, 이 남잔지 여잔지 모를 녀석이 새로운 동료인가?"

"맞아."

"난 약한 녀석은 싫다."

"……안 약하거든?"

장하영이 가슴을 펴며 말했지만, 지금의 장하영이 유중혁 눈에 찰 리 없었다. 아무리 [정체불명의 벽]을 갖고 있다 해도 초월좌인 유중혁에 비하면 아직 턱없이 부족한 전력이니까. 둘 다 주인공이라지만 어쨌든 첫 번째는 유중혁이다.

조용히 찻잔을 내려놓은 유중혁이 차가운 목소리로 말했다.

"기다린 보람이 없군. 설마 저 얼간이가 전부라고 말하진 않겠지?"

나는 발끈하는 장하영을 만류하며 재빨리 대답했다.

"아, 하나 더 있어. 아직 얘기해보진 못했는데, 괜찮은 녀석을 발견했거든."

"누구지?"

"징벌자란 녀석이야. 얼마 전에 나타났다는데, 꽤 도움이 될 것 같아."

내 말에 유중혁의 표정이 복잡하게 변했다.

"그 녀석은 안 된다."

"뭐? 왜?"

"나도 포섭해보려 했지만 실패했다."

"뭐라고 했는데? 또 '동료가 되지 않으면 죽이겠다' 뭐 그딴 식으로—"

일순 유중혁의 표정에 서린 분노에 찔끔해 입을 다물었다. 유중혁이 이렇게까지 나온다면 그럴 만한 이유가 있는 것이다. 모르긴 해도 그 여자와 은원이 있다거나 그런 거겠지.

유중혁에게 원한을 사다니. 대체 누구지 그 여자?

원작에도 없는…… 아니지, 원작이 조금 바뀌었으니 새로운 이야기가 생겼을 수도 있겠구나. 조만간 한번 찾아봐야겠다.

"그럼 남은 방법은 하나뿐인데⋯⋯."

내 시선을 받은 장하영이 뾰로통한 얼굴로 대답했다.

"왜. 뭐."

"전에 시킨 건 제대로 했어?"

"했어."

"내가 말한 초월좌는?"

"응답 왔어. 올 수 있으면 와보라던데."

나와 장하영의 대화를 듣던 유중혁의 눈썹이 꿈틀거렸다.

"초월좌? 무슨 소리지?"

"아, 이 녀석은 다른 시나리오 차원의 존재와 연락할 수 있 거든. 꽤 쓸 만하지?"

어떻게든 장하영의 능력을 어필해서 호감을 사려는 계책이 었지만, 유중혁의 표정은 여전히 뚱했다.

"그래서?"

"동료를 꼭 화신으로만 한정할 필요는 없잖아. 성좌나 초월 좌도 모집하면—"

"성좌는 안 된다. 그놈들은 믿을 수 없어."

"그럼 초월좌는 괜찮지?"

"생각해둔 사람이라도 있는 건가?"

나는 고개를 끄덕였다.

"'제1 무림'에 가볼까 해."

"⋯⋯제1 무림?"

"초월좌가 제일 많은 곳이니까."

"무슨 생각을 하는지는 알겠지만, 초월좌라고 성좌보다 낫다는 보장도 없다. 그곳에는 거악巨惡과 거마巨魔도 많아."

"그렇겠지. 하지만 협객도 있잖아?"

"협객이라고 해서 다 네놈을 도와줄 거라 생각하는 거냐? 무림에서 협객 놀이를 하는 녀석 중 제대로 된 인간을 본 기억은 없다."

으드득 이를 가는 유중혁의 목소리에서 깊은 원한이 느껴졌다. 하긴 유중혁은 이미 지난 회차에서 제1 무림을 겪어봤으니 무리도 아니겠지. 하지만.

"글쎄, 적어도 한 사람은 도와줄 것도 같은데."

은은하게 일그러지는 유중혁의 표정을 보며, 나는 즐거운 듯 말을 이었다.

"파천검성破天劍聖에게 도움을 청할까 해."

파천검성.

멸살법을 통틀어 최강의 초월좌를 꼽으라면 반드시 손꼽히는 존재. 현시점에선 그 정도 위명은 아니지만 그래도 실력만큼은 충분하고도 남을 것이다. 왜냐하면 파천검성은 다름 아닌 유중혁의 '사부'니까.

"왜 하필 그자에게?"

"정正에도 사邪에도 얽매이지 않는 존재니까. 그리고 기왕 청하는 거, 당연히 고수를 고르는 게 맞잖아?"

유중혁의 얼굴은 징벌자 이야기가 나왔을 때보다 더 볼만

했다. 창백해진 그 이마에 식은땀이 맺힐 지경이었다.

"절대로 안 된다."

"왜?"

"안 된다면 안 되는 줄 알아라. 그 인간에겐 절대로……."

물론 나는 멸살법을 읽었으니 유중혁이 왜 저렇게 질색하는지 잘 알고 있었다.

그래도 어쩔 수 없다.

이번만큼은 내 계획대로 움직여줘야 하니까.

"아냐, 가야 해. 벌써 티켓도 끊어놨거든."

그러자 허공에 떠 있던 비유가 소리를 냈다.

[바앗!]

뒤이어 떠오르는 시나리오 메시지.

[새로운 '서브 시나리오'가 도착했습니다.]

제1 무림은 왕래가 잦은 시나리오 지역이라 '도깨비 보따리'를 통해 포털 티켓을 구할 수 있었다. 5만 코인이라는 거금이 필요하지만, 그래도 마음대로 오갈 수 있다는 것만큼 큰 장점은 없다.

"잘 생각해라, 유중혁. 꼭 파천검성이 아니더라도 거기서라면 꽤 쓸 만한 것들을 구할 수 있어."

제1 무림은 20번대 시나리오부터 40번대 시나리오까지 다양한 군상이 모여드는 장소. 지금 시점에 간다면 이용할 수 있는 정보나 히든 피스가 다수 있을 것이다.

　한참이나 고민하던 유중혁이 물었다.

　"언제 갈 거지?"

　나는 웃으며 말했다.

　"지금 당장."

3

준비는 금방 끝났다.

나는 아일렌에게 '유중혁 공단'을, 그리고 마르크와 몇몇 의원에게 '김독자 공단'을 맡겼다.

……그보다 '김독자 공단'이라니까 뭔가 느낌이 이상하다. 마계에 정말 그런 이름의 공단이 생겼나? 왠지 그쪽 사람들은 불행해질 것 같은데.

"젠장, 나는 그냥 선술집 주인이야. 정말 이런 걸 시킬 참인가?"

"그럼 선술집 운영하듯이 해. 내가 돌아올 때까지만. 권한 일부를 양도했으니까 치안 정리는 확실히 해주고."

내 말에도 마르크는 탐탁잖은 얼굴이었다.

"그래도 얼굴 정도는 비추고 가는 게 좋지 않겠나? 공단 사람들이 혼란스러워할 텐데."

"당장 거기까지 다녀올 시간이 없어서 그래."

"만약 새 혁명가가 나오면……."

"지역 전체가 다음 시나리오로 넘어갔으니 당분간 혁명가
는 없어."

내 말에 마르크는 애써 납득하는 기색이었다.

살짝 불안하기는 하지만, 마르크 정도면 잠시 공단을 맡기
기에는 충분할 것이다. 원작에서도 상처받은 공단을 일으키는
데 가장 큰 도움을 준 이가 바로 마르크였으니까. 김독자 공단
은 유중혁이 일으킨 참상으로 어수선하다고 하니, 더욱 마르
크 같은 사람이 필요하다.

의원들을 이끌고 김독자 공단으로 떠나는 마르크. 그 뒷모
습을 배웅하던 한명오가 문득 입을 열었다.

"그럼 우리도 출발하지."

"'우리'라뇨?"

나는 그 뻔뻔함에 슬며시 인상을 찌푸린 채 한명오를 돌아
보았다.

……이 양반은 대체 언제 봇짐을 바리바리 싸맨 거야?

"나 혼자 여기 남아 있기도 뭐하지 않은가."

"……."

"그리고 무림이라면 나도 일가견이 있지. 젊었을 적에 무협
지깨나 읽었다네."

사실 한명오가 왜 따라가려 하는지는 알고 있다. 정확히 말

하면 우리를 따라가려는 건 한명오가 아니라 한명오의 보스일 것이다.

[마왕, '정욕과 격노의 마신'이 당신을 바라봅니다.]
[성좌, '악마 같은 불의 심판자'가 마왕, '아스모데우스'를 노려봅니다.]

우리엘에게는 미안한 일이지만 어쩔 수 없다.

수정본의 3회차 전개를 모르는 이상, 지금은 아스모데우스와 좋은 관계를 유지하는 것이 최선이다. 그리고 당장 우리엘과 아스모데우스보다 걱정되는 것은 다른 쪽이다.

"떨거지가 많군."

"세상만사가 다 불만이지?"

서로 노려보는 유중혁과 장하영. 나는 한숨을 내쉬었다.

파천검성을 만나는 게 목적이니 유중혁은 당연히 같이 가야 하고, 연락책으로서 장하영도 꼭 필요했다. 무엇보다 이번 여정은 장하영의 성장에 큰 도움이 될 것이다.

"그럼 출발하죠."

내가 신호를 보내자, 비유가 "바앗" 하는 소리를 내며 포털을 열었다.

츠츠츠츳, 하는 소리와 함께 허공에 소용돌이치며 생성된 포털. 그레이트 홀 규모는 아니지만, 네 사람이 건너가기에는 충분했다.

성질 급한 유중혁은 포털이 나타나자마자 들어갔다. 소용돌이와 함께 사라지는 유중혁을 보며 장하영이 긴장한 목소리를 냈다.

"……나 마계 벗어나는 건 처음인데."

첫 번째 차원 이동을 겪은 뒤 장하영은 줄곧 마계에서만 살아왔다. 격려 차원에서 뭐라고 한마디 해줄까 싶었는데, 뜻밖에도 한명오가 입을 열었다.

"내가 소싯적에 읽은 무협지만 삼백 권이 넘어. 이번 여정은 나만 믿고 따라오면 될 걸세."

나는 가볍게 고개를 끄덕여주었다. 무협지만 삼백 권이라. 제1 무림이 어떤 곳인지 모르니 잘도 저런 소리를 하지.

"갑시다."

우리 세 사람은 동시에 포털로 뛰어들었다. 순간적으로 시야가 까맣게 물드는가 싶더니, 언젠가 본 우주의 정경이 펼쳐졌다. 한 줄기 빛이 된 내가 우주를 가로지르고 있었다.

무수한 이야기가 피고 지는 스타 스트림의 은하.

몇몇 별이 흘끗 나를 바라보며 지나쳤고, 정신을 차렸을 때나는 어느새 까칠한 바닥에 손을 짚고 있었다.

"웩, 어지러워……."

곁에서 장하영이 헛구역질을 했고, 한명오는 등산이라도 나온 듯한 기세로 여기저기 돌아보고 있었다. 유중혁은 그새 어디로 사라져 보이지 않았다.

……파천검성을 만나고 싶지 않은 거겠지.

"오오, 이곳이 바로……."

과하게 들뜬 한명오가 아이 같은 얼굴로 우리를 재촉했다. 멸살법의 시작을 목격한 나도 저런 표정이었을까 싶다.

['청룡성'에 도착했습니다.]

메시지와 함께 하늘에 열렸던 포털이 닫히자 나도 주변을 둘러볼 여유가 생겼다.

「청룡성靑龍城은 '제1 무림'의 4대 성채 중 하나다.」

멸살법의 설명에 따르면, 이곳은 제1 무림에서도 가장 큰 성이다. 광장에서 보이는 도시 규모만 봐도 어마어마했다. 중앙을 차지한 대궁大宮, 궁을 중심으로 펼쳐진 널따란 시가지.

각종 무공서를 판매하는 시장가, 떠들썩한 대로변. 크고 작은 장원 앞에 모여 앉아 담소를 나누는 무림인들도 보였다. 딱히 적의를 드러내는 이는 없지만 그들이 품은 기도氣度만으로도 얼마나 대단한 강자인지 짐작할 수 있었다.

[성좌, '긴고아의 죄수'가 흥미로운 표정을 짓습니다.]
[몇몇 성좌가 '제1 무림'의 정경에 그리운 표정을 짓습니다.]

제1 무림은 무수한 강자가 나고 자란 곳. 어쩌면 성좌 중에도 이곳을 지나친 이가 있을지 모른다. 분위기에 압도된 듯 입을 벌린 채 주변을 살피던 장하영이 물었다.

"……뭔가 중국풍인데? 원래 그런 거야?"

"원래 '무협'이 그쪽 배경이니까."

그렇다고 마냥 중국풍이라 보기도 뭐한 것이, 저 붉은 등은 일본풍이고 군데군데 섞인 건축 양식은 동남아의 것이었다. 물론 중국만의 것도 있다. 가령 저 차이나 드레스라든가…….

[성좌, '악마 같은 불의 심판자'가 당신을 흘겨봅니다.]

나는 애써 못 들은 척 걸었다. 성채가 너무 넓어서 정확히 감은 못 잡겠지만, 내가 읽은 부분이 맞는다면 파천검성의 무관도 이 지역에 있을 것이다.

일단은…… 시장가 쪽으로 나가볼까.

모처럼 여기까지 왔으니 제1 무림의 요리도 먹어보면 좋겠다. 제일 먹고 싶은 것은 뜨끈한 닭 국물과 만두다. 두 가지는 유중혁이 제1 무림에서 제일 많이 먹은 메뉴였다.

걸핏하면 뜨끈한 닭 국물에 만두를 먹는 장면이 묘사되는데, 밤에 그런 부분을 읽을 때면 허기진 배를 붙잡고 편의점에 가서 1,000원짜리 찐빵을 사 먹었다.

"흠, 무공을 훈련하는 모습은 보이지 않는구만."

"원래 무공은 그렇게 함부로 보여주는 게 아니에요. 무협지를 삼백 권이나 봤으면 잘 아실 텐데요."

"그래도 무림 고수는 있겠지? 무관도 있을 테고?"

"있죠, 물론."

"기대되는구만."

나는 가엾은 눈으로 한명오를 바라보았다. 아직 이 양반은 이 무림이 자기가 아는 그 무림이라 생각하는 모양인데…….

얼마 지나지 않아 한명오가 이상하다는 듯 중얼거렸다.

"뭔가 이상하네."

"뭐가 말입니까?"

한명오는 뭔가 못 볼 것을 봤다는 듯, 지나가는 화신을 유심히 노려보며 물었다.

"왜 무림인이 청바지를 입은 건가?"

"무림인은 청바지 입으면 안 된답니까?"

"아니, 이 시대 중국에 청바지가 있을 리가……."

"우리처럼 관광객인가 보죠."

청바지만이 아니었다. 사람들은 대부분 귀에 이어폰을 끼었거나 큼지막한 헤드폰을 쓰고 다녔고, 스마트폰 비슷한 기기를 사용하는 화신도 보였다. 소위 무림풍 패션을 추구하는 이도 있지만 그중 절반 정도는 우리처럼 세계관과 맞지 않는 복색을 하고 있었다.

눈앞에서 파괴된 로망에 절망하는 한명오를 보며 나는 짧게 한숨을 내쉬었다.

"뭘 상상하셨는지는 알겠는데, 요즘 무림은 다 이렇습니다."

"그, 그런가?"

"당연하죠. 요즘이 어떤 시댄데."

"이건 내가 생각한 무림이 아니야……."

"실제로 보면 뭐든 실망인 법이죠."

내 핀잔에도 불구하고 한명오는 포기하지 않는 기색이었다. 그새 통역 스킬까지 익혔는지 저잣거리 상인에게 말을 걸기까지 했다. 말투도 제법 무림 본새가 났다.

"여기, 무관을 찾으려면 어디로 가야 하오?"

허름한 가판대 위에 물건을 잔뜩 쌓아놓고 졸던 상인이 한명오의 말에 끔뻑 눈을 떴다.

"음? ……초행길인가 보구만."

"그렇소."

"무관은 왜? 무공 배우시게?"

"무림에 왔으면 검술 한 초식은 얻어 가야 사내 아니겠소?"

"크하하, 그렇지. 그렇지. 대협 말이 맞소이다."

대협이라는 말에 한명오의 입꼬리가 해죽 올라갔다.

[등장인물 '추국명'이 '흥정술 Lv.4'을 발동합니다.]

정말이지, 처음부터 질이 좋지 않은 경우였다.

"그런데 대협께서 좀 오해가 있으신 듯하구만. 요즘은 무관에서 무공을 배우지 않소."

"응? 그게 무슨 소리요?"

"하하, 땀내 나는 전통 무공 교수법은 저기 100번대 깡촌 무림계에서나 쓰지, 요즘은 아무도 그렇게 무공 안 배워. 대협이 세상 물정이 어두운 듯하여 내가 특별히 알려주는 거니 운 좋은 줄 아시구려."

당황한 한명오가 되물었다.

"그, 그럼 요즘은 어떻게 무공을 배운다는 거요?"

"요즘은 이걸 쓰지."

상인은 그 말과 함께 물품에 쌓인 먼지를 탁탁 털어 보였다. 상인이 내민 박스에는 작은 MP3 플레이어 같은 것이 들어 있었다.

[천지빙령검天地氷靈劍 무공 구결 세트]

― 무림 10대 고수 빙화신녀氷花神女가 직접 녹음한 두뇌 새김 무공 구결 각인 포함!

― 무공 구결은 무의식 반복 학습이 최고입니다! 어릴 적부터 반복 학습으로 구결에 대한 깨달음을 얻으세요!

― 6개월 할부 가능! 매달 500코인으로 누구나 고수가 될 수 있다!

"……이게 뭐요?"

"요즘 젊은 고수 사이에서 유행하는 거요. 1,000번만 들으면 누구나 일류 고수가 될 수 있다고 소문난 물건이지."

"그럴 리가…… 정말이오?"

"당연히 진짜지. 내가 무림 생활만 십 년인데 대협한테 거짓부렁을 하겠소? 여기 오면서 이어폰 꽂고 다니는 젊은이들, 혹시 못 봤소이까?"

"엇, 봤소. ……설마?"

얼빠진 한명오의 말에 상인이 의미심장하게 고개를 끄덕거렸다.

"다들 자투리 시간에 이거 듣고 있는 게야. 요즘은 젊은것들이 더 독해."

"허…… 그랬군. 그런 거였어. 내가 시대에 뒤처졌군."

"허허, 여기 한정판은 특별히 빙화신녀가 직접 녹음한 버전이라 듣기도 좋아. 빙화신녀 알지? 무림 공식 '고막 여친'. 자, 여기 들려줄 테니 한번 들어보시게. 잠 안 올 때 들어도 아주 효과가 좋아."

한명오가 홀리듯 이어폰을 귀에 꽂는 동안, 곁에서 장하영도 상인의 물품을 뒤적였다.

[환영비객幻影飛客 홈 트레이닝 6개월 세트]

— 당신도 1만 번만 따라 하면 암기의 달인이 될 수 있다!

— 부록으로 기초 암살 도구 세트 제공!

[남궁가의 제왕검학帝王劍學 무작정 따라 하기!]

— 남궁가 최고 강사진의 온라인 강의로 가장 안전하고 빠른 길
로 절정 고수가 되세요!

— 24시간 질의응답 게시판 운영 중. 주화입마 걱정 없음. 언제
든 마음 놓고 상담하세요!

그러고 보니 지금쯤 제1 무림에서 한창 이런 게 유행할 때
였다. 무의식을 자극해 무공을 익힌다느니, 집에 앉아 강의를
들으며 편하게 무공을 수련한다느니…….

함부로 상품을 헤집는 장하영을 향해 상인이 도끼눈을 뜨
며 말했다.

"어이, 거기 소저. 안 살 거면 함부로 뒤적거리지 마. 비싼
거야."

"진짜 이런 걸로 고수가 될 수 있다고?"

"여기 평들 안 보이나? 다 전문기관에서 인증한 상품이야."

멸살법을 모두 읽은 나도 죄다 처음 들어보는 기관이었다.
일반 무림인의 평도 보였다.

— 백영신동(12세, 남): 친구가 듣기에 따라 들었는데 좋아요. 수강 삼 개월째부터 계속 학관 1등 하고 있습니다. 짱!!

— 탐랑미요(32세, 여): 솔직히 삼 주 듣고 긴가민가했는데… 육 주째부터 갑자기 귀가 뚫리더니 모르던 무공 구결이 들리기 시작했어요!!!

— 화왕방군(24세, 남): 진짜 개쩝니다 이거 듣고 시나리오 개쉬워 졌어요. 시나리오 난이도 어쩔?? 이제 도깨비가 무섭지 않아!!!

누가 봐도 허위 광고지만, 제1 무림에 처음 방문하는 화신 이라면 그냥 넘기기 어려운 유혹이었다.

지금껏 힘든 시나리오를 돌파하며 여기까지 온 화신들이다. 그런데 시나리오 난이도를 하향시킬 만큼 심오한 무공을 코 인 몇 푼으로 쉽게 배울 수 있다니, 흔들리지 않을 턱이 없다.

이런 무림은 마음에 들지 않는다며 투덜거리던 한명오도 어느새 완전히 넘어간 뉘앙스였다.

"자네들도 한번 들어보겠나? 뭔가 귀에 쏙쏙 들어오는 느낌 이—"

"허허, 대협은 무공발이 좋은 모양이구만. 보통 삼 주 정도 는 '명현현상'이라고 헤매는 기간이 있는데 말이야."

"하핫, 그렇습니까? 저, 이거 일시불로 얼마면—"

아무래도 이쯤에서 말려야 되겠다 싶어서 나서려는 찰나,

뒤쪽에서 섬뜩한 목소리가 들려왔다.

"그딴 걸 듣는다고 전부 고수가 될 수 있다면 제1 무림이 멸망하는 일은 없었겠지."

뒤를 돌아보니 예상대로 유중혁이 서 있었다.

나는 슬며시 인상을 쓰며 경고했다.

"야, 함부로 그런 소리 하고 다니지 마."

유중혁이 말한 제1 무림 멸망은 아직 찾아오지도 않은 시나리오였다. 원작대로라면 몇 년은 더 지나야 찾아올 비극. 물론 지난 회차에서 모든 것을 목격한 유중혁에게는 앞으로 찾아올 미래 또한 '과거'일 것이다.

"시간 낭비 하지 마라. 저런 쓰레기로 강해질 수 없다는 건 네놈도 잘 알 텐데."

"그냥 일행들 구경 좀 하라고 놔둔 거야."

"우린 한가하게 관광 온 게 아니다. 잊었나?"

그렇게 말하는 사람이 한 손에 뭔가 바리바리 들고 있었다. 종이 포장지 안쪽에서 뜨끈하고 달큼한 냄새가 샘솟았다.

……만두?

유중혁은 뻔뻔한 얼굴로 만두 하나를 우적우적 먹으며 말했다.

"현시점의 제1 무림에서 찾을 수 있는 히든 피스는 총 세 가지다. 멸황滅皇의 무공서, 흑마령黑魔靈의 흑천마도黑天魔刀, 그리고 혈마교의 마혼단魔魂丹."

유중혁의 말에 상인이 끼어들었다.

"하하하! 멸황의 무공서에 흑마령의 흑천마도? 혈마교의 마혼단안? 아직도 그런 걸 찾는 인간이 있다니……!"

"……."

"정신 차리게! 그것들은 말 그대로 전설이야! 구 무림 시절에 완전히 사라져버렸다고!"

상인의 비웃음에도 유중혁은 눈썹 하나 까딱하지 않았다. 유중혁은 그게 정말 존재한다는 사실을 알기 때문이다. 심지어 그중 몇 개는 입수 방법도 알고 있다.

뻔뻔하게 남들 앞에서 이야기한다는 건, 어차피 말해도 믿을 리 없음을 잘 알기 때문이겠지. 나는 녀석의 말에 대답했다.

"일단 혈마교의 마혼단은 얻어도 효용가치가 낮아. 너라면 흡수 가능하겠지만 나나 다른 일행은 잘못 먹으면 주화입마가 온다고."

유중혁은 과연, 싶은 얼굴이었다. 한편 우리가 전설의 비보에 관해 태연히 이야기하자, 상인의 표정은 당황으로 물들고 있었다. 그러거나 말거나 나는 이야기를 계속했다.

"멸황의 무공서는 입수 요건이 까다로워. 얻으려면 얻을 수는 있겠지만 그렇게 오랫동안 여기 머무를 수는 없다고."

"그것도 그렇군."

"마지막으로 흑마령의 흑천마도는…… 아마 네 칼이 부러져서 구하려는 것 같은데, 그보다 구하기 쉬우면서 성능이 비슷한 무기가 있다는 거 잊었어?"

유중혁의 안색이 변했다. 내가 무슨 이야기를 하려는지 눈치챈 듯했다.

"……정말 갈 생각인가?"

"그래. 이번엔 파천검성의 힘이 꼭 필요해."

"나는 안 가겠다."

"맘대로 해. 그래도 무관까지는 안내해줄 수 있지?"

유중혁이 영 못마땅하다는 표정을 짓자 상인이 또 끼어들었다.

"자네들, 설마 파천검성을 찾아가는 길인가?"

"그렇습니다만."

"허…….."

상인은 살짝 질린 얼굴로 우리를 바라보더니, 고개를 내저으며 주섬주섬 상품을 회수했다.

"됐네. 이리 주게. 당신들한텐 안 팔아."

빙화신녀의 무공 구결을 열심히 듣던 한명오는 갑자기 이어폰을 빼앗기자 당혹스러운 표정이었다. 한명오를 향해 상인이 빙긋 웃었다.

"아직도 예전 방식을 고수하려는 친구들이 있다니 놀랍구만. 직접 시대의 변화를 느껴보는 것도 나쁘진 않겠지. 고행에 무운이 있길 비네."

상인은 그렇게 알 수 없는 말을 하더니 이내 가판대를 끌고 다른 곳으로 가서 또 호객 행위를 시작했다. 나는 그런 상인의 뒷모습을 잠시 바라보았다. 한명오가 물었다.

"……저게 대체 무슨 소린가?"

"부장님은 옛날 무림이 좋다고 하셨죠?"

"응? 뭐, 그렇지."

"잘됐네요. 지금 우리가 찾아가는 사람이 이 무림에서 유일하게 예전 훈련 방식을 고수하는 사람이에요."

나는 그렇게만 말해두고 앞서가는 유중혁의 뒤를 쫓았다.

오랜만에 제1 무림에 왔기 때문일까. 유중혁은 그리운 얼굴로 주변을 기웃거리기도 했고, 슬픈 눈으로 먼 곳을 바라보기도 했다.

거리는 점차 한산해졌다. 번화한 시장가의 떠들썩함이 잦아들고, 동물 대소변 냄새 같은 것이 희미하게 풍기기 시작했다. 얼마나 더 걸었을까, 마침내 유중혁이 걸음을 멈췄다.

번화가에서 본 장원들과는 비교도 할 수 없을 만큼 초라한 장원. 장원 중심에는 움막 하나가 높게 솟아 있고, 움막으로 가는 길에는 작은 대문과 명패가 세워져 있었다.

[파천검문(破天劍門)]

─ 제자 상시 모집

이곳이 파천검성이 기거하는 무관이었다.

"나는 여기까지다."

유중혁은 훌쩍 물러서더니 근처 벚나무 위로 올라갔다. 정말 어지간히 파천검성을 만나고 싶지 않은 모양이다. 한명오가 의심스럽다는 투로 말했다.

"뭔가 허름한데……."

"은거 고수는 원래 허름한 곳에 머물잖아요."

장하영이 기대 어린 표정으로 물었다.

"여기에 나한테 무공을 준 사람이 있는 거지?"

그러고 보면 장하영은 '벽'을 통해 파천검성의 [불사지체]를 전수받았지. 아무에게나 무공을 가르쳐주는 사람이 아닌데, 어떻게 그런 일이 가능했는지 모르겠다. 유중혁도 그 개고생을 해서 무공을 배웠는데…….

"파천검성, 계십니까?"

나는 일단 장원의 문을 두드렸다.

"파천검성! 당신 도움이 필요해서 왔습니다!"

소리쳐도 파천검성은 대답이 없었다. 하지만 대답이 없다고 돌아갈 수도 없는 노릇. 나는 뻔뻔하게 외치며 문을 열었다.

"들어오라는 신호로 알겠습니다!"

끼이익, 하며 열리는 장원의 문. 생각보다 내부는 한산했다. 딱히 인기척은 느껴지지 않았다. 대신 우리를 기다리고 있던 것은 전혀 뜻밖의 존재였다. 장하영이 반색하며 외쳤다.

"앗, 개를 키우나 보네?"

웬 개 한 마리가 마루 위에 드러누워 우리를 바라보고 있다. 감색 무복을 단정하게 차려입고 혀를 쭉 내민 중형견. 한명오가 긴장하며 내 곁으로 붙어 섰다.

"설마 저게 파천검성인가?"

"아닙니다."

헥헥거리는 개를 보고 있자니 멸살법의 내용이 떠올랐다.

「검은 빛깔의 털에 적갈색 눈동자. 마치 사람처럼 우아한 자태로 드러누워 고독한 장원을 지키는 번견番犬.」

틀림없다.

"저 개는 파천검성의 제자입니다."

"……제자라고?"

"제 기억이 맞는다면, '파천신군'이라 불리는 녀석이에요."

한명오가 황당하다는 듯 물었다.

"아니, 개를 제자로 들이는 경우도 있나?"

"사람이 개보다 못하면 그렇게 되기도 하지요. 애초에 사람이 개보다 낫다는 발상 자체가 인간중심주의적인 겁니다."

나는 개의 주변을 둘러싼 묘한 기류를 읽어냈다.

[전용 스킬, '전지적 독자 시점'이 발동합니다.]

오래된 것에는 이야기가 발생하고, 이야기가 모이면 설화가 된다. 일대에 맺힌 설화의 파편들이 원작의 활자가 되어 내게 이야기를 들려주었다.

[설화, '서당 개도 삼 년이면 풍월을 읊는다'가 이야기를 시작합니다.]

가령 무림 최강자의 무공을 오래도록 곁눈질한 개가 있다면 어떨까.

그 개가 어느 날부터인가 주인을 따라 하기 시작했다면. 그렇게 따라 한 세월이 십 년이 되고, 이십 년이 되고, 삼십 년이 되고…… 마침내 백 년에 가까운 시간이 흘렀다면.

장하영이 경악하며 중얼거렸다.

"뭐, 뭐야 저거……!"

천천히 두 다리로 일어선 번견이 마치 사람처럼 우리를 보고 있었다.

생각을 전혀 읽을 수 없는 기묘한 눈동자. 한 걸음씩 다가오는 기세에 적의는 보이지 않았으나 딱히 호의적이라고 생각하기도 어려웠다. 그 기이함에 한명오가 인상을 찌푸리며 나섰다.

"보아하니 환영 인사는 아닌 것 같군. 내가 상대하지."

"……부장님이요?"

"나도 백작급 악마일세. 무시하지 말게."

백작급이면 확실히 약하지는 않다.

제법 설화를 다룰 수 있어야 백작급이 되니까.

"흐아아압!"

자신만만하게 달려간 한명오가 자신의 설화를 발출했다.

무슨 설화인지는 모르겠지만 어디서 역사급 설화 몇 개를 주워서 사용하는 모양이었다. 그래도 아스모데우스의 권속이니 이참에 한명오의 실력도 확인해보면…….

"꾸아아아아악!"

한명오의 몸이 북 터지는 소리를 내며 허공을 날았다.

[등장동물 '파천신군'이 '백보신권 Lv.10'을 발동합니다!]
[등장동물 '파천신군'이 '주작신보 Lv.10'를 발동합니다!]

……맙소사.

간단히 한명오를 장원 밖으로 날려버린 번견은 순식간에 나와 장하영의 방위를 점하며 달려들었다. 나는 반사적으로 장하영을 밀치며 [책갈피]를 발동했다.

[전용 스킬, '바람의 길 Lv.10(+1)'이 활성화됩니다!]

고오오오오! 순간적으로 피어오른 바람의 감각이 번견의 움직임을 둔하게 만들었고, 나는 장하영을 옆구리에 끼고 바람의 길을 달려 번견의 앞발을 피했다. 허공에 스파크를 튀기며 지나가는 앞발에 무시무시한 권격이 깃들어 있었다.

저 온순하게 생긴 개가 [파천붕권]을 사용한다면 대체 누가 믿을까.

"잠깐만요! 우린 싸울 생각이 없습니다!"

그러자 번견이 장원에 굴러다니고 있던 종이 한 장을 집어 들었다.

—제자 상시 모집.

그제야 나는 일이 어떻게 돌아가는지 깨달았다.

"……제기랄. 하필 제자 모집 기간이라니."

내 기억이 맞는다면, 우리 말고도 예전 무림을 동경해 파천 검성을 찾은 이는 꽤 있었다.

하지만 대부분은 입문조차 불가능했다. 바로 저 개 때문이 었다.

「"나는 개만도 못한 녀석은 제자로 받지 않겠다."」

말하자면 저 개…… 그러니까 '파천신군'은 파천검문에 입 문하기 위한 등용문인 셈이었다.

내 움직임에 자극을 받았는지 개가 으르릉거리는 소리를 냈다.

츠츠츠츳.

개의 주변에 희미하게 스파크가 올라오고 있었다.

장하영이 깜짝 놀라서 물었다.

"저, 저거 뭐야? 개 맞아?"

놀라기는 나도 마찬가지였다. 스파크 색깔이 노란빛으로 변하는 것으로 봐서 틀림없었다.

저건 '초월형 1단계'다.

설마 파천신군이 이 정도일 줄은 생각도 못 했는데, 빌어먹을. 물론 내가 전력을 드러내면 상대할 수는 있겠지만, 아직 몸도 회복되지 않은 상황인 데다 고작 개를 상대로 설화를 남발할 수는 없었다.

결국 방법은 하나뿐이다.

"유중혁! 한 번만 도와줘!"

유중혁은 조용했다. 이 자식, 반응이 없다 이거지?

"내가 혈마교의 마혼단 찾는 거 도와줄 테니까 딱 이 녀석까지만 정리해줘!"

이번에도 유중혁은 반응이 없었다. 그리고 개가 움직였다. [바람의 길]을 사용해도 피할 수 없을 정도로 빨랐다. 이를 악물며 [전인화]를 발동하려던 바로 그 순간.

타앙!

간발의 차이로 나타난 유중혁이, 천총운검으로 파천신군의 앞발을 막아선 채 말했다.

"마혼단만으론 부족하다. 흑마령의 흑천마도도 구해 와라."

제기랄. 그렇게까지 쫀쫀하게 나온다 이거지.

"……알았으니까 개 좀 처리해봐."

가볍게 검을 흔들어 개의 공격을 흘려낸 유중혁이 고고한 얼굴로 검도 자세를 취했다. 츠츠츠츠, 하는 소리와 함께 유중혁의 전신에서 노란 스파크가 흐르기 시작했다.

역시 유중혁도 초월형 1단계는 돌파했군.

본래는 이 시기에 오를 수 없는 경지일 텐데.

파천신군은 자신과 같은 힘을 사용하는 존재가 나타나자 긴장한 기색이었다. 개와 사람의 대치라고는 믿을 수 없는 긴장감이 흘렀다.

이윽고 가공할 마력파가 주변을 잠식하기 시작했다.

그러고 보면 원작에서도 유중혁은 파천신군과 겨룬 적이 있다.

「파천검성에게는 제자가 둘 있다.」

바로 파천검성에게 처음 검을 배우러 왔던 때였다.

「하나는 파천검성이 기르는 번견 '파천신군'.」

아마 그때는 졌지.

「그리고, 바로 패왕 유중혁이다.」

하지만 지금은 다를 것이다.

4

파천신군은 강하다. 우스운 이야기 같지만, 아마 스타 스트림에서 파천신군보다 강한 개는 없을 것이다.

물론 파천신군보다 강한 인간도 거의 없지만.

츠츠츠츠츳!

유중혁과 파천신군의 기세가 맞닿았다. 초월형 1단계에서 비롯된 스파크가 서로 충돌하며 풍경이 왜곡되고 있었다.

초월좌들이 걸어온 길이 마주쳐 간섭을 일으키는 것이다.

오직 단 하나의 길을 걸어 초월에 도달한 존재들. 그렇기에 초월좌들의 싸움은 언제나 상대에 대한 부정否定의 연속이다.

너의 길은 틀렸고, 나의 길이 맞다.

그러한 부정을 통해 초월좌는 강해지고, 더 단단해지며, 마지막에는 부러진다. 주변을 장악하는 초월좌의 존재감 속에, 유중혁의 생각이 내 머릿속으로 흘러들어 왔다.

「오랜만이군, 사형.」

누가 봤다면 웃을 일이었다. 사람도 아니고, 개와 사형제가 되다니.

하지만 유중혁은 웃지 않았다.

스치듯 사라지는 표정이 가슴을 툭 치고 지나간다. 활자로 모두 그려질 수 없는, 곱씹을 틈도 없이 과거 속으로 욱여넣은 기억들이 풀어 헤쳐진다. 파천검성을 만나고, 파천신군과 함께 무공을 배우던 유중혁의 2회차.

「이곳에서 유중혁은 잠시나마 인정人情을 배웠다.」

이곳에서 유중혁은 어떻게 봐도 인간 같지 않은 사부와, 실제로 인간이 아닌 사형과 함께 무공을 배우고, 훈련하고, 살아갔다.

지금의 유중혁에게 약간이나마 사람의 온기가 남아 있다면 제1 무림의 공일지도 모른다.

하지만 마찬가지로 유중혁에게서 사람의 온기가 사라진 원인을 찾는다면, 그 또한 아마 제1 무림일 것이다.

「……다시 만나고 싶지 않았다.」

최강의 번견 파천신군은 파천검성이 귀환자 연합과 싸울 때 죽었다.

스가각! 콰가가각!

번견의 앞발과 천총운검의 검격이 부딪히며 파찰음을 토했다. 극성에 다다른 [주작신보]의 발걸음이 허공에서 얽혔다. 착착 내민 번견의 앞발과 유중혁의 검격이 부딪히는 횟수가 늘어남에 따라 허공의 스파크도 더욱 격렬해졌다. 그리고 얼마 지나지 않아 조금씩 승세가 기울기 시작했다.

역시 주인공은 주인공이다.

파천검성을 따라 하며 자라난 번견의 설화는, 세계의 멸망을 막기 위해 살아온 사내의 설화를 당해낼 수 없다. 오직 다음 시나리오만 바라보고 살아온 고독한 유중혁의 시간이 모든 검결에 실려 있었다.

「봐주지 않는다.」

유중혁의 시간에는 애도가 없다. 왜냐하면 어차피 같은 시간을 또 겪어야 하니까. 싸우고, 또 싸우며 그저 앞으로 나아가는 것. 그것이 녀석이 과거에 보일 수 있는 최선의 애도다.

끼잉! 연이어 날아드는 검격의 무게를 견디지 못한 파천신군이 신음을 토해냈다. 유중혁의 공세가 더욱 빨라졌다. 칼끝은 더욱 집요해졌고, 약점을 파고드는 속도는 더욱 악랄해졌다. 곁에 멍하니 서 있던 장하영의 입이 벌어졌다.

"······와, 진짜."

이만한 전투를 눈앞에서 보는 것은 처음이겠지.

굉장한 전투지만 사실 감탄하기는 이르다. 앞으로 있을 싸움을 생각하면 이 정도는 지나가는 유흥거리에 불과하니까.

끼잉! 낑!

결국 힘 싸움에서 밀려난 파천신군이 뒷발을 움츠리며 물러났다.

유중혁은 빈틈을 놓치지 않았다.

이어진 유중혁의 연격이 파천신군의 앞발을 제압했고, 운신의 폭을 좁혔다. 낯빛이 흐려진 번견의 입에서 거친 호흡이 터져나왔다. 그리고 유중혁의 결정타가 파천신군의 허리를 꿰뚫었다.

정확히는, 꿰뚫으려는 순간이었다.

소름 끼치는 감각이 뒷덜미를 스쳤다. 누군가가 내 등 뒤에 서 있었다.

······대체 언제부터 있었지?

[성좌, '긴고아의 죄수'가 깜짝 놀랍니다.]

[성좌, '악마 같은 불의 심판자'가 호기심을 보입니다.]

[소수의 성좌가 장원에서 느껴지는 기운에 경계심을 보입니다.]

"오늘 하늘이 유독 시끄럽구나. 무슨 구경이라도 난 것인가?"

목소리의 주인이 마실이라도 나온 듯 한가한 모습으로 서 있었다.

유중혁보다도 한참 큰 체구.

족히 3미터는 되어 보이는 장신의 여인이, 거신E神의 위압감을 내뿜으며 내 곁을 스쳤다. 누구인지 물어보지 않아도 너무나 명백했다. 존재감만으로도 이렇게 심장이 짜릿할 지경이니까.

그녀가 바로 멸살법 최강의 초월좌 중 하나, 파천검성破天劍 聖이었다.

허공에서 몰아치는 에테르의 폭풍과 함께, 유중혁의 천총운검이 허공에 그대로 정지했다.

"말도 못 하는 개를 이렇게 패는가? 사람의 도리를 갖춘 놈들이 아니구나."

파르르 떨리는 천총운검의 검신. 파천검성이 두 손가락으로 마치 장난감을 잡듯 유중혁의 칼날을 쥐고 있었다.

왕왕!

바닥에 드러누워 낑낑거리던 파천신군이 혓바닥을 내민 채 달려왔다.

한편 유중혁은 천총운검조차 내버리고 [주작신보]를 발동해 장원을 벗어나는 중이었다. 지금껏 내가 본 모습 중 가장 빠른 속도였다. 꽁무니를 빼는 유중혁을 보며 파천검성이 흥미롭다는 듯 중얼거렸다.

"재빠른 놈이군. 저 녀석은 마지막에 잡고…… 어디 보자."

파천검성의 무심한 시선이 우리 일행을 훑었다. 눈이 마주쳤다 싶은 순간, 파천검성이 코앞에 와 있었다. 등줄기에 식은땀이 맺힐 정도의 속도였다. 내가 [전인화]를 쓴다 해도 이보다 빠를 자신은 없었다.

"우선, 아리까리하게 생긴 놈이 하나."

턱을 붙잡혔을 뿐인데 시야가 둔중하게 흔들렸다. 비틀거리며 물러나고 보니 파천검성은 이미 곁에 있던 장하영의 턱을 붙잡고 있었다.

"……큿?"

"오, 이쪽은 꽤 내 타입인데? 넌 합격."

잔상만 남기고 사라지는 파천검성의 움직임.

바로 말로만 듣던 이형환위移形換位의 경지일 것이다. 어느새 파천검성은 엎어진 한명오의 볼을 나뭇가지로 쿡쿡 찔러보고 있었다.

"……생긴 걸 보니 괴수종 같은데. 죽이면 내단 같은 게 나오려나?"

"뭐, 뭐야!"

"일단 넌 사형."

나뭇가지로 얻어맞은 한명오가 기절함과 동시에, 파천검성의 신형이 장원 안에서 사라졌다. 응축된 공기가 터지는 듯한 소리가 들렸고, 하늘 저 건너편에서 뭔가 대폭발을 일으키는 소리가 들렸다.

잠시 후 돌풍과 함께 파천검성의 신형이 장원으로 되돌아왔다.

"휴, 꽤 빠른 녀석이네. 일단 얼굴은 합격이긴 한데……."

얼굴 곳곳에 새파랗게 멍이 든 유중혁이 파천검성 손아귀에 붙잡혀 있었다. 유중혁은 전신이 넝마가 된 이 상황에서조차 [주작신보]를 발동하고 있었다. 하지만 두 발은 애꿎은 허공에 헛발질을 할 뿐이었다.

파천검성의 커다란 손에 뒷덜미를 잡혀 대롱대롱 매달려 있었기 때문이다.

¤ ¤ ¤

유중혁이 어째서 파천검성을 만나기를 꺼렸는지는 잘 안다.

상식적으로 생각해봐도 지금 시점에서 파천검성을 만나는 데는 여러 위험이 따른다.

유중혁이 파천검성에게 검을 배운 것은 2회차의 일. 3회차의 파천검성은 유중혁에 관해 전혀 알지 못한다.

"……너, 어떻게 내 무공을 알고 있나?"

유중혁은 대답하지 않았다. 그 대신 어마어마한 원망이 담긴 눈길로 내 쪽을 노려보았다.

「김독자! 어떻게든 해봐라! 빨리!」

참고로 18회차의 유중혁은 파천검성에게 개기다가 맞아 죽었다. 일찍 초월좌가 되었다고 스승한테 까불던 녀석의 최후랄까. 나는 곧장 본론으로 들어가기로 했다.

"파천검성, 저희는 성운과 싸우기 위해 초월좌를 모으고 있습니다."

"……흐음, 그래서?"

"당신 도움이 필요합니다."

파천검성은 특이한 장난감이라도 보는 듯한 얼굴로 나를 들여다보았다. 그러더니 품속을 뒤적여 큼지막한 곰방대를 꺼냈다. 후끈하게 타오르는 담배 연기. 고요히 나를 보던 파천검성이 갑자기 내 쪽으로 연기를 훅 뿜었다.

"뭔가 착각하는 모양인데, 난 자원 봉사자가 아냐. 제자가 되러 온 게 아니라면 꺼져라."

미세한 연기 입자 사이사이에 파천검성의 웅혼한 마력이 묻어 있었다.

포위하듯 내 주변을 감싸고 도는 연기. 조금이라도 허튼소리를 하면 당장이라도 쳐 죽이겠다는 위협이 틀림없었다.

물론 나는 허튼소리를 할 것이다.

"정말 제자가 필요하신 게 맞습니까?"

"……뭐?"

"사실 당신도 별로 기대하지 않잖습니까."

몽환적으로 깔린 담배 연기가 파도처럼 출렁거렸다. 나는 도발이라도 하듯 계속해서 말했다.

"아마 파천검문의 최후 전승자는 당신일 겁니다. 왜냐하면 무림은 곧 멸망할 테니까요."

파천검성의 동공에 처음으로 호기심이 스쳤다. 그녀는 손에 붙든 유중혁의 머리통과 나를 번갈아 보며 인상을 찌푸렸다.

"흥미로운 이야기구나."

"좀 들어보실 마음이 생기셨습니까?"

"흥미롭긴 하지만 조금 이따 듣도록 하겠다. 먼저 손을 좀 봐줘야 할 녀석이 있어서 말이지."

파천검성은 점혈한 유중혁의 몸을 어깨에 걸친 채, 녀석의 엉덩이를 곰방대로 팡팡 때리며 장원 안쪽으로 걸어 들어갔다. 유중혁의 피눈물 섞인 고함이 머릿속에 메아리쳤다.

「김독자!!」

"신군, 저 친구들을 대접해라."

왕왕!

자욱한 담배 연기가 순식간에 움막 주변을 채웠고, 파천검성과 유중혁의 신형은 그 안으로 사라져버렸다. 아무래도 움막의 주변에는 절진絕陣이 깔린 모양이었다. 지금 쫓아가봤자 연기 속에서 길만 잃겠지.

장하영이 걱정스러운 듯 물었다.

"쟤 저대로 둬도 괜찮아? 죽는 거 아냐?"

"괜찮을 거야. ……아마도."

파천검성이 내 이야기를 먼저 듣지 않아 아쉬웠지만, 이쪽에 호의를 보였으니 적어도 최악의 상황은 아니었다.

잠깐이지만 두 사제만의 시간을 주는 것도 나쁘지 않겠지.

유중혁이 입을 똑바로 놀리기를 바라는 수밖에.

"잠깐 앉아서 좀 쉴까?"

나는 장하영과 함께 한명오를 부축해 대청마루에 눕혔다. 무언가가 내 다리를 툭툭 건드렸다.

돌아보니 파천신군이 만두 담긴 대접을 물고 서 있었다.

……이거 아까 유중혁이 사온 것 같은데.

잘됐다. 마침 배도 고프던 참이었으니까.

파천신군이 말똥말똥한 눈빛으로 나를 올려다보며 왕왕 짖었다.

「드시지.」

실로 송구스러워지기까지 하는 공손함이었다.

조금 당혹스러운 마음으로 만두를 집어 들자, 침을 질질 흘리는 파천신군이 만두를 따라 고개를 움직였다. 정말이지 참 을성 좋은 개다.

"하나 먹을래요?"

나는 그렇게 말하며 만두 반쪽을 잘라 내밀었다.

왕왕.

「당신은 좋은 사람이군.」

파천신군이 그릉그릉 웃으며 마루로 올라와 내 곁에 앉았다. 마치 사람처럼 발을 내밀어 만두를 후욱후욱 불어대는 파천신군. 그런 범견을 향해 내가 말했다.

"장원이 무척 한산하네요."

왕왕.

「제자가 찾아온 건 오랜만이다.」

몇 걸음 떨어진 데서 장하영이 미친 사람을 보듯 나를 보고 있었다. 나는 녀석에게 씩 웃어준 뒤 조용히 하라는 표시로 입가에 손가락을 가져다댔다. 파천신군이 다시 한번 짖었다.

왕왕.

「예전에는 이렇지 않았다.」

미련한 얼굴로 만두피를 핥는 파천신군이 담장 밖을 보고 있었다. 시선을 따라 고개를 돌리자 무너진 담장 너머로 살풍경한 소로의 정경이 보였다. 우리가 따라 걸어온 길이었다.

내 눈에는 거미줄과 흙먼지로 덮인 낡은 장원만 보이지만, 여기서 백 년의 세월을 보낸 파천신군은 아마 저 풍경에서 전혀 다른 것을 보고 있으리라. 나는 어렴풋하게나마 그 풍경을 짐작할 수 있었다.

왕왕.

「많은 무관이 있었다.」

왕왕.

「많은 제자가 있었다.」

이곳은 본래 무관의 거리였다. 한때는 의협심으로 가득한 젊은이들이 뜻을 품고 무학을 수련하던 거리.

고수가 되기 위해 몇 년 몇십 년이고 정진할 수 있는, 열정 넘치는 무림인이 이곳에 모여 있었다.

「땀 흘리고, 노력하면 보상을 받을 수 있었다.」

하지만 이제 이곳에는 아무도 없다. 이유를 묻지 않아도 알 수 있었다. 이곳까지 오면서 본 무수한 광경이, 이 거리가 쇠퇴한 이유를 적나라하게 보여주었으니까. 번견은 외로이 짖었다.

「이제 누구도, 예전 방식으로 무공을 익히려는 사람은 없다.」

"그렇겠죠."

나 역시 이 무림이 왜 이렇게 됐는지 잘 알고 있었다.

당연한 귀결이었다. 한때 무림 10대 고수를 자처하던 자들은 시스템을 사용하는 성좌에게 무너지고, 십여 년간 무공을 수련한 고수는 코인을 주고 고작 오 분 만에 스킬을 습득한 화신에게 패배했으니까.

「그래서 나는 그대들이 온 것이 기껍다.」

뭔가 단단히 오해하는 모양인데, 당연한 얘기지만 나는 여기서 무공을 배울 생각은 쥐뿔도 없었다. 그래서 나는 이렇게 말해주었다.

"음…… 꼭 옛것만 좋은 건 아니잖아요? 쉽게 배워서 강해지면 그것도 좋은 일인데."

「무슨 말인가! 쉬운 것은 무조건 나쁘다! 도깨비와 성좌놈들이 가져온 것은 모두 나쁘다!」

아마 번견도 백 년쯤 무공을 익히면 번견철학番犬哲學이 생기는 모양이었다.

"성좌들이랑 도깨비들이 싫은 건 알겠지만, 꼭 옛날 방식만 옳은 건 아니에요. 옛날 무림도 그다지 공평하진 않았잖아요."

「예전에는 모두 노력하면 절세 고수가 될 수 있었다!」

"진짜로 그렇게 생각해요?"

파천신군이 말하고 싶은 게 뭔지는 안다. 그게 어떤 가치를 지니는지도 물론 잘 알고 있다. 하지만 그렇다고 그 생각에 순순히 동의해줄 수는 없었다.

이대로 내버려두면 파천신군도 파천검성도 시대 흐름에 매몰되어 원작 그대로의 최후를 맞이하게 될 테니까.

적어도 내가 있는 3회차는 그렇게 되도록 두지 않는다.

그때, 파천신군의 표정이 변했다.

그르르릉.

내 말에 화가 난 걸까 생각했는데 잘 보니 아니었다. 장원 바깥에서 위험한 기운이 느껴졌다. 누군가 이쪽으로 다가오고 있었다.

[파천검성. 그만 무공을 내놓으시오.]

뒤이어 장원 문이 벌컥 열리며 일련의 도깨비들이 나타났다. 대충 무슨 일이 일어나는지 알 것 같았다. 그러고 보니 지금쯤 이런 이벤트도 벌어지고 있었지. 파천신군이 마력을 끌어울리며 컹컹 짖었다.

　[근처 무관은 이미 모두 무공을 팔았소! 대체 언제까지 예전 무공을 지킬 거요? 버티기만 하면 때를 놓친다고 말했잖아. 언제까지 우리가 당신 무공을 비싸게 사줄 거라고…….]

　그런데 도깨비 중 하나의 모습이 무척 익숙했다.

　나와 눈이 마주친 그 도깨비의 눈빛이 크게 흔들렸다.

　[네놈은……?]

사기꾼

1

유중혁의 스승, 파천검성은 인내심이 강했다.

백 년 전에도 그랬고, 이백 년 전에도 그랬다. 그렇기에 그녀는 검의 일가—家를 이룰 수 있었다. 무림인이 자신의 무공을 팔고 무림을 떠날 때도 이곳에 홀로 남아 초월의 경지를 돌파할 수 있었다.

"그래서, 네놈은 대체 뭐냐?"

쿡. 쿡.

큼지막한 손가락이 허공에 대롱대롱 매달린 유중혁의 볼을 몇 번이고 찔렀다. 그저 손가락일 뿐이지만 초월좌의 손가락이었다. 아프지 않을 턱이 없었다. 그런데 유중혁은 아무런 반응도 하지 않았다.

「"그 스승에 그 제자라. 두 연놈이 똑같구나."」

언젠가 무림 10대 고수 중 하나인 천마가 남긴 말이었다.

천마는 사람을 정확히 본 것이다.

"한마디 대꾸도 없구나. 말하지 않으면 볼기짝을 때리겠다."

파천검성은 그 말과 함께 커다란 곰방대를 들어 올렸다. 전신의 혈도를 제압당해 꼼짝도 못 하는 유중혁의 엉덩이가 철썩, 하고 애처로운 소리를 냈다.

'빌어먹을 김독자. 반드시 죽여버리겠다.'

철썩! 철썩! 철썩!

소리는 장난 같았지만 거기 담긴 공력은 장난이 아니었다. 이윽고 유중혁 입가에 핏줄기가 맺혔다. 그쯤 되자 파천검성의 아미도 묘한 곡선을 그렸다.

"인물값을 하는 놈이로군."

조금은 감명받은 듯한 말투였다.

"다시 묻겠다. 대체 어디서 파천검문의 무공을 훔쳐 배운 것이냐?"

"……."

"솔직히 말한다면 목숨은 부지하게 해주마."

그 말에 유중혁이 천천히 고개를 들었다. 파천검문의 무공은 본래 비인부전非人不傳. 그러니 문외자인 유중혁은 익혀서는 안 되는 무공이었다.

그런데 파천검성은 목숨을 살려주겠다 말했다.

말뜻은 명확했다.

지금 파천검성은 유중혁을 제자로 들이려는 것이다.

'스승.'

그런 스승의 심경을 유중혁은 누구보다 잘 이해했다. 쇠락해가는 무림, 제대로 된 제자를 구하기도 힘들다. 그런데 갑자기 자신과 동류의 무공을 익힌 초월좌가 나타났다.

관심이 생기는 것도 당연한 일이겠지.

'하지만……'

유중혁은 입술을 깨물었다. 어쩌면 여기서 김독자 의도대로 움직이는 것도 나쁘지 않을 수 있다. 그는 누구보다 파천검성 남궁민영에 대해 잘 아니까.

기회를 봐서 이런저런 이야기를 꺼낸다면 분명 파천검성의 환심을 살 수도 있을 것이다.

하지만 그렇게 하고 싶지 않았다.

"흐음. 눈빛이 불타는 듯 뜨겁구나."

"……"

"혹시 나를 사모하느냐?"

이 와중에 저런 헛소리를 지껄이다니. 역시 자신의 사부가 틀림없다. 유중혁은 입술을 꾹 깨물었다.

'여기서 나를 만나면 당신은 죽게 된다.'

유중혁은 스승의 마지막 뒷모습을 기억하고 있었다. 긴 세월의 고련 끝에 홀로 상처받아 비뚤어진 초월좌. 무슨 일이 있어도 자기 고집을 꺾지 않던 존재.

―멍청한 제자야. 네가 상대할 수 있는 자들이 아니다.

무림 최강자인 천마와 혈마의 합공을 당하며, 홀로 귀환자 연맹과 맞서 싸우던 스승의 모습.

―살아라, 중혁아.

그때 유중혁은 함께 싸우지 못했다.
약했기 때문에. 너무 약했기 때문에.
"……너의 눈이 슬프구나."
문득 들려오는 목소리에 유중혁은 흠칫 몸을 떨었다. 파천검성의 맑은 눈동자가 유중혁을 비추고 있었다. 파천검성 남궁민영은 인간과 거신족의 혼혈. 그러니 저것은 네안데르탈 거신족의 능력 중 하나다.
"고독하고, 오만하고, 깊이 상처받았구나."
타인의 감정을 읽어내는 명경목明鏡目. 그 눈으로 파천검성이 유중혁을 들여다보고 있었다.
"너는 대체 누구냐?"
마치 자신이 낱낱이 파헤쳐지는 듯한 고통 속에서 유중혁은 입술을 질끈 깨물었다. 말해서는 안 된다. 절대로, 아무 말도…….

[성좌, '구원의 마왕'이 당신을 바라봅니다.]

그 메시지에 유중혁이 허공을 올려다보았다.

[성좌, '구원의 마왕'이 괜찮을 거라고 말합니다.]

……괜찮을 거라고?

[성좌, '구원의 마왕'이 이번 회차는 다를 거라고 말합니다.]
[성좌, '구원의 마왕'이 당신의 스승을 믿으라고 말합니다.]

이번 회차는 다르다. 다른 사람이 그 말을 했다면 믿지 않았
을 것이다.
하지만 왜일까. 저 녀석이 하는 말은 어쩐지 믿고 싶어진다.

[성좌, '구원의 마왕'이…….]

"날벌레가…… 시끄럽다."
파천검성이 허공에 손가락을 튕기자 츠츠츳, 하는 소리와
함께 주변 소리가 완전히 사라졌다. 마력으로 소리를 끊어버
린 것이었다. 파천검성 수준의 초월좌가 되면 잠깐이지만 저
런 일도 가능해진다.
도깨비가 채널 주파수를 조정하지 않는 이상 당분간 김독

자 목소리는 들리지 않을 것이었다.

지금부터는 자신의 판단에 맡겨야 한다.

"……내 이름은 유중혁."

짧게 호흡을 가다듬은 유중혁이 숨을 삼켰다.

"나는 당신의 제자였다."

"흐음…… 그게 무슨 뜻이지? 나는 너 같은 녀석을 본 적이 없어. 물론 제자로 둔 기억도 없다."

"말 그대로다. 나는 당신에게 무공을 배웠……."

유중혁이 말을 이으려는 순간 전신에서 스파크가 튀었다.

[설화, '파천검성의 제자'가 발동합니다.]

유중혁의 입술이 강제로 뒤틀리며 말의 어미를 바꾸었다.

"……습니다."

유중혁의 표정이 일그러졌다. 지난 회차에서 파천검성과 나눈 대화가 떠올랐다.

─너는 '회귀자'라고 했지. 그렇다면 언젠가 나를 다시 만날 수도 있겠구나.

─다음 회차에는 당신 제자 안 해.

─앙칼진 녀석. 말이라도 곱게 하면…… 존댓말은 대체 언제 입에 붙는 거냐? 다음 생에선 붙는 거냐?

아마도 이 설화가 남은 것은 그때 파천검성과 나눈 대화 때문이리라.

[당신은 화신 '파천검성'에게 존댓말을 사용해야 합니다.]

우스운 노릇이었다. 그때 자신과 함께한 파천검성은 이제 없다.

그럼에도 이 설화는 여전히 그에게 남아 있었다.

―그때도 다시 한번 내 제자가 되어라.

울컥하는 마음과 함께, 낡은 기억들이 폭포처럼 쏟아지며 마음을 두드렸다. 간접 메시지는 들리지 않지만 김독자가 이쪽을 보고 있음이 느껴졌다.

'동료라.'

누군가를 믿는다는 게 어떤 감정인지 오래도록 잊고 있었다. 천천히 눈을 깜빡인 유중혁이 입을 열었다.

"내가 누군지 궁금합니까?"

"물론 궁금하다, 몹시."

"그럼 [정신 방벽]을 열겠습니다. 나를 엿보십시오. 당신의 명경목이라면 가능할 테니까."

"……흐음. 명경목도 알고 있다?"

"딱 오 분입니다. 그 이상은 줄 수 없습니다."

파천검성의 눈이 의심의 빛으로 물들었다.

"이상한 수작을 꾸미는 건 아니겠지?"

"그런 수작을 꾸며도 어차피 당신이라면 제압할 수 있지 않습니까."

도발이라도 하는 듯한 말투에 파천검성의 눈썹이 움찔했다.

"좋다."

이야기를 좋아하는 것은 성좌만이 아니다. 그리고 다른 초월좌의 존재를 엿볼 기회는 그리 많지 않다.

갑자기 무림에 나타난, 자신과 같은 무공을 사용하는 초월좌. 궁금증이 동하지 않을 턱이 없었다.

"내가 너를 보겠다."

이윽고 파천검성의 명경목이 빛을 발했다.

유중혁은 머리털이 모조리 뽑혀나가는 듯한 느낌을 받았다. 명경목을 통한 기억 전이는 그만큼이나 위험하다. 자신에게도, 파천검성에게도. 그럼에도 유중혁은 저질렀다.

어쩌면 파천검성의 정신이 망가질 수도 있었다.

자신이 본 것을 믿지 않을 수도 있고, 모든 것을 부정하고 유중혁을 지워버릴 수도 있었다. 하지만 이 도박이 성공한다면 파천검성을 바꿀 수 있을지 모른다.

주변을 잠식하는 명경목의 맑은 기운이 사라진 것은 십여 분이 더 지난 후의 일이었다.

우우우웅…….

명경목의 빛이 완전히 꺼졌음에도 파천검성은 말이 없었다.

고개를 숙인 채 바닥을 보고 있을 뿐이었다.

미친 걸까?

아니면…….

천천히 고개를 드는 파천검성의 눈동자에 알 수 없는 감정이 떠올라 있었다. 3회차를 거치는 동안 처음 보는 표정. 그리고 잠시 후에야 유중혁은 그 표정의 의미를 깨달았다.

"다신 나의 제자가 되지 않겠다더니……."

✿ ✿ ✿

유중혁과 파천검성은 오래도록 이야기를 나누었다.

"고생했다."

"……어설픈 위로는 집어치우십시오. 당신이랑 어울리지 않으니까."

"좋아. 틀림없는 내 제자로구나."

2회차의 파천검성은 죽었고, 다시는 돌아오지 않는다. 지금의 파천검성은 2회차의 파천검성 남궁민영이 아니다. 그럼에도 두 사람은 그 사실을 의식하지 않는 것처럼 이야기했다.

"……복수는 했습니다. 천마와 혈마는 35번 시나리오에서 모두 때려잡았으니까."

"그래. 보았다. 힘들게 이기는 걸 보니 썩 만족스럽진 않더구나."

"그럼 당신이 직접 죽이지 그랬습니까."

누가 봐도 정상적인 사제지간 대화는 아니었다. 하지만 파천검성의 얼굴에는 온화한 미소가 떠올라 있었다.

"많이 변했구나, 중혁아."

"아무것도 변한 건 없습니다."

그 뿌루퉁한 대답에 파천검성이 손가락을 튕겼다. 그러자 움막을 감싸고 있던 절진의 일부가 일그러지며 대형 망원경의 렌즈를 연상시키는 패널이 떠올랐다. 그 패널 위로 바깥 풍경이 비쳤다.

"날 찾아온 이유는 저 아이와 관련이 있는 것이냐?"

그곳에는 만두를 꾸역꾸역 처먹으며 개와 이야기 나누는 김독자가 있었다. 유중혁은 인상을 쓴 채 그 광경을 노려보았다.

"새로운 친구인 게냐?"

"친구 같은 건 아닙니다. 저 녀석은 그냥……."

"벌써 성운과 대적할 생각을 하다니, 용감한 녀석이더구나."

"……."

"저 녀석과 함께라면 해낼 수 있다고 생각한 게냐?"

그토록 무뚝뚝한 제자에게 처음으로 생긴 친구가 기특하다는 듯, 파천검성은 절진 너머로 비치는 김독자의 얼굴을 유심히 관찰했다. 절진의 일부가 흔들리며 쩌렁쩌렁한 목소리가 들려온 것은 그때였다.

[파천검성. 그만 무공을 내놓으시오.]

유중혁이 깜짝 놀라 자리에서 일어났다.

"……도깨비?"

이젠 지겹다는 듯 파천검성이 말했다.

"무공 매입자들이 또 오셨군."

"예정보다 빠른데, 얼마나 된 겁니까?"

"제법 됐다. 이 근처에는 이제 나밖에 안 남았으니."

무림의 무공에는 가치가 있다. 어쨌든 모든 무공은 역사를 쌓아 만들어진 일종의 설화니까. 연원이 깊은 무공일수록 가치는 더욱 크다. 도깨비는 그 점을 잘 알기에 파천검성의 무공을 탐내는 것이다.

유중혁이 천총운검을 뽑으며 입을 열었다.

"저랑 김독자가 알아서 해결하겠습니다."

"상대는 도깨비다. 네가 어찌할 수 있는 존재가 아니야."

"김독자라면 가능합니다."

유중혁은 스승의 의문에 대답하는 대신 패널에 비치는 도깨비의 모습을 면밀히 살폈다. 어딘지 낯이 익다 싶더니 본 적 있는 도깨비였다.

'서울 돔에 있던 그 녀석이다.'

화면 너머로 김독자의 목소리가 들려왔다.

―설마 아직도 살아 있을 줄은 몰랐네? 벌받으러 간 거 아

니었냐?

역시나 입꼬리가 알랑거리는 모양을 보니 벌써 김독자 특유의 '엿 먹이기'가 시작되었다. 으르렁거리는 도깨비를 향해 김독자가 재미있다는 듯 턱을 벅벅 긁으며 물었다.

—흐음, 그래. 파천검성의 무공을 사러 왔다고?

유중혁은 스승을 향해 어깨를 으쓱했다.

자신이 나서지 않아도 아마 김독자 선에서 사태는 정리될 것이다.

어떻게 하려는지는 모르겠지만, 앞으로 나선 이상 또 요상한 술수를 부려서 도깨비에게 제대로 한 방 먹이겠지.

그런데 다음 순간, 김독자가 뜻 모를 미소와 함께 이상한 소리를 했다.

—좋아, 내가 팔게. 파천검성의 무공.

2

[네놈…… 설마 그때 그…….]

부들부들 떠는 도깨비의 표정을 보고 있자니 좋지 않은 옛 기억이 떠올랐다. 내 곁에 두둥실 떠 있는 비유도 한껏 인상을 쓰고 있었다.

당연히 분노할 수밖에 없다.

41회차의 신유승을 '재앙'으로 만들고, 한반도에 강림시키는 비극을 초래한 원흉 중 하나가 바로 저 도깨비니까.

이름이…… '바울'이던가?

분명 연옥에 들어가 엄중한 처벌을 받는다고 했는데, 역시나 관리국 처벌은 죄다 솜방망이다. 무림 재개발팀에 들어가는 게 무슨 처벌이야?

"안 본 동안 얼굴 많이 삭았네?"

[으으, 그으으으으······!]

"그땐 그나마 중급 도깨비였지. 지금은 보아하니······ 하급?"

[네놈! 네놈······!]

흥분하는 꼴을 보니 다시 '독대'를 요청해서 한바탕 패주고 싶은 마음이 굴뚝 같았다. 이 자식 패고 설화도 받았는데, 혹 부리들은 그 설화 잘 돌려보고 있으려나?

[그만하고 물러서라, 바울.]

씩씩거리며 말을 잇지 못하는 바울을 대신해 다른 도깨비가 앞으로 나섰다.

[혹시 '김독자' 님이십니까?]

자세히 보니 이 도깨비도 인상이 낯익었다. 목소리도 어디선가 들어봤고. 어? 잠깐만······ 이 녀석?

"너 그때 걔지? 비형 밑에서 일하던······ 이름이······."

[영기입니다. 역시! 김독자 님이셨군요!]

도깨비가 반색하며 나를 반겼다. 어렴풋이 기억이 난다. 비형 밑에서 하위 채널을 담당하던 도깨비 영기.

[살아 계신다는 소문은 들었는데, 설마 이런 곳에서 뵐 줄이야······!]

"비형은 잘 지내?"

[독자 님이 사라지신 뒤 눈에 띄게 침울해지셨습니다.]

비형이 침울해지다니 조금은 미안한 마음이 든다. 그새 비형 녀석이랑 정이라도 들었던 모양이다.

"너도 제법 말쑥해졌다? 그땐 시나리오 갱신도 할 줄 모르는 녀석이었는데."

[아하핫, 부끄럽게 언제 적 말씀을…… 저도 이제 어엿한 중급 도깨비입니다.]

중급 도깨비라. 이 녀석도 한반도 시나리오에 있었으니, 비형처럼 고속 승진을 한 모양이었다. 그나저나 새삼 시간이 많이 흘렀다는 게 느껴진다.

그래봤자 아직 일 년도 채 안 된 일들인데.

[그런데 독자 님. 스킬을 파시겠다니, 무슨 말씀입니까?]

금세 고요한 눈으로 나를 바라보는 영기. 어리숙하든 어떻든 도깨비는 도깨비다. 이거 방심할 수 없겠는데.

"말 그대로야. 내가 파천검성을 설득해서 스킬을 팔도록 해줄게."

[독자 님께서 어떻게…….]

"다 방법이 있지. 스킬 뭐 필요한데? [주작신보]? 아니면 [백보신권]?"

[백보신권은 이미 가지고 있습니다. 저희가 필요한 건…….]

"[파천검도破天劍道]인가."

내 말에 영기가 무겁게 고개를 끄덕였다.

역시 그럴 거라 생각했다.

파천검도. 지금의 파천검성에게 '파천'이라는 이명을 하사한 무공.

제1 무림의 누구나 탐하는 최상위급 무공이 바로 유중혁의 [파천검도]였다. 곁에 있던 파천신군이 그르렁거리려는 기색이 보여서 나는 재빨리 만류하며 말을 이었다.

"좋아. 내가 팔게 해줄게. 아니, 파는 게 아니라 그냥 내줄 수도 있어."

파천신군이 어처구니없다는 듯 나를 올려다보았다. 영기도 깜짝 놀라 물었다.

[저, 정말이십니까?]

"대신 내 부탁을 두 개 들어주는 게 조건이야. 우선 첫 번째…… [파천검도]를 너희가 곧 오픈할 시나리오의 상품으로 내걸어."

[예?]

나는 영기의 멍청한 표정을 보며 웃었다. 아무리 그래도 [파천검도]인데, 내가 그냥 내줄 리가 있겠냐?

"너희 조만간 '무도 대회 시나리오' 열 거잖아? '흑천마도' 걸고."

[그, 그걸 어떻게……!]

"뭘 그렇게 놀라? 맨날 하는 거면서. 무림 단골 시나리오잖아. 무림의 보검이 나타나고, 그거 가지겠다고 무림인 죄다 몰려와서 피 터지게 싸우고."

[그건 그렇습니다만…… 흑천마도에 관한 건 어떻게 아셨습니까?]

어떻게 알긴. 무도 대회는 유중혁이 제1 무림에 올 때마다 반복해서 참가하는 이벤트 시나리오 중 하나였다. 작가한테 제발 무도 대회 좀 스킵해달라고 댓글 단 게 몇 번인지 모르겠다.

"그건 네가 알 거 없고. 아무튼 파천검성의 무공도 그때 상품으로 걸어. 1등 상품으로 걸면 되겠네."

영기의 눈동자가 빠르게 굴러갔다. 아마 녀석에게는 반가운 제안일 것이다. 어차피 파천검성의 무공을 사들여서 도깨비가 할 수 있는 일은 정해져 있다. 그 무공을 걸고 대형 시나리오를 굴려 추가 구독좌를 확보하거나, '도깨비 보따리'를 통해 무공을 비싼 값에 판매하거나.

영기는 지금 어느 쪽이 더 이득일지 계산하는 중일 것이다.

[좋습니다. 그렇게 해주신다면 저야 손해 볼 게 없지요. 무공 구입비도 절약하는 셈이니까. 단⋯⋯.]

"단?"

[부탁이 두 개라 하셨으니, 두 번째 조건이 뭔지 들어보고 결정하겠습니다.]

그 신중함에 나는 옅게 웃었다. 중급 도깨비가 되더니 꽤 영리해진 모양이었다.

"두 번째 조건은 간단해. 이 장원의 모두를 '무도 대회 시나리오'에 참가시켜줘."

[이 장원의 전부를⋯⋯?]

순간, 영기의 눈이 가늘어졌다. 내 계략이 뭔지 눈치챈 모양이었다.

[흥미로운 제안이지만⋯⋯ 그건 곤란합니다.]

"왜지?"

[다른 화신은 몰라도, 파천검성 본인은 안 됩니다.]

그렇게 말할 것 같았다. 파천검성이 무도 대회에 참가하면 우승자가 될 가능성이 높으니까. 자연히 무도 대회의 참가자는 줄어들 테고, 도깨비들은 일방적인 손해를 감수하게 될 것이다. 나는 크게 양보하듯 말했다.

"그럼 파천검성은 빼고."

[그럼 좋습니다. 무도 대회 시나리오는 두 주 뒤입니다. 그때까지 파천검성의 스킬을 준비해주시기 바랍니다.]

마치 기다렸다는 듯 대답하는 영기에게 나도 호응해주었다.

"알았어. 시나리오 초대 제대로 하는 거 잊지 마."

[물론입니다. 그럼 조만간 다시 뵙지요.]

"비형한테 안부 전해줘."

[하하, 알겠습니다.]

일이 잘 풀려 기쁜지 영기는 희희낙락 웃으며 자취를 감추었다. 뒤따라온 도깨비도 함께 떠나기 시작했다. 바울 녀석이 끝끝내 노려보기에 나도 있는 힘껏 녀석을 쏘아봤다.

잠시 후 도깨비가 모두 사라지자 장하영이 내 옷깃을 잡아끌었다.

"야, 지금 대체 뭐 한 거야? 무공을 팔아? 무도 대회를 열어? 대체 뭔 짓을……."

왕왕! 왕왕왕!

「우리 무공을 팔겠다니! 그대는 대체 무슨 생각인가?」

멍하니 내가 하는 꼴을 보고 있던 파천신군도 뒤늦게 반응했다. 예상한 반응이었다. 사실 이 정도는 약과겠지.

"김독자!"

……역시나. 엄청난 흙먼지를 일으키며 달려온 유중혁이 멱살을 붙잡더니, 일생일대의 배신이라도 당한 사람처럼 마구 흔들었다. 나는 종이 인형처럼 힘없이 펄럭거리며 말했다.

"이거 좀 놓고 말해."

"닥쳐라! 네놈은 대체 무슨 생각인 거냐! 무공을 팔겠다니……!"

"진정 좀 해. 너 때문에 저지른 거잖아, 인마."

"……뭐?"

"방금 우리가 얻은 게 뭔지 모르겠냐?"

내 말에 유중혁이 손이 멈췄다. 뒤이어 귓가에 들려오는 메시지.

[새로운 서브 시나리오가 도착했습니다.]

[서브 시나리오 - '무도 대회'가 시작됩니다!]

도착한 시나리오의 세부사항을 읽는지 잠시 말이 없던 유중혁이 이내 조용히 중얼거렸다.

"……흑천마도?"

"그래. 갖고 싶다며."

"······."

"잘 보면 마혼단도 있을 거야. 그건 3등 상품이던가. 잘 기억은 안 나지만······."

나를 보는 유중혁의 눈빛이 크게 흔들렸다. 손에서 힘이 풀린 녀석이 스르르 나를 놓았다. 자식이, 그렇게 감동할 것까지는 없는데.

아무튼 한 녀석은 설득한 것 같고, 문제는 다른 쪽이겠지.

고개를 돌리니 파천검성이 굳은 표정으로 서 있었다.

「거신巨神의 신력을 타고난 존재. 파천검성은 그 존재 자체로 하나의 신神과 다를 바 없었다.」

멸살법의 묘사가 틀린 게 하나도 없다. 그냥 서 있을 뿐인데 이토록 위압감이 느껴지다니. 나는 공손히 웃으며 손을 흔들었다.

"사제 간 대화는 잘 끝나셨습니까?"

"······제정신이 아닌 놈이었구나."

"제 이야기 좀 들어보고 말씀하시죠."

"한낱 무공팔이 따위와 말을 섞을 시간은 없다."

절진 주변에 있던 안개가 짙어지고 있었다. 나는 재빨리 말을 덧붙였다.

"파천검성, 언제까지 옛날 방식을 고수할 수는 없습니다."

파천검성의 짙은 눈썹이 무섭게 휘어졌다.

"그깟 비인부전의 원칙을 지키는 게 그렇게 중요합니까? 이대로면 당신이 가진 모든 것을 잃는데도?"

곁에 있던 유중혁이 정신병자를 보듯 나를 보았다.

"김독자! 더 말하지 마라!"

물론 나는 계속해서 지껄였다.

"애초에 당신의 진짜 힘은 [파천검도]도 아니잖아요? 초월을 거듭하면서 형形 따위는 버린 지 오래일 텐데, 그깟 무공 좀 팔면 어떻습니까?"

쿠구구구구!

주변 땅이 일제히 진동했다. 급기야 유중혁이 등 뒤로 나를 보호한 채 천총운검을 뽑아 들었다.

마치 일대의 중력이 강해진 듯했다.

태산이 짓누르는 것처럼 어깨가 아파왔다. 곁에 있던 장하영과 한명오는 비명조차 지르지 못한 채 땅속으로 파묻혀 들어가고 있었다.

이대로라면 일행은 전멸이다.

"스승, 잠깐만……!"

유중혁의 외침에도 파천검성은 기세를 늦추지 않았다.

……그렇게 나오신다 이거지? 하여간 똥고집은.

[성좌, '구원의 마왕'이 성좌의 격을 발동합니다.]

츠츠츠츠츳! 몰아치는 스파크와 함께 주변의 중력이 일시적으로 완화되었다. 흠칫 놀란 파천검성에게 씩 미소를 지어 주었다. 내가 화신체는 별 볼 일 없어도 무려 설화급 성좌라 이거야.

"아직 무공을 판 것도 아닌데 너무 야박하게 굴지 좀 맙시다."

"숨겨둔 한 수가 있는 놈이군."

"어차피 무림 대회에서 우승만 하면 무공은 되찾아올 수 있습니다. 그깟 대회, 우승하면 될 것 아닙니까?"

조금 진정이 되었는지 파천검성의 기세가 한결 수그러들었다. 물론 진짜 힘을 발휘하면 나 하나쯤 제압하는 건 일도 아니겠지만, 그래도 중혁이 동료라고 봐주는 거겠지.

"어차피 나는 참가하지 못하는 대회 아니냐."

"애들 노는 데 다 큰 어른이 끼면 재미없죠."

"무림의 아이들은 네 생각보다 훨씬 강하다."

"알고 있습니다. 하지만 당신의 제자도 강해요."

그게 무슨 뜻이냐는 듯 가만히 선 파천검성을 보며, 나는 유중혁의 어깨를 팡팡 두드렸다.

"무도 대회에는 우리 중혁이가 나갈 겁니다."

유중혁이 눈을 부릅뜬 채 나를 돌아보았다. 당연한 걸 뭘 이렇게 놀라는지 모르겠다. 설마 내가 나갈 거라고 생각했냐?

파천검성이 다시 한번 눈썹을 꿈틀거렸다.

"저놈은 아직 약해."

"당신이 강하게 만들어주면 되죠. 어차피 당신 제자잖아요."

"난 저놈을 제자로 받아들이겠다고 말한 적이……."

그 말에 유중혁이 이번엔 부릅뜬 눈으로 파천검성을 보았다. 하여간 스승이나 제자나 솔직하지 못하기는 매한가지다.

[전용 스킬, '전지적 독자 시점'이 발동 중입니다.]

물론 그 솔직하지 못함이 그들의 미덕이라는 것은 나도 잘 안다.

「아직은 너무 때가 일러.」

「대회에 나가면 중혁이가 죽는다.」

「녀석은 10대 고수와 겨룰 수준이 아니야.」

아직 이해도가 낮기 때문인지 파천검성의 속내는 온전히 들려오지 않았다. 그래도 무슨 생각인지 아는 정도는 어렵지 않았다.

결국 이 새침데기 사제를 위해 또 내가 나서야만 한다.

"유중혁을 제자로 받아들이신다면, 당신 일족을 만나게 해 드리겠습니다."

"……그게 무슨 소리냐?"

"거신 말입니다. 그간 일족을 찾아오시지 않았습니까?"

파천검성이 희한한 것이라도 보는 듯 나를 보았다.

"그걸 대체 어떻게 아는지는 모르겠으나 내 일족은 세상에서 절멸했다. 어디에도 거신족은 남아 있지 않아."

"아뇨. 아직 있습니다."

"무슨……."

나는 허공을 올려다보며 말했다.

"명계의 왕이시여, 아직 보고 계십니까?"

마침 지금 내 채널에는 하데스가 와 있다. 지난번에 신세도 진 참이니 제대로 인사를 할 때도 됐지. 하지만 부름에 응답한 것은 하데스가 아니었다.

[성좌, '가장 어두운 봄의 여왕'이 묘한 미소를 지으며 당신을 바라봅니다.]

"……오랜만입니다. 페르세포네."

젠장. 이 여왕님은 상대하기 까다로운데. 대체 언제 들어와 있었던 거야? 잠시 눈치를 보던 내가 입을 열려는 순간, 메시지가 들려왔다.

[성좌, '가장 어두운 봄의 여왕'이 이야기는 이미 다 들었다고 말합니다.]
[성좌, '가장 어두운 봄의 여왕'이 당신의 부탁을 들어주겠다고 말합니다.]

페르세포네는 이야기가 빨라서 좋다.

문제는 이 여왕님이 꿍꿍이 없이 내 부탁을 들어줄 리 없다는 점이다.

　[성좌, '가장 어두운 봄의 여왕'이 조건이 있다고 말합니다.]

　……역시.
　"말씀하십시오."

　[성좌, '가장 어두운 봄의 여왕'이 당신을 성좌들의 축제에 초대합니다.]

　성좌들의 축제?
　이상하군. 지금은 '별자리의 연회'가 개최될 때가 아닐 텐데.
　내 의문에 대답하듯 페르세포네의 메시지가 이어졌다.

　[성좌, '가장 어두운 봄의 여왕'이 당신을 '미식협'에 초대했습니다.]

3

다음 날부터 유중혁은 파천검성과 수련에 몰두했다.

일족을 찾을 수 있게 도와준다는 말을 들은 후 파천검성은 줄곧 심각한 얼굴이었다. 그 마음이 어떤지 아는 유중혁은 함부로 스승을 위로하는 대신 가부좌를 튼 채 명상에 몰두했다.

'본래는 내가 직접 태고의 거신을 만나게 해주려고 했지만…….'

이왕 이렇게 됐으니 김독자에게 맡기는 것도 나쁘지 않을 것이다. 본래 계획대로 태고의 거신과 조우하려면 최소 40번 시나리오는 넘겨야 하니까.

'그 녀석, 설마 명계와 그 정도로 친분이 있을 줄이야.'

가만히 보면 김독자는 은근히 알 수 없는 구석이 있었다. 대체 어떻게 그 꼬장꼬장한 성좌들을 잘도 홀려대는지…….

[성좌, '악마 같은 불의 심판자'가 해죽해죽 웃습니다.]

저 해죽거리는 대천사만 봐도 그렇다.

2회차 때 '악마 같은 불의 심판자'는 저런 성좌가 아니었다.

지엄하고, 지고하며, 정의감에 불타는 대천사. 그런 존재가 이번 회차에는 왜 저렇게 망가져버렸는지 잘 이해가 되지 않았다.

"……정말 대회에 참가할 생각이냐?"

파천검성의 질문에 유중혁이 묵묵히 고개를 끄덕였다.

"죽을 수도 있다. 무도 대회 시나리오는 결코 만만치 않아."

"지금의 저는 지난 회차의 같은 시점보다 훨씬 강합니다."

"그렇다고 10대 고수를 상대할 수준은 아니야."

무림의 10대 고수는 유중혁도 잘 알고 있었다.

상인을 통해 무공을 판매하던 빙화신녀나 환영비객도 그중 하나이고, 파천검성의 본가本家인 남궁가에도 10대 고수가 있었다.

무도 대회가 열리면 그중 하나가 참전할 수도 있다.

게다가 대회의 상품이 상품인 만큼, 유명한 성좌의 화신이 참전할 가능성도 고려하지 않을 수 없었다.

[몇몇 성좌가 무도 대회 본선을 기대하고 있습니다.]

[일부 성좌가 무도 대회를 지겨워합니다.]

그나마 다행인 점은 강력한 성좌일수록 이런 시나리오에는 싫증을 낸다는 것. 무림에서 매해 반복되는 시나리오이니 무림 대회를 충분히 관음한 성좌들은 대회를 그다지 눈여겨보지 않을 것이다.

조용히 유중혁의 맥을 짚어보던 파천검성이 입을 열었다.

"초월형 2단계를 열어야 한다."

"열어본 적 있으니 어렵지 않을 겁니다."

"1단계를 돌파할 때랑은 다르다."

"어떻게든 될 겁니다. 지난 회차에서는 3단계도 돌파해본 적이 있으니까."

"……3단계라고?"

파천검성의 동공이 희미하게 흔들렸다.

초월형 3단계는 결코 재능만으로는 넘을 수 없기 때문이었다. 3단계를 넘기 위해서는 막대한 '시간'이 필요하다. 그런데 지난 회차의 유중혁이 그런 시간을 겪었을 리 없을 터…….

스승의 의문을 이해한 유중혁이 답했다.

"암흑 차원의 시간 단층을 이용했습니다."

암흑 차원의 시간 단층.

흔히 '무림인의 묘지'라 불리는 곳.

그곳을 찾아 들어간 무림인은 크게 두 종류로 나뉜다.

막대한 시간의 감옥에서 재능의 벽에 부딪혀 광인이 되거나, 자신을 좀먹는 수련 끝에 벽을 넘어서 초월좌가 되거나.

유중혁은 후자였다.

"……대체 얼마나 고된 수련을 거쳤을지 짐작도 되질 않는구나. 거기 몇 년이나 있었던 것이냐?"

"아마 백 년쯤 될 겁니다."

"백 년 만에 3단계라…… 그래서 네놈이 이렇게 오만해진 게로구나."

백 년. 보통의 인간에게는 긴 세월이지만 초월좌에게는 그렇지만도 않다.

이 세계에는 이백 년, 삼백 년을 살며 무공을 쌓아도 초월좌에 도달하지 못하는 존재가 많기 때문이다. 온갖 영약을 꾸역꾸역 처넣고 육체를 개량해도 넘을 수 없는 벽. 그것이 바로 두꺼운 초월의 벽이다.

그런데 유중혁은 백 년 동안 그 벽을 세 번이나 넘었다.

"여차하면 이번에도 시간 단층에 들어갈 생각입니다."

"미친 생각이다! 시간 단층을 사용하면 영혼에 탁기가 서린다. 시간 단층에 잘못 들어갔다가 미쳐버린 마두들을 보지 못하였느냐? 광인과 초월좌가 종이 한 장 차이라는 건 네놈도 잘 알지 않느냐?"

"시간 단층으로도 지난 회차의 당신을 넘지 못했습니다."

"흥, 당연하지! 날 따라잡으려면 아직 백 년은 이르다!"

씩씩거리던 파천검성이 말했다.

"어쨌든…… 3단계를 한 번 돌파해보다니, 아예 무지렁이인 상태보다는 그나마 가르치는 맛이 있겠구나."

그런데 스승의 칭찬에도 유중혁은 표정이 그리 밝지 않았다. 뭔가 이상한 낌새를 느낀 파천검성이 캐묻자 이실직고를 했다.

잠시 후, 이야기를 모두 들은 파천검성이 어이없다는 듯 물었다.

"탈진한 사이에 대오각성을 했다고?"

"그게, 정확히 기억은 안 납니다."

결국 자신이 어떻게 3단계를 넘어섰는지 모른다는 얘기였다. 파천검성이 어이없다는 듯 말했다.

"설마 지금 네놈의 무의식을 믿고 다시 3단계를 돌파할 수 있다 자신하는 것이냐? 그딴 건 빙화신녀 같은 사이비 고수나 하는 짓거리다."

"그래서 당신이 필요한 겁니다. 다시 무공을 가르쳐주십시오."

"뭐라?"

"이전과 같은 방식은 곤란합니다. 그래서는 시간이 너무 오래 걸리니까."

뻔뻔한 제자의 말에 파천검성이 관자놀이를 짚었다.

"내가 도움이 될지 안 될지는 모른다. 너도 초월의 벽을 넘었으니 알겠지만, 초월은 결코 한 가지 방식으로만 이루어지는 게 아니야. 모든 초월좌는 결국 각자의 방식으로 '초월'할 뿐이다."

"그래도 도움은 받을 수 있습니다. 만류귀종萬流歸宗이라는 말이 괜히 있는 게 아니니까."

"결국은 만 가지 갈래 중 하나를 찾아내야만 한다는 뜻이지. 세상에 같은 깨달음은 없다. 같은 이야기가 없듯이."

"그래도 갈래가 만 가지나 있다면, 개중 하나쯤은 얻어걸릴 수 있지 않겠습니까? 이미 이전 회차에서도 하나를 찾았고."

유중혁은 그 말을 하며, 어쩐지 자신이 김독자처럼 말하고 있다고 생각했다. 본래 자신은 이런 식으로 말하는 타입이 아니었다. 어쩌면 같이 다니는 사이 영향을 받았을지도 모른다.

한마디도 지지 않는 제자를 향해 파천검성이 한숨을 내쉬었다.

"……원래 그렇게 말이 많았느냐? 쉽지 않을 게다. 전 회차에서 겪어서 알겠지만, 본래 [파천검도]는 남성체를 위한 무공이 아니야."

유중혁도 알고 있었다. 그 때문에 전 회차에서 파천검성의 무공을 배우기가 무척 힘들었으니까. 하지만 이번 회차는 달랐다.

"성별 문제라면 어느 정도 해결할 수 있습니다."

"그게 무슨 뜻이냐?"

[성별 바꾸기를 좋아하는 한 성좌가 콧김을 뿜습니다.]

날아든 간접 메시지에 유중혁이 미미하게 인상을 찌푸렸다. 매번 이 순간이 되면 복잡한 감정과 함께 막대한 분노가 차올랐지만, 이렇게 된 이상 활용할 수 있는 것은 모두 활용해야만 했다.

"마침 시간이 됐습니다."

그리고 잠시 후 경악한 파천검성이 입을 떡 벌렸다. 유중혁은 무표정한 얼굴로 검을 꺼내 닦으며 말했다.

"밖에 있는 녀석에겐 절대로 말하지 마십시오."

☒ ☒ ☒

['김독자 공단'에서 당신의 공적을 의심하는 공민이 나타나고 있습니다.]

['김독자 공단'에서 '사기꾼 김독자'에 대한 설화가 퍼집니다.]

허공에서 들려오는 메시지에 낮잠에서 깨어났다.

메시지 형태를 보아하니 내가 자리를 비운 사이 공단에서 안 좋은 소문이 도는 모양이었다. 공단의 독재자가 바뀌었는데 아직까지 얼굴을 내비치지 않으니 어찌 보면 당연한 일이었다.

그나저나 '사기꾼 김독자'라……

내 얼굴도 모르는 녀석들이 날 더 잘 아는 기분이 드는 건 왜일까.

"김독자. 뭘 하고 있는 거냐."

툭 건드리는 발길질에 나는 신음하며 자리에서 일어났다.

상반신을 탈의한 유중혁이 땀을 뻘뻘 흘리며 서 있었다. 파천검성에게 고된 훈련을 받고 온 모양이었다.

"······잠깐 생각 좀 하고 있었어."

"게으름을 피우는군."

"지금은 게으름을 피워야 해. 난 환자니까."

핑계 같지만 사실이었다.

아직 추방자 페널티로 인한 부상이 완전히 회복되지 않은 상태였다. 파천검성에게 괜히 대드는 바람에 회복이 지연된 탓도 컸다.

'라마르크의 기린' 숙련도도 늘고 있고, 설화 파편도 꾸준히 섭취하고 있으니 회복이 그리 더디지는 않을 것이다. 나는 장원 앞마당에서 열심히 무공을 훈련하는 두 사람을 보며 물었다.

"저 녀석들은 어때?"

마찬가지로 땀을 뻘뻘 흘리는 장하영이, 죽을상을 한 한명오와 대련하고 있었다. 감독관을 맡은 파천신군이 왕왕거리며 초식을 지적하는 모습이 보였다.

"저 계집애는 제법 재능이 있더군. 괴이한 특성을 이용해 굉장히 빠르게 무공을 습득하고 있다."

"계집애 아냐. 쟤 남자야."

"네놈 눈깔은 가끔 어디에 붙어 있는지 모르겠군."

뭐래 멍청이가. 남자 맞거든? 원작에도 그렇게 나온다고.

내가 한마디 쏘아붙이려는 순간, 유중혁이 말을 이었다.

"그보다, 성좌들과의 일은 어떻게 됐지?"

"……고민하고 있어."

페르세포네에게서 메시지를 받은 것도 벌써 일주일 전 일이었다.

[성좌, '가장 어두운 봄의 여왕'이 당신을 '미식협'에 초대했습니다.]
[일주일 뒤, 암흑 차원의 오로성五輅城에서 '미식협'의 축제가 열립니다.]
[오늘 밤까지 출발 여부를 결정해주십시오.]

미식협으로의 초대.

언젠가 그런 일이 있을지 모른다고 예상했지만, 생각보다 시기가 너무 빨랐다.

미식협.

표현 그대로, 미식을 좋아하는 입맛 까다로운 성좌의 모임.

얼핏 '별자리의 연회'와 비슷해 보이지만 그 실상은 전혀 달랐다.

'별자리의 연회'가 공식이라면 미식협은 비공식이고, 모임 안에서 벌어지는 이벤트 강도 또한 차원이 다르다.

[성좌, '악마 같은 불의 심판자'가 당신을 걱정합니다.]

무엇보다, 미식협에는 우리엘이 없다.

[성좌, '긴고아의 죄수'가 당신의 선택을 궁금해합니다.]

제천대성도 없을 것이고, 은밀한 모략가도 없을 것이다. 심연의 흑염룡은…… 있었던가? 잘 기억나지 않는다.

어쨌거나 그곳 분위기는 '별자리의 연회'처럼 내게 우호적이지만은 않을 것이다. 그리고 이 스타 스트림에서 비우호적인 성좌가 모여 있는 곳에 가는 것보다 위험한 일은 없다.

내 표정을 읽었는지 유중혁이 물었다.

"겁먹은 건가?"

"그럴 리가."

겨우 그런 이유로 미식협에 참가하지 않는다면 애초에 여기까지 올 수도 없었을 것이다. 나는 장하영과 한명오의 대련을 말없이 지켜보았다. 머리를 연달아 두들겨 맞은 한명오가 침묵에 박자를 넣듯 비명을 질러댔다. 그 모습을 함께 보던 유중혁이 중얼거렸다.

"이곳 때문이군."

"……맞아."

페르세포네의 메시지에 따르면 미식협의 축제는 정확히 일주일 뒤다.

공교롭게도 무도 대회와 정확히 날짜가 겹친다.

즉 무도 대회 시나리오가 발생하는 날, 난 제1 무림에 없다.

혹시라도 만약의 사태가 벌어진다면…….

"다녀와라, 김독자."

유중혁의 단호한 말에, 나는 반사적으로 고개를 들었다.

"괜찮겠냐?"

"지금 우리가 당면한 시나리오는 마왕 선발전이지 무도 대회가 아니다."

나야 줄곧 생각하던 바였지만, 유중혁이 그렇게 말하는 것을 들으니 묘한 안도감이 들었다.

"너…… 정말 사람 됐구나. 적어도 당분간은 죽지 않겠어."

유중혁은 내 말을 무시하고 계속해서 말했다.

"무도 대회에서 얻을 수 있는 건 고작해야 흑천마도다. 하지만 흑천마도를 얻는다고 해서, 우리가 마왕 선발전에서 이길 수 있는 건 아니다."

유중혁 말이 맞았다. 무도 대회에서 우승했다고 마왕 선발전에서도 이길 수 있는 건 아니었다.

"그게 네가 미식협에 가야만 하는 이유다. 우리 성운에는 동료가 필요하니까. 미식협에서 동맹을 구할 수 있을지 모른다."

무슨 말인지는 이해했다.

미식협에 가서 쓸 만한 성좌들을 꼬셔 오라 이 얘기지.

그런데 한 가지 신경 쓰이는 단어가 있었다.

"……우리 성운?"

"지난번에 만든다고 하지 않았나."

"김독자 컴퍼니?"

"정말 그따위 이름이라면 죽여버리겠다."

한껏 인상을 찌푸리며 고개를 돌리는 유중혁.

순간 피식 웃음이 났다.

[성좌, '악마 같은 불의 심판자'가 손수건으로 감동의 눈물을 닦습니다.]

처음 멱살을 잡힐 때만 해도 상상도 못 하던 일이다.

유중혁과 내가 진짜로 동료가 되다니. 어쨌거나 유중혁이 저렇게까지 말한 이상 망설이는 것도 우습겠지.

나는 자리를 털고 일어서며 말했다.

"다녀올게."

¤ ¤ ¤

그날 밤, 나는 포털을 뚫고 날아온 미식협의 안내인을 맞이했다.

흑마를 동반한 작은 마차를 몰고 온 안내인은 서부극에 나올 법한 카우보이 복장을 하고 있었다.

오로성의 주인에게 종속된 권속 중 하나인 것 같았다. 마차에서 내린 안내인은 공손히 고개를 숙이더니 말을 건넸다.

[성좌 '구원의 마왕' 님이십니까?]

"그렇습니다."

[마차에 탑승하시지요. 여정이 꽤 길 테니 한숨 주무셔도 됩니다.]

안내인은 나를 보고도 딱히 놀라거나 별다른 반응을 보이지 않았다. 역시 미식협의 안내인쯤 되면 '구원의 마왕' 정도에는 안 놀란다 이건가?

마부석으로 가던 안내인이 고개를 돌리며 물었다.

[도중에 합승객이 있을 텐데, 괜찮으시겠습니까?]

"어, 괜찮아요."

합승객이라…… 누구지? 물어보고 싶었지만, 곧바로 마차를 출발시키는 바람에 말할 기회를 놓치고 말았다.

뭘로 만들었는지 마차 내부는 제법 넓고 편안했다. 흔들림이 전혀 없을뿐더러 심지어 움직이고 있다는 관성조차 느끼지 못할 정도였다.

잘됐다. 가는 동안 멸살법이나 좀 읽어두면 되겠지.

그리고 몇 시간 동안 내리 멸살법을 읽었다. 몇 시간이 아니라 며칠이었는지도 모른다. 마차가 움직이는 속도를 정확히 알 수 없어서 시간을 가늠하기가 어려웠다.

「……그리하여, 15회차의 유중혁은 죽어가며 생각했다. '운이 좋지 않았군.'」

「……그렇게 19회차를 끝내며 유중혁은 생각했다. '다음번이다.'」

「……유중혁은 25회차의 삶을 마감하며 중얼거렸다. "다음번엔 진짜로 간다."」

……사람 됐다는 말은 취소다.

이 자식, 1차 수정본에서도 개복치인 건 여전하네. 내가 도움을 주든 안 주든 어차피 죽기는 마찬가지라는 건가. 나는 유중혁의 죽음을 훌훌 넘기며 필요한 정보를 찾는 것도 잊지 않았다.

미식협에 관한 내용은 그다지 많지 않았다.

극후반 회차의 유중혁이 미식협에 방문한 적이 있지만, 그땐 녀석들을 쳐 죽이러 갔지 화합하러 간 건 아니니까. 그 부분의 서술은 대개 "끄아아악"으로 점철되어 있을 뿐이었다.

「비천호리가 말했다. "성좌는 모두 최악이지. 하지만 미식협의 또라이들은 그 최악 중에서도 최악이야."」

게다가 호의적인 내용이라고는 거의 찾아볼 수도 없다. 볼수록 내가 미식협에 가는 게 옳은 일인지 확신이 안 섰다. 어쨌거나 나는 계속 멸살법을 읽었다.

「유중혁은 생각했다. '그 녀석이 함께 왔다면 좋았을 텐데.'」

원작과 수정본에 읽는 맛의 차이가 있다면, 바로 이런 대목이 나오는 순간이었다. 내가 원작에 개입한 순간의 흔적들. 그런 대목이 나올 때면 나는 특히 주의를 집중했다. 수정본에는 없는 '3회차' 이야기가 언급되는, 몇 안 되는 장면이기 때문이었다.

「'하지만, 이렇게 하지 않으면 안 된다. 녀석도 이게 옳은 길이라 말했으니까.'」

……옳은 길? 뭔 소리지?
[식사 시간입니다. 별거 아닙니다만 조촐하게 준비해봤습니다.]
"고마워요."
중간중간 마차가 멈춰 설 때마다 안내인이 식사를 내왔다.
일종의 기내식인 모양이었다. 겉보기에는 고급 햄인 하몽과 비슷한데 무척 향긋한 냄새가 났다. 물론 진짜 햄은 아니었다.

「셀레게돈 행성의 마지막 검투사」

미식협이 제공하는 음식이라 그런지 기내식도 설화를 주는군. 느껴지는 설화의 농축도를 보니 꽤 강한 설화 같은데…….
나는 안내인이 함께 준 포크로 매끈한 햄을 푹 찍었다. 그러자 설화 내용 일부가 머릿속으로 흘러들었다.

「"사, 살려줘. 제발 살려줘……!"」

성좌들의 난동에 끔찍하게 부서지는 도시. 압력에 짓눌려 터지는 화신들. 그에 맞서 모든 존엄을 잃고 죽어가는 검투

사…….

악귀처럼 웃는 성좌들 입속으로, 짜부라진 화신들 몸뚱이가 통째로 쏟아졌다. 이미 사라진 세계의 마지막 풍경. 화신의 절규와 절망감이 한데 모여 코끝에 어른거렸다.

나는 잠시 햄을 내려다보다가 조용히 포크를 놓았다.

[……음식이 입에 맞지 않으십니까?]

"별로 배가 고프지 않아서요."

나는 태연하게 웃으며 그렇게 말했다.

[죄송합니다. 성좌님 취향을 미처 고려하지 못한 것 같군요. 새로운 음식을…….]

"아뇨, 저는 제가 가져온 거 먹을게요."

안내인은 송구스럽다는 듯 접시를 가져가더니 마부석으로 물러갔다. 그 모습이 완전히 보이지 않게 된 뒤에야, 나는 간신히 표정을 풀었다. 헛구역질이 올라올 것 같았다.

문득 방금 읽은 멸살법의 한 구절이 스쳐 갔다.

「"화신들에게는 악몽 같은 곳이지."」

새삼 내가 가는 곳이 어디인지 깨달았다. 그리고 내가 상대하는 존재들이 누구였는지도. 바보같이 무슨 소풍이라도 가는 듯이 굴고 있었다.

나는 주머니 속 설화 파편 몇 개를 만지작거렸다.

저놈들이 먹는 설화에 비하면 '이야기의 지평선'에 버려진 설화는 무색무취에 가까웠다. 평범한 이삼류 화신들이 평범하게 살다가 죽어간, 그저 그런 종류의 설화 찌꺼기.

모두 미식협이 내버린 이유가 있는 것이었다.

나는 '라마르크의 기린'을 통해 그 설화 파편을 손으로 흡수하며 조용히 눈을 감았다.

왠지 악몽을 꿀 것 같은 기분이었다.

¤ ¤ ¤

나는 막간을 이용해 그동안 정비하지 못한 몇 가지를 손보았다. 제일 먼저 한 것은 코인 점검.

[보유 코인: 1,252,353C]

꾸준히 저축한 덕에 정말 어마어마한 돈이 모여 있었다. 125만 코인이라니. '대악마의 눈동자'도 살 수 있는 금액이었다. 물론 그건 안나 크로프트가 선수를 쳤고, 나야 더 좋은 스킬이 있으니 별 필요는 없었다.

미식협을 앞두고 이 코인을 어떻게 사용할지가 관건인데…….

종합 능력치를 올리는 것도 나쁘지 않겠지만, 사실 종합 능력치는 100레벨을 넘어서는 순간부터 효율이 급감한다. 그때부터는 종합 능력치보다 스킬이나 설화에 투자하는 쪽이 훨씬 가성비가 좋다.

물론 종합 능력치도 압도적으로 쌓으면 효과를 발휘할 때가 있긴 하지만…….

일단 [제4의 벽]을 설득해서 조만간 특성창을 한번 확인해 봐야 할 텐데.

[합승객께서 탑승하실 것 같습니다. 괜찮으십니까?]

너무 깊이 생각에 빠져 있느라 마차가 멈췄다는 사실조차 눈치채지 못하고 있었다.

"네, 괜찮아요."

내가 대답하자 마차 좌측 문이 열렸다. 나는 살짝 긴장하며 문틈으로 바깥을 살폈다. 합승객이라면 성좌일 가능성이 높으니까.

"아! 너무 오래 기다렸잖아. 왜 이렇게 늦었어?"

[죄송합니다. 생각보다 길이 좀 험하다 보니…….]

들려온 목소리가 어쩐지 귀에 익었다. 높고 가는 음색, 러시아 억양이 섞인 여자애의 목소리. 문틈으로 보이는 인원은 총 세 명이었다.

[미리 탑승하신 분이 계십니다. 모쪼록 즐거운 여행길 되시기를.]

불행인지 다행인지 성좌의 격은 느껴지지 않았다. 즉 모두 화신이라는 이야기였다. 온화한 미소를 지으며 다가온 여인이 먼저 마차에 올랐다.

"잠시 실례하겠습니다."

공손히 인사하는 여인의 카키브라운색 머리카락이 바람에 흩날렸다. 여인이 고개를 드는 순간, 나는 반사적으로 입을 열었다.

"셀레나 킴?"

셀레나 킴. '별자리의 연회'에 미국 대표로 참석한 이였다. 내 얼굴이 달라져서인지 잠시 고개를 갸웃하던 여자가 탄성을 질렀다.

"앗, 당신은……?"

"저, 누군지 기억하시겠어요?"

"그럼요! 김독자! 오랜만이군요! 당신도 초대받은 건가요?"

"어쩌다 보니 그렇게 됐습니다."

반색하는 셀레나 킴과 악수하며 나머지 일행을 살폈다. 뒤이어 들어온 이는 머리를 트윈테일로 묶은 작은 여자아이였다.

"넌 뭐…… 엇?"

역시나 본 적 있는 녀석이었다.

'별자리의 연회'에서 만난 러시아 꼬맹이. 이름이…… 뭐더라. 빨간 꼬맹이인가 뭔가 하는 별명이었던 게 기억났다.

나를 향해 입을 뻐끔거리는 여자애를 제쳐두고, 나는 나머지 한 사람을 마저 확인했다. 그 순간 등줄기에 소름이 쫙 돋았다.

"직접 만나는 건 처음이군요."

고요하고 느긋한 목소리에 그 저의를 헤아릴 수 없는 깊이가 있었다.

나는 이 인물을 잘 알고 있었다.

패왕 유중혁과 더불어 멸살법 최강의 화신으로 손꼽히는 존재.

심지어 나는 이 인물을 이미 만난 적도 있다.

"언젠가 꿈에서 당신을 본 적이 있죠. 너무 오래전이라 기억하실지 모르겠군요. 그때 저한테 다시 만나자고 말씀하신 것 같은데……."

분명히 기억한다. '그린 존 시나리오' 때 스펙터의 영석을 먹은 뒤 그녀를 본 적이 있으니까.

"기억합니다."

"정식으로 인사하죠. 처음 뵙겠어요, 김독자. 아니…… 구원의 마왕."

흩날리는 금발 사이로 소용돌이치는 적색의 마안魔眼이 가늘게 눈웃음을 쳤다. 무척이나 아름다운 웃음이지만 곧이곧대로 받아들일 수는 없었다. 그 미소 이면에 담긴 불온한 사상思想을, 나는 누구보다 잘 알기 때문이다.

"안나 크로프트입니다."

〈아스가르드〉의 예언자.

'차라투스트라'의 수장, 안나 크로프트가 그곳에 있었다.

미식협

1

오로성으로 향하는 내내 안나 크로프트는 말이 없었다.

가끔 눈이 마주칠 때면 묘한 미소를 지을 뿐 딱히 먼저 말을 걸어오지는 않았다.

생각이라도 읽어내면 좋겠지만, 안나 크로프트에 대한 이해도가 너무 낮아서 [전지적 독자 시점] 2단계를 발동할 수가 없었다.

하긴 나는 원작에서도 안나 크로프트를 딱히 좋아하지 않았다. 저 녀석에게 유중혁이 죽거나 뒤통수 맞은 횟수만 세도 양 손가락이 모자랄 지경이니까.

나와 안나 크로프트 모두 말이 없었기에 마차 안 분위기는 급격히 어색해졌고, 셀레나 킴만 애꿎은 비지땀을 흘렸다.

"……그래서 함께 오게 된 거예요. 아스가르드의 화신도 초청을 받았거든요."

천성이 착해서 이런 분위기를 못 견디는 셀레나 킴은 묻지도 않은 이야기를 계속 이어나갔다. 어쨌거나 여러 정보를 듣게 됐으니 나로서는 좋은 일이었다.

"그러셨군요. 세 분 다 〈아스가르드〉 소속이십니까?"

"네. 안나의 주선으로."

"좋은 성운을 택하셨군요."

"아하하, 어쩌다 보니 운이 좋았어요. 덕분에 이런 호사도 누리게 됐네요. 다른 화신들은 초대받지도 못했는데……."

셀레나 킴은 살짝 들떠 보였다. 미식협은 별자리의 연회와는 의미가 다르니까. 별자리의 연회가 귀족 전체 모임이라면, 미식협은 상류 귀족의 살롱과 비슷했다.

하지만 호사好事라.

과연 셀레나 킴이 그곳에 도착해서도 같은 생각을 할 수 있을지 모르겠다.

"이리스, 왜 말이 없니? 전에 독자 씨 다시 만나고 싶다고 그랬잖아."

"블린влин! 내가 언제!"

"얘가…… 너 지난 연회 이후로 매번 독자 님, 독자 님 노래를 불렀잖니? 모처럼 뵈었는데 이야기라도 좀 해보렴."

놀리는 듯한 셀레나 킴의 말에 이리스의 얼굴이 새빨갛게 물들었다. 흘끔흘끔 내 눈치를 보던 이리스가 조심스레 입을 열었다.

"저, 구원의 마왕…… 님 맞으시죠?"

순간 이 녀석이 그때 그 건방진 꼬맹이가 맞나 의심이 들었지만, 일단은 나도 예의를 차려주기로 했다.

"맞습니다."

"저, 저희랑 같이 계신 게 불편하진 않으세요?"

"왜 불편할 거라고 생각하시죠?"

"저희는 일개 화신이잖아요. 그리고 구원의 마왕 님은……."

곁에 있던 셀레나 킴의 표정도 변하고 있었다. 반가움에 잠시 잊고 있었지만, 내가 자신들과는 다른 '성좌'라는 사실을 새삼 자각한 눈치였다.

'설화급 성좌'와 보통 '화신' 사이에는 하늘과 땅만큼의 격차가 존재한다. 아마 다른 성좌라면 여기서 "하찮은 벌레들이 이제야 주제를 깨달았구나" 따위 대사를 지껄였겠지. 물론 나는 아니다.

"괜찮습니다. 저도 한때는 화신이었으니까요."

셀레나 킴이 안도의 한숨을 내쉬는 것이 보였다. 용기를 얻은 이리스가 다시 입을 열었다.

"저, 그러면…… 질문 하나만 해도 되나요?"

"하세요."

"혹시 배후 계약을 맺은 화신이 있으신가요?"

"그건 왜 물으십니까?"

"어, 그건……."

머뭇거리는 이리스를 향해 셀레나가 눈치를 주었다.

"이리스. 넌 이미 예정된 배후성이 있잖니?"

"그, 그냥 물어본 것뿐이야! 궁금하잖아!"

새끼손가락으로 머리카락을 꼬며 휙 고개를 돌리는 이리스를 보고 있자니, 지구에 있을 신유승과 이길영이 떠올랐다. 나는 그리운 마음을 애써 감추며 입을 열었다.

"한반도에 제 화신이 있습니다."

내 말에 이리스의 표정이 변했다.

"아, 혹시 그 꼬마⋯⋯."

나는 고개를 끄덕였다. 신유승에 관한 소문이 다른 곳에서도 퍼진 모양이다. 쑥덕거리길 좋아하는 성좌들이니 자기 화신한테도 이미 얘기했겠지. 안나 크로프트가 입을 연 것은 그때였다.

"혹시 화신을 바꿀 생각은 없으신가요?"

화들짝 놀란 셀레나 킴과 이리스가 안나 크로프트를 돌아보았다.

"〈아스가르드〉 산하에는 좋은 화신이 많아요. 재능이 있는 친구도 많고요. 저기 있는 이리스도 그중 하나죠."

왜 갑자기 이런 말을 하지? 어쩌면 〈아스가르드〉에서도 내 이야기를 할지 모르겠다. 아직 나는 정식으로 성운 창설을 하지는 않았으니까.

"지금 제게 〈아스가르드〉에 들어오라고 말씀하시는 겁니까?"

"꼭 그런 건 아니에요. 아스가르드 산하에 좋은 화신이 많으니 그중 하나를 택해도 나쁘지 않을 거라고 권할 뿐이죠. 어차피 배후 계약은 배후성이 언제든 취하할 수 있잖아요?"

순간 낙담했던 이리스가 반짝이는 눈으로 나를 보았다. 나는 무표정한 얼굴로 답했다.

"저는 배후 계약을 취소할 생각이 없습니다."

"그 여자애가 그렇게 마음에 드시나 보죠? '신유승'이라는?"

내가 대답이 없자 이리스의 얼굴이 깊은 실망감에 젖어갔다. 이해도가 몹시 낮은데도 감정 변화가 스킬로 포착될 정도였다. 그런데 안나 크로프트가 묘한 말을 했다.

"만약 당신 화신이 죽는다면."

안나 크로프트의 입가에 속을 알 수 없는 미소가 깃들어 있었다.

"그렇게 놀란 표정 짓지 마세요. 그냥 예를 드는 것뿐이니까. 그럴 수도 있잖아요? 불의의 사고를 당한다거나 갑작스러운 재해로 화신이 사망한다거나…… 흔한 일이니까요. 그런 일이 생겨도 화신을 바꿀 생각은 없는 건가요?"

"불의의 사고 말씀이십니까?"

"네, 불의의 사고요. 그저 우연히 벌어졌을 뿐인, 불의의 사고."

나는 안나 크로프트를 가만히 바라보았다.

신유승이 죽는다. 생각해본 적도 없다.

"제가 살아 있는 한 그런 일은 없을 겁니다."

"모르는 일이죠. '운명'이라는 건 언제 어떻게 작용할지 모르니까요."

……운명?

순간 대기가 흔들렸다. 주변 공기가 불길한 색깔로 물들면서 마차 전체가 진동하기 시작했다. 이리스와 셀레나 킴의 얼굴이 딱딱하게 굳었다. 팔뚝에 오소소 소름이 돋은 두 화신이, 겁에 질린 얼굴로 나를 보고 있었다.

이런 짓은 하고 싶지 않았다. 굳이 애먼 화신에게까지 겁을 주고 싶지는 않았으니까. 하지만 방금 안나 크로프트는 넘어서는 안 될 선을 넘었다.

[만약 그런 일이 벌어진다면.]

진언 사용으로 인해 개연성의 스파크가 튀기 시작했다.

[성운, <아스가르드>의 성좌들이 당신에게 우려를 표합니다.]
[성운, <아스가르드>의 성좌들이 당신에게 경고성을 발합니다!]

귓가로 아스가르드 성좌들의 간접 메시지가 들려왔다. 하지만 나는 진언을 멈추지 않았다.

[만약 그런 일이 벌어진다면, 나는 그 '운명'을 일으킨 세계를 모두 부숴버릴 거다.]

폭발한 격의 여파로 마차 창문이 동시에 터져나갔다. 깜짝 놀란 마부가 이쪽을 돌아보았다. 심지어 저 침착한 안나 크로프트조차 희미하게 경악한 얼굴이었다. 아마 내가 정확히 어느 정도 '격'을 가졌는지 모르고 있었던 모양이다.

얼마 지나지 않아 마차가 멈춰 서더니 안내인 목소리가 들려왔다.

[오로성에 도착했습니다.]

나는 여전히 굳어 있는 세 사람을 향해 씩 웃으며 말했다.

"내립시다."

¤ ¤ ¤

마차에서 내린 우리는 곧장 오로성 안으로 안내되었다.

오로성.

전 차원에 흩어진 미식협의 주요 본거지 가운데 하나로, 미식협 간부가 직접 소유한 성채였다. 아마 이걸 가지고 있는 녀석이…… 마계의 72마왕 중 하나였지. '헤아릴 수 없는 엄격'이던가?

[출입 허가를 받은 분들입니다.]

[확인했습니다. 들어가시죠.]

성 내부는 중세풍이라기보다는 현대식으로 꾸며져 있었다. 고급 호텔 로비를 연상케 하는 광경이랄까. 중간중간 상징체 형태로 흩어져 있는 성좌들이 눈에 띄었다.

[몇몇 성좌가 당신의 존재에 주의를 기울입니다.]

안내인이 우리를 로비 구석에 위치한 대기실로 안내했다. 아직 도착한 인원이 없는지 대기실에는 나와 〈아스가르드〉 3인방이 전부였다.

[그럼 여기서 잠시 기다려주십시오. 아직 도착할 화신이 남아 있어서…… 아, 구원의 마왕 님은 성좌시니 따로 대기실을 마련해드리겠습니다.]

"아뇨, 괜찮습니다. 그냥 여기 있을게요."

안내인은 그런 나를 이상하다는 듯 바라보았지만 이내 납득했는지 조용히 물러났다.

솔직히 아직은 여기가 더 편하다. 나도 마음의 준비를 할 시간이 좀 필요하고 말이지.

대기실 벽에는 역시나 눈요기를 위한 패널들이 걸려 있었다. 이 시간에도 차원 곳곳에서 진행 중인 하위 시나리오의 장면들…….

"저, 아까는……."

셀레나 킴이 말을 걸어왔다. 마차에서 그런 일이 있었으니 꺼릴 법도 한데, 역시나 멸살법 설정은 틀린 게 하나도 없다. 나는 옅게 웃으며 답했다.

"괜찮습니다. 제가 좀 과했죠."

그제야 셀레나 킴의 표정도 조금 누그러졌다.

"아니에요, 저희가 너무 무례했어요. 죄송합니다, 구원의 마왕."

아까보다 훨씬 격식을 차린 인사였다.

사과를 들으려던 것은 아니라서 뭔가 마음이 좋지 않았다.

셀레나 킴은 잘못한 것이 없다. 그녀는 멸살법 전체에서 내가 괜찮게 보는 몇 안 되는 인물 중 하나이기도 하다. 내가 싫어하는 쪽은 저기 구석에 서서 사태를 관망하는 뻔뻔한 녀석이다.

그때, 대기실 문이 열리며 또 다른 안내인이 나타났다.

[〈아스가르드〉의 화신분들은 저를 따라오시기 바랍니다.]

〈아스가르드〉의 성좌들이 찾는 모양이었다. 셀레나 킴과 이리스가 가볍게 묵례를 남기고 먼저 사라졌다. 그러나 안나 크로프트는 방을 떠나지 않은 채 나를 보고 있었다.

"당신은 너무 많은 성좌를 적으로 두고 있어요."

"그쪽이 걱정할 일은 아닙니다."

내 단언에 안나 크로프트의 미간이 살짝 구겨졌다.

종전에 그런 일이 있었는데도 안나 크로프트는 위축된 기색이 아니었다. 그녀는 한낱 화신이지만, 무려 성운 전체와 계약을 맺은 존재다. 아마 아스가르드의 최상위권 성좌들이 내 격으로부터 지켜주고 있겠지.

"같은 목표를 향해 나아가는 동지로서, 진지하게 조언하는 거예요. 싫어도 지금은 다른 성좌와 협력해야 할 때니까."

같은 목표라…….

"이 세계를 지키는 것. 당신도 그걸 위해서 싸우는 것 아닌가요?"

나는 대답하는 대신 대기실 벽에 걸린 패널을 가만히 들여다보았다. 재앙이나 성좌 출현으로 처참하게 찢겨나가는 화신의 모습을 담은 영상들. 내가 대답이 없으니 안나 크로프트가 고개를 절레절레 흔들며 돌아섰다.

그 순간 내가 입을 열었다.

"이 세계가 과연 지킬 가치가 있는지 없는지는 두고 봐야 알겠지."

스치듯 흘린 말에 안나 크로프트의 표정이 딱딱하게 굳었다. 앞서가는 안내인과 나를 초조한 눈빛으로 번갈아 보더니, 짧게 한숨을 내쉬고는 말했다.

"……나중에 또 이야기할 기회가 있길 바라죠."

그녀가 성큼성큼 걸어 사라진 뒤 대기실에는 나만 남았다.

홀로 남은 나는 조용히 생각을 정리했다.

멸살법에 언급된 미식협의 성좌를 떠올렸고, 개중에 설득할 수 있을 만한 성좌 명단을 머릿속에 넣었다.

그들의 특성이나 호오를 파악하는 것도 잊지 않았다.

별자리의 연회 때는 운이 좋았다. 이번에도 그러리라는 보장은 없다. 사교계로 표현한다면 이번 미식협은 내게 본격적인 데뷔전이다.

어떤 인상을 주고, 어떤 이야기를 하느냐에 따라 앞으로 내가 꾸려갈 시나리오의 방향도 달라질 것이다.

대기실 문이 벌컥 열렸다. 또 안내인인가 싶었는데 뜻밖의 존재가 나를 기다리고 있었다. 기겁해서 무슨 말을 하려는 순간, 상대방이 먼저 입을 열었다.

[오랜만이군요, 김독자. 많이 기다렸어요.]

그 화사한 진언을 듣는 순간 상대가 누구인지 깨달았다. 정

말이지, 명계의 여왕은 장난기가 너무 많다. 나는 한숨을 쉬며
물었다.

"……대체 왜 그런 차림을 하고 계십니까?"

페르세포네가 옅게 웃었다.

[왜요, 마음에 안 드나 보죠? 옆 동네 대천사가 당신 취향이
이쪽이라고 동네방네 떠들고 다니던데.]

"절대로 오해입니다."

[흐음…….]

페르세포네가 아쉽다는 듯 목소리를 흘렸다. 참고로 페르세
포네는 유중혁의 모습을 하고 있었다. 그나마 복장이 차이나
드레스가 아닌 게 천만다행이었다.

[그럼 이건 어때요?]

"잠깐……!"

내 만류가 채 이어지기도 전에 페르세포네의 모습이 다시
한번 변했다. 복장이 차이나 드레스로 화하기에 또 유상아로
변하려나 싶었는데, 웬걸 이번에는 전혀 생각지도 못한 인물
이었다.

"아니, 대체……."

싱긋 흩뿌리는 미소에, 상대가 페르세포네라는 걸 알면서도
얼굴이 달아오르는 것 같았다. 페르세포네는 얼마 전 마계에
서 본 '징벌자'의 모습을 하고 있었다.

[그때 보니 눈을 떼지 못하는 것 같던데. 역시 이쪽인가요?]

드레스 옆트임 사이로 드러난 새하얀 맨살에 나는 반사적

으로 눈을 감으며 외쳤다.

"……부탁이니 그만 놀리십시오."

[후후, 정말 재미있어.]

아이처럼 웃은 페르세포네가, 다시 한번 변신했다.

이번에는 유상아의 모습이었다. 차이나 드레스나 가터벨트 대신 걸친 단정한 오피스룩. 그 외양을 보고 있자니 미노 소프트의 기억이 떠올라 마음이 한결 차분해졌다. 유상아는 언제나 저런 차림으로 내게 말을 걸어왔다.

유상아 씨, 잘 있으려나.

한수영이랑 같이 다닌다니 조금 걱정되긴 하는데…… 그래도 '유상아 씨'니까 괜찮을 거라 믿는다.

페르세포네가 생긋 웃으며 말했다.

[따라와요. 데리러 왔으니까.]

나는 고개를 끄덕이고 페르세포네의 뒤를 따라갔다.

대기실을 나서자마자 몇몇 성좌의 시선이 내리꽂혔다. 곁의 페르세포네를 발견하고 수군대는 성좌도 있었다. 이거 어쩐지 귀부인과 젊은 시종이 된 기분인데 그래.

얼마 지나지 않아 우리는 로비 중앙에 서 있는 거대한 엘리베이터 앞에 도달했다.

아마 미식협의 축제는 이 성채 최상층에서 진행될 것이다.

수정구를 닮은 문이 열리고, 나와 페르세포네는 엘리베이터에 탑승했다. 기우뚱하는 느낌과 함께 몸이 조금 무거워졌고, 투명한 수정벽 바깥으로 암흑 차원의 정경이 펼쳐졌다. 차원의 지평선 너머로 장대한 스타 스트림의 세계가 모습을 드러내고 있었다.

[너무 기대하는 얼굴이군요.]

"기대라기보다는 좀 긴장이 됩니다."

내 마음을 이해한다는 듯 페르세포네가 웃었다.

[그대가 살아 있어서 다행이에요. 마지막으로 볼 때는 화신이었는데, 이젠 어엿한 성좌가 되었군요.]

"그래봤자 아직 풋내기입니다. 제가 여기 와도 괜찮을지 잘 모르겠군요."

나름대로는 겸양의 의미로 한 말인데, 해석을 어떻게 했는지 페르세포네의 표정이 살짝 굳어져 있었다.

[내가 미식협에서 그 정도 위치도 안 될 거라 생각하나요? 신규 회원 하나 데려가기도 힘겨워할 정도라고?]

"그런 뜻으로 드린 말씀이 아니라……."

[농담이에요.]

"제발 그만 놀리십시오."

[앞으로 얼마나 유망한 성좌가 될지 모르니 미리 투자하는 거라고 생각해두세요. 당신도 언젠가 겪어야 할 일이니까.]

전부터 느끼지만, 이 여왕님이 왜 이렇게 나한테 잘해주는지 모르겠다. 파천검성을 명계의 타르타로스에 데려가주는 대가로 그녀가 요구한 것은 나의 미식협 참석뿐이었다.

아마 그녀도 알 것이다.

미식협 참석이라는 조건 또한 결과적으로 그녀가 아니라

나를 위한 일이 되리라는 사실을. 그녀는 성좌가 된 나를 위해 본격적인 데뷔 무대를 꾸려준 셈이다.

페르세포네의 흑요석 같은 눈이 반짝였다.

[지금 격의 등급은 어느 정도죠? 설화급은 아닐 테고.]

내가 설화급이라는 사실이 다른 성좌에게는 알려지지 않은 모양이었다. 나는 잠시 생각하다가 대답했다.

"다음 별자리의 연회 때는 2층에서 뵐 수도 있을 겁니다."

페르세포네의 눈이 동그랗게 변했다. 내가 고작해야 위인급 정도일 거라 짐작했겠지. 명계의 여왕님께서 당황하는 모습을 보는 즐거움도 제법 쏠쏠했다. 그러나 그녀의 눈빛에는 이내 깊은 우려가 섞였다.

[그대를 시샘하는 성좌들이 생겨날 거예요.]

"……."

[어떤 성좌는 그대를 자기편으로 끌어들이려 하겠죠.]

"예상은 하고 있습니다."

각오하고 있다. 앞으로 내가 만날 성좌 중 호락호락한 존재는 없을 것이다. 나를 시샘하는 녀석이든, 자기편으로 만들려는 녀석이든.

어느 쪽도 위험하기는 마찬가지니까.

[하지만 대부분의 성좌는 당신에게 별다른 관심이 없을 거예요.]

"……예?"

[지금까지 '한반도 시나리오'의 영향력이 큰 곳만 다녀서

잘 느끼지 못했겠지만…… 잊지 마세요, 이곳은 미식협이라는 것을.]

미식협. 스타 스트림의 상위급 성좌가 모이는 대연회.

문득 페르세포네의 웃음이 무섭게 느껴졌다.

[별자리의 연회 때처럼 보모 역할을 해주진 않을 거예요. 이번에는 자기 힘으로, 직접 일어나는 모습을 보고 싶군요.]

벨 소리와 함께 엘리베이터의 문이 열렸고, 페르세포네는 자신의 말을 실천하듯 연회장 안으로 사라져버렸다. 홀로 남겨진 나는 머뭇거리며 엘리베이터에서 내렸다.

[몇몇 성좌가 당신에게 호기심을 보입니다.]

내리자마자 간접 메시지들이 날아들었지만, 관심은 얼마 지나지 않아 사라졌다. 차라리 다행이었다. 과도한 관심이 쏟아지면 오히려 움직이기 부담스러울 테니까.

로비에서처럼 상징체로 존재하는 성좌는 보이지 않았다. 모두 인간형이거나, 이세계의 생명체로 의태한 모습. 이곳에 사소한 개연성을 의식하는 성좌는 하나도 없었다.

떠들썩한 연회 홀 곳곳에, 내가 멸살법에서 읽은 그대로의 외양을 한 성좌들이 있었다. 가장 먼저 눈에 띈 것은 연회장의 중심을 차지한 바이킹 복장 사내였다. 등허리에 멘 거대한 망치를 보고도 누구인지 못 알아본다면 그게 더 이상하겠지.

[1세대 설화 중 최고는 당연히 '망치를 먹는 드래곤'이지!]

성운 〈아스가르드〉의 성좌, '목요일의 천둥'이 호쾌하게 목청을 높이고 있었다. 그러자 반대편에서 한 여인이 대꾸했다.

[무슨 소리죠? 최고라면 당연히 '새벽 별의 아이들'이에요. 평점도 제일 높다고요.]

별빛을 수놓은 듯 새하얀 드레스를 입은 여신. 내 기억이 맞는다면, 저 여자는 성운 〈수호의 나무〉의 성좌인 '새벽 별의 여신'일 것이다.

보아하니 어떤 설화가 최고의 설화인지 또 논쟁이 붙은 듯했다.

허구한 날 무슨 설화가 최고인지를 놓고 싸운다더니, 멸살법에서 읽은 그대로였다. 한반도에서는 마주치기도 힘든 고위급 성좌들이 태연히 돌아다니는 광경을 보고 있자니, 확실히 여기가 어떤 곳인지 실감 났다.

저 강력한 페르세포네조차 미식협에서는 보통의 성좌에 불과하다.

[성좌, '악마 같은 불의 심판자'가 당신을 응원합니다.]

다행히 채널이 기능하는 곳이라는 게 유일한 위안이었다.

그래, 겨우 이런 곳에서 주눅 들 수는 없지.

나는 미식협의 중앙 무리들 사이로 슬그머니 접근한 뒤 주변을 서성이는 성좌 중 하나에게 말을 붙여보았다.

"저……"

그러나 아무도 돌아보는 이가 없었다. 마치 내가 이곳에 존재하지 않는 것처럼 구는 성좌들. 나는 용기를 내서 곁에 있던 성좌의 어깨를 톡톡 두드렸다.

"저기요."

이번에는 반응이 있었다. 그러나 그 성좌는 나를 힐끔 돌아보더니, 시비라도 걸 듯 어깨를 툭 밀치고는 다시 중앙의 연회 홀로 걸어가버렸다.

「김독자는 이런 기분을 아주 잘 알고 있었다.」

세상에서 오직 나만 혼자가 된 기분. 갑자기 수많은 성좌들 목소리가 멀게 느껴졌다. 분명 같은 곳에 있는데, 그들은 다른 곳에 있었다. 페르세포네가 말한 '무관심'이 무엇인지 그제야 이해했다.

미식협은 나 같은 신입이 함부로 발도 내밀 수 없도록 자기들만의 방호벽을 단단히 형성하고 있었다.

[성좌, '악마 같은 불의 심판자'가 당신을 안타까운 눈으로 바라봅니다.]

⋯⋯하지만 이대로 포기할 수는 없었다.

어떻게든 틈을 만들어야 한다.

나는 시야를 좀 넓혀서 미식협의 주변부를 살폈다. 중앙 연회 홀에서 담소를 나누는 성좌들 외에, 외따로 서성이는 존재들이 보였다. 그들 또한 미식협의 일원이니 분명 강력한 성좌일 것이다.

연회장 가장자리로 다가가자 대기실에서 본 것과는 비교도 안 되는 크기의 패널이 무수하게 붙어 있었다.

세계 각지에서 벌어지는 시나리오 영상들. 자세히 보니 내가 '구원의 마왕'이 되던 순간의 영상도 한쪽 구석에 작게 재생 중이었다.

하지만 관람하는 성좌는 아무도 없었다.

내가 겪은 '한반도 시나리오'조차 여기서는 그저 지나가는 이야기 하나에 지나지 않는 것이다. 그 옆 패널에는 한반도의 실시간 영상이 흘러나오고 있었다.

비형의 채널인 것 같았다. 검은 단발의 자칭 미소녀가 헛소리를 지껄였다.

─김독자 그 자식, 지금쯤 분명 희희낙락하고 있을 거야.

익숙한 목소리에 피식 웃음이 나왔다.

한수영, 내가 어디 와 있는지 알면 그딴 소리는 못 할 거다.

─야, 심연옥 모으고 있지? 잘 모아야 돼. 나중에 일 그르치면 그거라도 써야 하니까.

─……진짜로 독자 씨가 이런 걸 시켰어요?

―아, 그렇다니까!

화면에서 티격태격하는 한수영과 유상아를 보고 있자니 물 씬 그리움이 솟았다. 더 보고 있다가는 기분만 울적해질 것 같 아서 옆 패널로 눈을 돌렸다. 흔한 '양산형 설화'가 한창 상영 되고 있었다.

설화의 제목은 「전설의 이계 귀환 전설」.

제목부터 삼류 냄새가 풀풀 나는 데다, 이계에서 온 귀환 자가 세계를 구하고 모두 행복해진다는 식의 뻔한 내용이었 다. 하지만 봐줄 만했다. 뭔가 멸살법과 닮은 데가 있다고 할 까…… 어쩐지 주인공 말투도 유중혁과 비슷했다. 설화를 대 강 훑고 나니 메시지가 떠올랐다.

[별점을 입력하시겠습니까?]

아, 이렇게 설화마다 별점을 매기는 시스템인 모양이군.
나는 작품 곁에 있는 '별점' 칸으로 조심스레 손을 가져갔다.
그 순간 누군가의 목소리가 들렸다.
[내가 제일 좋아하는 설화일세.]
뒤를 돌아보니 한 노인이 서 있었다. 나는 가볍게 묵례하고 는 대답했다.

"흥미로운 이야기더군요."

[허허, 그렇지? 안목이 있는 친구구만.]

사실 내가 아는 미식협에는 그다지 어울리지 않는 설화였다. 미식협 성좌들은 이런 양산형 설화는 좋아하지 않으니까. '9서클'이나 '소드 마스터' 같은 개념이 나오면 질색하며 헛구역질부터 하는 고상한 작자들이 바로 미식협의 성좌다.

그런데 「전설의 이계 귀환 전설」에는 두 가지가 다 나온다.

"혹시 이 설화의 출품자이십니까?"

[그렇다네. 껄껄. 매년 출품하고 있지. 이 설화를 한 명이라도 더 알았으면 해서 말이야. 정말 좋은데, 정말 재미있는 설화인데, 참 이걸 어떻게 말해야 할지 몰라서 말일세.]

"그 심정, 저도 이해합니다."

어쩐지 반갑기까지 했다. 나도 멸살법을 열심히 읽던 시절에는 가는 커뮤니티 사이트마다 홍보글을 올리고 다녔으니까. 대부분 욕만 들입다 처먹긴 했지만…… 아무튼 이 노인도 나랑 비슷한 경우인 모양이었다.

노인이 탄식하며 덧붙였다.

[내가 암만 추천해도, 여기 녀석들은 콧방귀나 뀔 뿐이야. 어린 녀석들이 벌써부터 눈만 높아져서…… 죄다 1세대 설화 타령이나 하기 바쁘지.]

들을수록 의외의 발언이 이어졌다.

확실히 미식협이 좀 고지식한 부분이 있긴 하지.

스타 스트림에서는 높은 별자리에 오를수록 그런 경향이

강해진다.

그때, 지나가던 성좌들이 중얼거리는 소리가 들렸다.

[저 '꾸준좌' 또 오셨구만.]

[쯧쯧, 노망이 들어서 좋은 설화가 뭔지도 모른다더니…….]

……꾸준좌? 곁에서 노발대발하는 걸 보니 아무래도 이 노인을 가리키는 별명인 듯했다. 꾸준좌라. 멸살법에 비슷한 별명의 성좌가 있었던 것 같은데…….

[꺼져라 이놈들! 네놈들 처먹으라고 내놓은 설화도 아니다!]

그 순간, 삐빗 하는 소리와 함께 「전설의 이계 귀환 전설」에 붙어 있던 별점이 변하는 것이 보였다.

★ 1.3/5 → ★ 1.1/5

그렇지 않아도 낮던 별점이 더욱 낮아졌다. 누구 짓인지는 명백했다.

[저, 저놈들이!]

소위 말하는 '별점 테러'였다. 비웃듯 사라지는 성좌들을 향해 노인이 고래고래 소리를 질렀다. 그 심정을 어쩐지 이해할 것 같아서, 나는 별점 부분에 손을 가져다대며 말했다.

"이런 점수를 받을 만큼 형편없는 설화는 아니라고 생각합니다."

삐빗, 하며 올라가는 별점. 소리를 지르던 노인이 나를 향해 고개를 돌렸다.

"왜 설화에 점수 같은 게 붙어 있는지도 잘 모르겠군요. 모든 설화에는 나름의 가치가 있는 법인데요. 어떤 이에겐 흥밋거리일 뿐인 이야기가 누군가에겐 구원이기도 하니까."

내 말에 노인은 놀란 표정이었다. 몇 번인가 입술을 달싹이더니 중얼거렸다.

[자네 요즘 젊은 성좌답지 않구만…… 그런 훌륭한 가치관을 가지고 있다니…….]

"뭘요."

멸살법 같은 이야기로 유년을 견딘 인간이라면, 누구나 나처럼 생각하게 될 것이다. 기분이 한결 풀렸는지 노인이 만족스럽게 웃었다.

[이거 이거, 좋은 말동무가 하나 생긴 것 같군. 자네는 수식언이 어떻게 되나? 경황이 없어서 그것도 못 물어보고 있었구만.]

이거 뭔가 이야기가 잘 풀릴 거 같은데? 나는 씩 웃으며 말했다.

"저는 구원의 마왕입니다."

2

내 말에, 노인의 표정이 다채롭게 변했다.

[……구원의 마왕……?]

묘하게 접히는 얼굴 주름에서 정확한 감정을 읽어내기 어려웠다.

처음에는 시큰둥하다가 잠시 후 희미하게 놀라는 듯했고, 묘하게 분노하는 것 같은 얼굴이 되었으며, 마지막에는 탄복하는 듯한 기색을 풍겼다. 정확히는 그 모든 감정이 하나의 표정에 담겨 있었다.

[그렇군. 자네가 바로…… 허허, 그랬군.]

나를 아는 듯한 말투였다. 페르세포네가 미식협의 성좌는 나 같은 건 잘 모를 거라고 해서 전혀 기대하지 않았는데…… 나도 의외로 인지도가 있나?

"수식언을 여쭤봐도 되겠습니까?"

노인은 질문에 대답하는 대신 알 수 없는 미소를 지었다.

[내가 만든 코트는 마음에 드는가?]

"……예?"

[자네가 입은 코트 말일세.]

나는 무심결에 내 백색 코트를 내려다보았다.

무한 차원의 아공간 코트.

언젠가 명일상을 해치운 뒤 보상으로 받은 아이템이다. 그리고 이 코트를 제작한 성좌의 이름은…….

"……양산형 제작자?"

내 경악한 목소리에 노인이 히죽 웃었다.

[그런 이름으로 불리기는 하지.]

엄지로 자신을 척 가리키는 모습에 나는 살짝 기가 질리고 말았다.

'양산형 제작자'.

스타 스트림에서 가장 영향력이 큰 성좌를 꼽을 때 반드시 언급되는 존재. 일신의 무력은 최상급이라 평하기 어렵지만, 관리국을 비롯해 수많은 성운과 긴밀한 커넥션을 맺고 있다는 것만으로도 충분히 위협적이었다.

설상가상으로 나는 다섯 번째 시나리오를 클리어하면서 '양산형 제작자'의 화신인 귀환자 명일상을 죽였다.

[허허, 그런 표정 짓지 않아도 되네. 잡아먹거나 하지 않을 테니까.]

'양산형 제작자'는 이미 내가 하려는 말을 눈치챈 듯했다.

[무슨 생각 하는지 아네. 괘념치 말게. 스타 스트림에서는 흔한 일이니까. 애초에 관심 있게 보던 녀석도 아니었어.]

"……."

[근성도 없고 의지도 약한 데다 쉬운 길만 찾아서 영 마음에 들지 않았거든.]

나는 복잡한 양가감정을 느꼈다. '양산형 제작자'가 그 일을 크게 신경 쓰지 않고 있다는 데 대한 안도와, 결국 '양산형 제작자'도 화신을 그저 도구로밖에 여기지 않는다는 환멸감…….

나는 애써 태연한 척 말했다.

"고맙습니다."

[그렇다고 고마워하진 말게. 아무리 형편없는 녀석이라 해도 내 화신이었으니. ……그나저나 자네가 만든 이야기는 잘 보았네.]

"제가 만든 이야기요?"

[그래. 시나리오를 예상치 못한 방향으로 이끌어 난장판을 만드는 솜씨가 정말 탁월하더군. 덕분에 한동안 눈이 심심치 않았어. 별점도 다섯 개를 줬지.]

칭찬인지 고도의 조롱인지 알 수 없었지만 일단 감사를 표했다.

[이곳은 처음인가 보군. 누구 소개로 왔지?]

"명계의 여왕입니다."

양산형 제작자의 눈에 이채가 스쳤다.

[그 할망구가? 호호, 기어이 일을 치는군. 이런 시기에 자네 같은 신입을 데려오다니…….]

대충 무슨 말인지 알 것도 같았지만, 나는 일부러 의뭉을 떨었다.

"미식협에 무슨 일이 있습니까?"

[일이라면 늘 있지. 그보다 그 할망구는 처음 온 신입을 내팽개쳐두고 자기 볼일만 보러 간 겐가? 쯧쯧…… 하여간 〈올림포스〉 연놈들은. 이리 오게. 내가 간단히 소개를 해주지.]

예상외로 일이 잘 풀리고 있었다. 나는 앞서 걸어가는 '양산형 제작자'를 졸졸 뒤쫓으며 주변을 두루 살폈다. 신기한 구경거리가 많다고 이곳에 온 목적을 잊어서는 안 된다. 나는 어디까지나 마왕 선발전을 도와줄 성좌를 모집하러 온 것이다.

어디 보자. 제일 먼저 말을 걸면 좋을 성좌는…….

[저쪽에 저 술고래는 생긴 것만 봐도 누구인지 알겠지? '토르'일세. 저기 저 꼬장꼬장하게 생긴 여자애는 '바카리네'이고…….]

'양산형 제작자'가 무턱대고 성좌의 진명을 불러댈 때마다 가슴께가 선뜩해졌다. 진명에는 그들의 주목을 끄는 힘이 있다. 문제는 그게 호의일지 분노일지 모른다는 것이다. 나도 가끔 페르세포네의 진명을 부른 적은 있지만, 저렇게 막 불러대지는 않았는데…….

[재들은 나랑 별로 안 친해서 소개해주긴 어려우니 별 기대는 하지 말게. 내가 다가가기만 해도 질겁해서 말일세.]

실제로 '목요일의 천둥'과 '새벽 별의 여신'은 '양산형 제작자'가 나타나자 슬금슬금 자리를 피하는 기색이었다. 무엇 때문인지는 알 만했다.

[쯧쯧, 좋은 설화가 뭔지도 몰라보는 연놈들 같으니…….]

'양산형 제작자'와 함께 움직이는 것만으로 성좌들 반응이 눈에 띄게 달라지는 게 느껴졌다. 아까는 발을 내딛기도 어렵던 연회 홀 중심부로 이토록 쉽게 진입한 것만 봐도 그렇다.

하지만 이런 식이라면 말을 걸기도 전에 다들 도망가게 생겼는데.

아, 그러고 보니 아스모데우스도 미식협의 일원인데…… 그녀석은 어디 있지?

[슬슬 메인 이벤트가 시작되려는 모양이구만.]

혼자서 열심히 떠들어대던 '양산형 제작자'가 싱글벙글 웃으며 내 소매를 잡아끌었다. 근처 테이블에 앉자마자 안내인이 음식을 내왔다.

「메르바토스 9서클 대현자의 눈알」

나는 음식을 살짝 뒤적이다가 조심스레 포크를 내려놓았다. 그런 나를 물끄러미 바라보는 주변 성좌들의 시선이 느껴졌다. 그깟 것도 못 먹느냐며 비웃는 듯하기도 했고, 겨우 그런 음식에 손을 댔다는 것 자체를 멸시하는 듯하기도 했다.

물론 시선이 쏟아지든 말든 '양산형 제작자'는 눈알을 푹 찍어 우적우적 씹기 바빴다.

[그럭저럭 먹어줄 만한 맛이로군. 보게, 저기 저 친구가 오늘 사회자일세.]

꾸려진 무대 위에 빛이 들어오며 사회자가 나타났다. 얼굴이 어딘가 익숙하다 싶었는데 아까 홀에서 나를 툭 밀치고 지나간 성좌였다. 깜찍한 외형의 얼굴에, 풍성한 고딕 레이스 드레스를 입은 젊은 여인.

[미식협 회원 여러분, 안녕. 오늘 진행자는 나 '에우프로시네'예요!]

이름을 듣고서야 나도 그녀가 누구인지 깨달았다.

'환희와 축제의 여신', 에우프로시네.

그녀는 성운 〈올림포스〉 소속 성좌였다.

쏟아지는 박수와 함께 몇몇 성좌가 체통을 잃고 소리를 질렀다.

[오오오, 에우 씨! 여기야 여기!]

정확히는 내 옆의 '양산형 제작자'가 그랬다.

문득 멸살법의 기억이 떠올랐다. 분명 원작에도 에우프로시네가 미식협의 주최자로 나온 회차가 있었다.

그리고 그때 유중혁은…….

[바쁘신 와중에 다들 이렇게 참석해주셔서 감사해요! 연회를 위해 공간을 빌려주신 오로성의 주인 '헤아릴 수 없는 엄격' 님께도 진심으로 감사드리고요!]

아마 저 녀석을 죽였지.

[오늘 메인 이벤트는 두 가지가 준비되어 있어요. 그에 앞서 특별한 게스트를 소개할까 해요. 어쩌면 이미 들어보신 분이 있을지도 모르겠네요! 오늘의 게스트는, 최근 핫 플레이스로 떠오르는 행성 출신이거든요!]

불길한 예감과 함께, 무대 한쪽 구석에서 폭죽이 터졌다.

[지구 출신의 예언자, '안나 크로프트'를 박수로 맞아주시기 바랍니다!]

떠들썩하게 굴던 성좌들이 일제히 입을 다물었다. 메인 무대의 계단으로 성큼성큼 올라가는 안나 크로프트가 보였다.

……그런가.

안나 크로프트가 이 시기에 미식협에 온 이유를 조금 알 것 같았다.

역시나 좋아하려 해도 좋아할 수 없는 여자다.

"반갑습니다, 미식협 성좌 여러분. 저는 성운 〈아스가르드〉의 화신, 안나 크로프트입니다."

특유의 침착한 시선으로 객석을 둘러본 안나 크로프트가 화사하게 미소 지으며 인사했다. 품위를 지킨 모습이었지만, 그녀가 입을 여는 순간 성좌들은 인상부터 찌푸렸다.

[미식협도 격이 많이 떨어졌군. 먹잇감이 무대에서 발언을 하다니.]

[요즘 스타 스트림이 말세이긴 하지.]

이곳은 미식협. 엄선된 설화를 미식하는 성좌들의 연회. 당연한 이야기지만, 설화의 주재료가 되는 것은 바로 '싱싱한 화신'이었다.

안나 크로프트는 그 사실을 잘 알면서도 저곳에 섰다.

"미흡하지만, 제가 첫 번째 이벤트 주최를 맡게 되었습니다."

그래서 저 여자가 더 무서운 것이다.

[먹잇감이 뭘 준비할 수 있다는 말인지 모르겠군.]

[당장 끌어내리지?]

분위기가 과열되자 에우프로시네가 중재를 시도했다.

[자자, 여러분. 너무 흥분하지 마시고…… 이 탐스러운 먹잇감이 무슨 말을 하는지 정도는 들어봐도 좋지 않을까요? 우리 미식가들에게 그 정도 인내심은 있잖아요?]

에우프로시네가 미소와 함께 교태를 부리자 흥분하던 성좌들이 잠깐 주춤했다. 영리한 안나 크로프트는 그 틈을 놓치지 않았다.

"성좌님들도 아시겠지만, 최근 스타 스트림에는 뻔한 설화가 범람하고 있습니다."

도발적인 서두에, 투정 부리던 성좌들의 이목이 한순간 집중되었다. 안나 크로프트는 계속해서 말했다.

"귀환자에, 환생자에, 소드 마스터에, 9서클 대마법사…… 하물며 저 같은 '예언자'까지. 전부 '남들보다 강한 힘을 가지고 시작하는' 천편일률적인 설화들……."

희미한 미소를 머금은 안나 크로프트가 말을 이었다.

"오직 말초적인 재미만을 위해 제작된 그런 설화가 범람하는 세태. 바로 오늘날 스타 스트림의 현실입니다."

성좌들 눈빛에 이채가 감돌았다. 먹잇감이 그런 이야기를 한다는 게 신기하다는 눈치들. 하지만 안나 크로프트의 이야기는 이제 시작일 뿐이었다.

"예전에는 그렇지 않았습니다. 기억하십니까? 아득한 태고, '1세대 설화'가 유행하던 시절의 이야기를 말입니다."

……1세대 설화라. 안나 크로프트가 그 시절 설화를 알 턱이 없는데.

실제로 성좌 몇몇이 나와 비슷한 생각을 했는지 서로 흘끗보며 비웃음을 교환했다. 하지만 모두 그런 것은 아니었다. 안나 크로프트의 말을 듣고 짧은 상념에 젖은 성좌도 존재했기 때문이다.

"그 시절, 모든 별은 설화를 사랑했습니다."

안나 크로프트는 그 틈을 놓치지 않았다. 그녀는 미려하고 정갈한 목소리로, 오래된 추억 상자를 강제로 끄집어내 열었다.

"그럴 만한 가치가 있는 일이었기 때문입니다. 도깨비는 설화에 주제를 부여했고, 성좌는 그 안에서 형식과 미학을 탐구했습니다. 그때 설화는 분명 '예술'의 영역에 있었습니다."

……예술. 정말 보통 담력이 아닌 여자였다. 화신 입장에서 잘도 저런 말을 할 수 있다니.

어쨌거나 그녀의 계획은 꽤 성공적인 듯했다. 안나 크로프트의 말을 들은 성좌는 모두 제각기 다른 추억에 잠긴 얼굴이었다. 페르세포네도, 양산형 제작자도 뭔가 생각하는 듯 말이 없었다.

모두가 그 시절을 살아 견딘 성좌들이었다.

[재미있군. 그래서 네가 가진 설화는 우리 입맛을 충족시킬 수 있다는 것이냐?]

그 말을 한 것은 홀 구석에 기대어 서 있던 한 마왕이었다. 다분히 도발 섞인 언사에도 안나 크로프트는 당황하지 않고 미소를 머금었다.

"그렇습니다. 저는 오늘 여러분께 잃어버린 '1세대'를 돌려 드리려 합니다."

성좌들 표정이 일변했다. 모두 자기 귀를 의심하는 표정이 었다.

"여러분이 싫어하시는 소드 마스터도, 9서클 대마법사도 없는 설화. 오직 피와 땀, 눈물과 노력으로 맺어진, 분명한 메시지가 있는 설화. 저는 오늘 여러분께 그런 설화를 선물하기 위해 이 자리에 나왔습니다."

안나 크로프트의 충격적인 발언에 성좌들 반응은 천차만별 이었다.

감히 화신 따위가 망발을 하느냐며 고함을 치는 성좌도 보였고, 무슨 말인지 들어나 보자며 흥미로워하는 성좌도 보였다. 회의적인 반응을 보이는 성좌도 있었다. 내 곁에 있는 '양산형 제작자'도 그중 하나였다.

[……멍청한 이야기를 하는군. 아무리 미식협이라도 이제 그런 설화가 재미있을 턱이 없는데. 그렇지 않은가?]

"동의합니다."

1세대 설화 가운데 분명 훌륭한 것도 있다.

그러나 지금은 시대가 변했다. 이미 자극적인 서사에 길든 성좌들이 이제 와 1세대를 흉내 낸 설화에 감동하지는 않을 것이다.

하지만…… 내가 아는 사실을 안나 크로프트가 모를 리 없었다. 그녀는 멸살법 전체에서 가장 유능한 화신이니까.

나는 머릿속으로 그녀의 행적을 담은 멸살법 내용을 떠올렸다. 원작에서 안나 크로프트는 미식협에서 이런 이벤트를 연 적이 없다. 하지만 분명 이와 비슷한 일을 어디선가 벌인 적은 있을 것이다.

그때 누군가가 내 어깨를 붙잡았다.

"구원의 마왕 님!"

돌아본 곳에는 익숙한 얼굴의 여인이 있었다.

"셀레나 킴?"

"제발, 제발 이리스를 구해주세요!"

어깨를 짚은 손으로 전해지는 떨림. 그 선하고 차분한 셀레나 킴이 이런 표정을 짓는다고?

"이대로라면 이리스가……!"

순간 멸살법의 어떤 장면이 머릿속을 스쳐 갔다.

「"안나, 어째서 이런 짓까지…… 이럴 필요는 없었잖아요!"

"필요한 일이었어요."

"이건 아니에요. 이건…… 그 화신들은 아무것도 모르고 있다고요! 대체 어떻게 이런 짓을!"

"이 또한 인류를 구하기 위해서예요. 잊지 말아요, 셀레나. 우리는 언제든 인간을 먹어치울 수 있는 맹수 우리에 던져져 있다는 걸."」

그것은 이번 회차에서의 일은 아니었다. 하지만 원작은 이미 1차 수정이 완료된 상태. 즉 다른 회차의 일이 이 회차에서 일어난다 해도 이상할 건 없었다.

더구나 1차 수정본에서 3회차 이야기는 삭제돼 있으니…….

"셀레나 킴. 정확히 말씀해주세요. 무슨 일입니까?"

하지만 그녀가 입을 열기도 전에 주변 성좌들이 대로하는 소리가 들렸다.

[어디서 감히 화신 따위가……!]

무시무시한 시선이 나와 셀레나 킴을 향해 쏟아졌다. 석상처럼 굳어버린 셀레나 킴은 안색이 새하얗게 질리고 있었다. 나를 보호하려는 듯 '양산형 제작자'가 격을 마주 끌어올렸고, 셀레나 킴 주변에 눈부신 개연성의 스파크가 튀었다.

이 중앙 홀은 오직 성좌들만을 위한 곳.

잠시 이곳이 미식협이라는 사실을 잊고 있었다.

겁먹은 금붕어처럼 입을 뻐끔거리던 셀레나 킴은, 뒤이어 나타난 안내인들에 의해 질질 끌려 나갔다. 멀어지는 그녀의 눈동자가 원망스러운 빛을 띤 채 무대를 보고 있었다.

셀레나 킴이 전하려고 한 이야기가 정확히 무엇인지, 내가 멸살법에서 본 것과 같은 건지는 아직 모른다.

다만 한 가지는 확실했다. 셀레나 킴이 내게 온 이유는 지금 안나 크로프트가 무대에서 벌이는 일과 관계되어 있다는 것.

착잡한 눈길로 다시 무대를 바라보자, 안나 크로프트가 무표정하게 이쪽을 내려다보며 이야기를 계속했다.

"제가 여러분께 드릴 설화는 '팔찌 원정대'입니다."

성좌들이 웅성거렸다.

[……팔찌 원정대?]

"그렇습니다."

[혹시 1세대 설화인 '팔찌의 마황'을 패러디한 건가?]

팔찌의 마황.

멸살법 원작에도 언급되는 그 설화는 '망치를 먹는 드래곤'이나 '새벽 별의 아이들'보다 고전으로 분류된다. 1세대보다도 더 오래된, 차라리 0세대에 가까운 정통 활극 설화다.

열다섯 명으로 구성된 '팔찌 원정대'가 재앙의 원흉이 되는 '팔찌'를 파괴하러 간다는 전형적인 원정 서사. 이야기를 듣던 '양산형 제작자'가 어이가 없다는 듯 중얼거렸다.

[허…… 그 지루한 설화를 풀겠다고?]

안나 크로프트는 아랑곳하지 않고 말을 계속했다.

"이 설화를 이끌어 갈 '팔찌 원정대'를 소개합니다."

안나 크래프트가 손뼉을 치자 뒤쪽 패널이 불을 밝혔다.

홀 한쪽 벽면 전체를 덮은 광활한 크기의 패널. 화면 속에 드넓은 숲의 정경이 펼쳐졌고, 화신 열다섯 명이 옹기종기 모여 이야기를 나누고 있었다.

—……대체 여긴 어디야?

　—안나 님 말씀이 맞는 거겠지?

　—다들 정신 똑바로 차려. 여기서 제대로 활약하기만 하면 우리도 좋은 배후성을 얻을 수 있어.

　대충 무슨 말로 저들을 꼬드겼는지 알 것 같았다. 자세히 보니 겁먹은 표정의 이리스도 그 사이에 끼어 있었다.

　그렇군. 저것 때문에 셀레나 킴이…….

　심지어 이미 도깨비에게 인가도 받은 모양인지 곧이어 시스템 메시지가 떠올랐다.

　[서브 시나리오 - '팔찌 원정대'가 시작됩니다!]

　[해당 시나리오는 성공 또는 실패 시 신규 설화를 획득할 수 있습니다.]

　* 해당 시나리오에는 총 15명의 화신이 참가합니다.

　* 모든 화신은 협력을 통해 사냥터 중심에 위치한 '화산火山'에
　　도착해야 합니다.

　* 원정대는 '절대 팔찌'를 소유하고 있으며, 이 팔찌를 '화산' 용
　　암에 던져 파괴해야 시나리오가 완료됩니다.

　* 시나리오를 완수한 화신은 '미식협'에 소원을 한 가지 빌 수 있
　　습니다.

내용만 보면 꼭 내가 아는 어떤 소설 같다. 애초에 '팔찌의 마황'이라는 설화 자체가 그 소설에 대한 오마주 같으니…….

시나리오 메시지는 계속되었다.

* 사냥터에는 마황의 '악령'이 다수 존재합니다. 만약 '악령'에게 원정대가 전멸할 시, 시나리오는 실패합니다.
* 제한 시간 내에 '절대 팔찌'를 파괴하지 못할 시, 시나리오는 실패합니다.

[오호…… 이런 시나리오를 준비했다 이거지. 흥미롭군.]

몇몇이 호의적인 반응을 보였다. 내가 보기에는 엉성하게 꾸민 시나리오지만, 분명 그 안에서 성좌들이 찾을 수 있는 향취가 있었다.

오래된 설화에 대한 복기.

안나 크로프트는 미식협의 성좌를 위한 추억팔이를 노린 것이다. 그러나 꼬장꼬장한 미식협의 성좌들이 겨우 이 정도로 만족할 턱이 없었다.

[……하지만 뭔가 좀 부족하군. 그래서 우리더러 뭘 어쩌란 거지? 설마 저 지루한 게임을 구경만 하란 건 아닐 테고.]

"패널을 보시면 아시겠지만, 당신의 선택을 기다리는 화신이 있습니다."

[우리보고 저 녀석들 배후성이 되라는 건가?]

"물론 그런 선택을 하셔도 됩니다. 그다지 재미는 없으시겠지만."

[그 말은……?]

"성좌님들은 이 시나리오에 직접 참가해 저 싱싱한 화신들을 맛보실 수 있습니다."

안나 크로프트의 말과 함께 시나리오의 추가 메시지가 출력되었다.

* 해당 시나리오에는 총 15명의 '악령'이 등장합니다.

* '미식협'의 모든 성좌는 선착순으로 '악령' 역할에 지원할 수 있습니다.

메시지를 읽는 순간, 소름이 끼쳤다. 처음부터 안나 크로프트는 이걸 노리고 있었던 것이다.

1세대의 향취를 가져다주는 동시에, 성좌의 욕구도 해결할 수 있는 시나리오.

성좌들 사이에서 묘한 술렁거림이 퍼졌다. 이전까지의 웅성거림과는 완전히 다른, 흥분이 뒤섞인 고양감. 심지어 '양산형 제작자'조차 흥미롭다는 표정을 지었다. 성좌 하나가 물었다.

[이 시나리오를 통해 네가 얻는 것은 무엇이냐?]

"없습니다. 그저 성좌님들이 마음 놓고 즐기시길 바랄 뿐."

그 뻔뻔한 웃음에 치가 떨린다. 정말로 원하는 게 없을 리가 없다.

[미식협의 성좌들이 화신 '안나 크로프트'에게 호감을 가집니다.]

안나 크로프트의 흉계는 성좌들의 잔혹함을 뛰어넘는다. 자기 목적을 위해서는 어떤 희생도 가리지 않는 존재. 괜히 유중혁이 열 번도 넘게 뒤통수를 맞은 게 아니다.

"그럼, 일 분 뒤 시나리오를 시작하겠습니다. 지원하실 성좌님들은 선택창에 사인을 부탁드립니다."

안나 크로프트의 말과 동시에, 내 눈앞에도 선택창이 떠올랐다.

[해당 시나리오에 참여하시겠습니까?]
[현재 지원자: 2/15]

설화가 만들어지는 현장에서 그 설화의 대상을 포식할 수 있는 기회. 지원자 수는 빠르게 늘었다.

[현재 지원자: 5/15]

나는 내가 이곳에 온 목적을 상기했다.

반드시 마왕 선발전의 아군을 만들어야 한다. 그러기 위해서는 이 시나리오에 참여하는 편이 좋다. 다른 성좌와 설화를 공유하는 것으로 그들과 더욱 돈독해질 수 있을 테니까.

[하하하, 모처럼 '예술 작품'을 먹겠군. 기대되지 않는가?]

[흥, 그래봤자 짝퉁 설화야. 너무 기대하지들 말라고.]

빌어먹게도 이제 인정해야 할 때인지도 모른다. 내가, 그토록 증오하는 '성좌'들과 같은 존재가 되었다는 것을.

[현재 지원자: 9/15]

그때 귓가에 "바앗" 하는 소리가 들렸다.

이어서 떠오르는 작은 패널. 비유가 직접 띄워준, 나만이 볼 수 있는 화면이었다.

—제857회 무도 대회를 시작합니다!

'무도 대회 시나리오'에 참석한 유중혁이 그곳에 있었다. 그동안 꽤 강해졌는지 최소한의 동작으로 대전 상대를 차례차례 격파해나가고 있었다. 그 침착한 움직임을 가만히 응시하며, 나는 언제나처럼 생각했다.

유중혁이라면 어떻게 했을까.

순간, 정면을 보는 유중혁과 시선이 마주쳤다. 물론 유중혁은 내가 보고 있는지 모를 것이다. 그럼에도 녀석은 마치 내게 이야기하는 것 같았다.

「"몇 번을 회귀해도, 내 선택은 같다."」

아니, 어쩌면 이미 이야기했다.
실제로 나는 몇 번이나 녀석의 똑같은 선택을 보았으니까.

「"나는 네놈들을 하나도 남김없이 모두 죽여버릴 것이다."」

지금까지 나는 늘 유중혁과는 다른 선택을 해왔다.
나는 유중혁이 아니니까.
왜인지 모를 반발심에 늘 다른 길만을 걸어왔다.
멀리서 페르세포네가 나를 보고 있었다. 흥미로운 일이 벌어기를 기다리는 눈빛. 아주 오랜 세월을 살아온 성좌는, 진짜 재미있는 이야기가 어디서 시작되는지 잘 알고 있다.
그러니 그녀는 지금부터 내가 할 일을 이해하고 있을 것이다.

[현재 지원자: 14/15]

나는 선택창을 향해 손을 가져갔다.

☒ ☒ ☒

이리스 블라지미로브나 레베제바는 어릴 적부터 혁명에 대한 이야기를 듣고 자라났다.

제일 좋아하는 혁명가는 체 게바라와 초기 칼 마르크스. 하지만 그녀가 태어난 세계는 혁명의 시대가 아니었다. 욕망을 지배하는 자본과 그 자본의 소유자들에 의해 결정되는 세계. 이리스는 어린 나이에 이미 이 시대에 '혁명' 따위는 없음을 깨달았다.

도깨비가 나타나기 전까지는 그랬다.

—하하, 재밌는 곳이네. 식물 섬유 쪼가리가 왕인 세계라니.

국가 체제가 붕괴하는 모습을 보며, 이리스는 자신이 기다리던 혁명이 시작되었음을 깨달았다. 가진 자와 못 가진 자의 균형이 고착되어 왕국으로 변해가던 세계는, 다시 격동의 흐름 속에 녹아들고 있었다.

혁명은 일어날 수 있다. 세계는, 바뀔 수 있다.

이리스는 그렇게 생각해왔다. 오늘이 되기 전까지는.

"으아아악!"

"살려주세요! 제발!"

콰드드드득, 하는 소리와 함께 화신들 상반신이 통째로 분리되었다.

[아주 싱싱한 육질이로군.]

큼지막한 어금니에 찢겨나가는 화신들. 입술 사이로 줄줄 흘러내리는 설화를 쓰윽 닦은 악령들이 킬킬 웃었다.

[툇. 실망스러워. 지금 이딴 설화를 처먹으라고 내놓았나?]

[성질 급한 친구로군. 기다려보게. 시나리오는 이제 막 시작하지 않았나.]

[이걸 어떻게 기다리란 거야? 이래서 패러디 설화는 저렴한 티가…….]

"아, 아아…… 아아아…….."

공포에 젖은 동료들이 대소변을 지렸다. 혁명이라는 말이 이토록 공허하게 생각되기는 처음이었다. 대항할 수 없다.

누구도 저런 것에는 맞설 수 없다.

"이리스! 도망쳐! 도망치라고!"

동료들의 외침 속에, 이리스는 달렸다. 그녀가 자랑하던 트윈테일이 피와 땀으로 헝클어져 엉망이 되었지만, 신경 쓸 겨를 따위는 없었다. 숲속으로 흩어진 동료들의 비명 소리가 들려왔다.

점차 가까워지는 악령의 발소리.

이제 그녀가 어떻게 될지는 뻔한 이야기였다.

도망치라고?

대체 어디로 도망치라는 말인가.

이 작은 무대 속에, 도망칠 곳이 어디 있다는 말인가.

험지 전체를 감싼 광활한 결계. 어디로 도망쳐도 이 무대 밖으로 나갈 수 없었다. 이리스는 처음으로 자본이 아닌 어떤 것을 저주했다. 성좌를 저주했고, 스타 스트림을 저주했으며.

이 '이야기'를, 저주했다.

그럼에도 한편으로는 빌었다.
누군가 이 이야기의 결말을 바꿔주기를.
제발—

[성좌, '구원의 마왕'이 당신을 바라보고 있습니다.]

그리고 놀랍게도,

[성좌, '구원의 마왕'이 당신과 '배후 계약'을 맺기를 원합니다.]

구원이 그녀를 마주 보았다.

3

이리스는 당황했다.

본래 그녀는 〈아스가르드〉의 특정 성좌와 계약을 예정한 상태였다. 그다지 인지도가 크지 않은 하위급 성좌인 데다 무척 호색한이어서 이리스는 그 계약이 마음에 들지 않았다.

안나 크로프트가 주최한 '팔찌 원정대'에 참가한 것도 그 때문이었다. 큰 활약을 보이면 예정 배후성을 바꿔줄 수 있다는 안나의 말에 넘어간 것이다. 그런데 예상치 못한 곳에서 그녀에게 기회가 왔다.

[성좌, '구원의 마왕'이 당신과 '배후 계약'을 맺기를 원합니다.]

생각해보면 화신 계약은 한 명만 가능한 것은 아니다. 역량에 따라 화신을 둘이나 셋 이상 두는 성좌도 있으니까. 물론, 성좌의 힘이 나뉘므로 해당 화신은 그만큼 약화된 성흔을 사용하게 된다.

하지만 이리스는 그런 걸 아쉬워할 처지가 아니었다.

"계약할게요!"

[성좌, '구원의 마왕'이 해당 계약은 어디까지나 한시적임을 명시합니다.]

[성좌, '구원의 마왕'이 해당 계약의 유효 시일은 '팔찌 원정대'가 끝날 때까지임을 명시합니다.]

한시적인 계약…….

어쩌면 지금은 욕심을 부릴 때가 아닐지도 모른다.

입술을 깨문 이리스가 고개를 끄덕였다. 그런데 그게 끝이 아니었다.

[성좌, '구원의 마왕'이 조건이 있다고 말합니다.]

[성좌, '구원의 마왕'이 해당 시나리오 완료 후 받게 될 '소원권'의 양도를 원합니다.]

……한시적인 계약도 모자라 소원권까지 달라고?

묘한 섭섭함이 스쳐 갔지만, 찬물 더운물을 가릴 처지는 아니었다. 구원의 마왕은 '해당 시나리오 완료'라는 조건을 걸었다. 즉 무슨 일이 있어도 그녀를 살려주겠다는 뜻이었다.

"당연히 드릴게요."

대답과 동시에, 허공에서 홀로그램 계약서가 내려왔다. 이리스는 달아나면서도 허겁지겁 홀로그램 위에 서명을 마쳤다.

['배후 계약'이 완료됐습니다.]

충만한 힘이 전신에 스며들며, 누군가가 자신을 지지하는 느낌이 들었다. 불가능한 일도 할 수 있을 것 같은 자신감이 솟았다. 하지만 뒤쪽에서 들려오는 스산한 울음소리에 그 자신감은 금방 사라져버렸다.

['화신 사냥'이 시작됩니다.]

곳곳에서 악령에게 찢기는 화신들의 비명이 들려왔다.

¤ ¤ ¤

[현재 남은 원정대 수: 6]

원작에서 이 게임은 '사냥 몰이'라는 이벤트였다.

미식협의 이벤트는 아니었고, 안나 크로프트가 독단으로 개최하는 함정 이벤트였다. 그런데 이번 회차의 안나 크로프트는 미식협에서 이 끔찍한 이벤트를 개최한 것이다.

내가 허공을 향해 계속 뭔가 중얼거리자 곁에 있던 '양산형 제작자'가 물었다.

[오호, 그대도 참가한 건가?]

"……어르신도 참가하셨습니까?"

[허허, 난 너무 늙어서 저런 시나리오는 못 뛰어. 그리고…… 그다지 내 취향도 아니야.]

미식협의 모든 성좌가 시나리오에 열을 올리는 것은 아니었다. 한쪽에는 안나 크로프트를 못마땅하게 여기는 성좌도 있었고, 이런 이벤트 자체를 멸시하는 성좌도 보였다.

[흐음. 악령 명단에 그대의 수식언은 안 보이는데…….]

시나리오에 참가한 성좌는 총 열다섯 명.

그러나 악령 역할로 출력되는 성좌는 열넷뿐이었다.

내 끄덕임에, '양산형 제작자'의 눈이 천천히 커졌다.

[역시, 페르세포네 할망구가 데려온 이유가 있었군. 하지만 괜찮겠는가? 그대는 오늘 처음…….]

"데뷔전은 화려할수록 좋으니까요."

그러자 기다렸다는 듯 메시지가 들려왔다.

[설화, '미식협의 이단아'를 획득했습니다.]

아마 안나 크로프트 또한 나와 비슷한 메시지들을 듣고 있을 것이다.

「많은 '성좌'가 모이는 곳에는, 반드시 설화가 생긴다.」

그것이 설화 생성의 첫 번째 원칙이니까.

여기에 설화 당사자의 위험 부담이나 이야기 형식이 맞물리면서 설화 등급이 결정된다. 심지어 안나 크로프트는 지금 화신의 몸으로 외줄 타기를 하는 상황.

이대로 시나리오가 성공적으로 끝난다면 '1세대의 추종자'라든가 '설화 조작자' 따위의 전설급 설화를 얻을 수도 있다.

눈을 감자, 이리스가 보고 있는 정경이 눈앞에 나타났다.

[성좌, '구원의 마왕'이 자신의 화신을 바라봅니다.]

파르르 떠는 어깨가 안쓰럽지만, 내가 선뜻 친절을 베풀 만큼 착한 사람은 아니었다. 그러니 이건 그저 거래를 위한 제스처일 뿐이다.

[성좌, '구원의 마왕'이 침착하라고 말합니다.]

히끅, 숨을 삼킨 이리스가 대답했다.

"제가 할 수 있을지 모르겠어요."

[성좌, '구원의 마왕'이 클리어 불가능한 시나리오는 없다고 말합니다.]

모든 시나리오에는 빠져나갈 구멍이 있다. 그 구멍이 너무나 실낱같고 작아서, 도저히 1회차에는 클리어할 수 없을 만큼 난도가 높을 뿐이지.

거꾸로 말하면, 몇 회든 반복해서 시도할 수 있는 이에게는 반드시 클리어할 기회가 있다는 뜻이었다.

그리고 난 이 세계의 누구보다 '많은 회차'를 알고 있었다.

쿠구구구구.

멀리서 악령들이 움직이는 소리가 들려왔다.

이리스의 체력은 이제 한계이고, 내가 전할 수 있는 성흔은 '희생 의지'뿐이었다. 빌어먹게도 내 성흔은 지금 상황에서 아무런 도움도 안 된다.

하지만 성좌가 줄 수 있는 건 성흔만이 아니다.

[성좌, '구원의 마왕'이 자신의 화신에게 '암살왕의 망토'를 하사했습니다.]

이리스가 허공에서 내려온 아이템을 보고 눈을 동그랗게 떴다.

'도깨비 보따리'에서 무려 15만 코인이나 주고 산 물건.

비록 하루 삼십 분으로 사용제한이 있는 데다, 성좌들 이목을 속이기에는 성능이 좀 부족했으나 지금이라면 얘기가 다를 것이다.

[……거기냐?]

기다렸다는 듯 성좌들이 풀숲을 헤치고 나타났다.

악령이 된 성좌들의 모습은 제각각이었다. 거대한 뿔을 단 악마의 모습을 한 이도 있고, 황소 머리에 작은 낫을 든 녀석도 있었다. 공통점은 모두 발이 없으며 흑색 케이프를 둘렀다는 것이었다.

[흠, 이상하군. 분명 이 근처였는데.]

[제대로 본 거 맞아?]

감쪽같이 사라진 이리스의 기척을, 악령이 된 성좌들은 조금도 눈치채지 못했다.

* '악령' 역할을 맡은 성좌는 개연성의 제약을 받습니다.
* '악령' 역할을 맡은 성좌는 진체의 10분의 1에 해당하는 '격'만 을 사용할 수 있습니다.

성좌에게도 게임이 너무 쉬우면 재미가 없다. 벌레 열다섯 마리를 밟아 죽이며 즐거워하는 인간은 없는 것처럼.

유희를 위해서는 자신에게 제약을 거는 것조차 망설이지 않는 존재들.

그게 바로 미식협의 성좌들이다.

[뭔가 수를 쓴 모양이군. 좀 더 달아나게 놔두라고. 시나리오가 진행될수록 맛도 더 좋아지니까.]

[……이거 기대되는데.]

한참이나 풀숲을 뒤져보던 성좌들이 포기하고 돌아서자, 이리스에게 시스템 메시지가 도착했다.

[원정대원 '이리스 블라지미로브나 레베제바'가 '악령'에게서 한 번 살아남았습니다.]

[설화, '팔찌 원정대'가 축적됩니다.]

이 시나리오는 고전 설화를 오마주하여 만들어진 것. 시나리오에서 오래 버틸수록 고전 설화의 기운이 이리스에게 스며들 것이다.

"사, 살았어요……."

[성좌, '구원의 마왕'이 이번에는 운이 좋았을 뿐이라고 말합니다.]

만약 이번에 만난 녀석들이 최고위급 성좌였다면, '암살왕의 망토'로 숨는 건 무리였을 것이다.

하지만 페르세포네나 '양산형 제작자'가 그랬듯, 정말 지고한 미식협의 성좌들은 이런 시나리오에 들개처럼 달려들지 않는다.

그들에게는 이런 이벤트에 욕망을 분출하는 다른 성좌를 관찰하는 것 또한 하나의 흥미로운 구경거리가 되니까.

즉 내가 노려야 할 진짜 관객은 그들인 셈이다.

"후원 고맙습니다."

[성좌, '구원의 마왕'이 빌려주는 거라고 말합니다.]

"……네."

[성좌, '악마 같은 불의 심판자'가 당신의 화신을 동정합니다.]
[성좌, '긴고아의 죄수'가 당신의 쪼잔함을 질책합니다.]

이 시나리오는, 지금부터가 시작이었다.

☼ ☼ ☼

원정대 숫자가 계속해서 줄어드는 와중에도, 이리스는 성좌들 눈을 피해 조금씩 화산 쪽으로 다가갔다. 도중에 죽은 원정대에게서 팔찌를 수거하는 행운도 있었다.

[현재 남은 원정대 수: 2]

내가 실시간으로 멸살법을 읽으며 시나리오에 참가하고 있으니 당연한 이야기였다.

멸살법에는 이 시나리오의 원형이 되는 '팔찌의 마황'에 관한 이야기도 아주 자세하게 수록되었기 때문이다. 나는 시나리오 맵의 지형지물을 분석해 최대한 효율적인 동선으로 이리스를 움직였고, 어느새 화산 정경이 코앞으로 다가왔다.

[하하, 이거 이야기가 재밌게 흘러가는군요. 엄청나게 맛있는 요리가 되었겠는데요? 보는 저도 이렇게 침이 고이는데…….]

슬슬 다른 성좌들도 누군가 원정대 쪽에 개입했다고 눈치챈 모양이었다. 하지만 누구도 당황한 기색은 아니었다.

[원정대원 '메르베스 루티어'가 사망했습니다!]

얼마 지나지 않아 이리스는 혼자가 되었다.

[……아주 맛있는 냄새가 나는군.]

흩어졌던 악령들이 하나둘 화산 근처로 모여들었다. 결국 원정대는 화산으로 올 수밖에 없음을 그들도 잘 아는 것이다.

'암살왕의 망토'도 사용 시간이 거의 다했다.

나는 이리스에게 신호했다.

[성좌, '구원의 마왕'이 달리라고 말합니다.]

이리스는 화산을 향해 달리기 시작했다.

나는 달려가는 소녀의 뒷모습을 바라보았다.

그 작은 역사가 온 힘을 다해 달려가는 것을, 미식협의 모든 성좌가 보고 있었다. 그리고 모두 알고 있었다.

그녀는 이곳에서 죽을 수밖에 없다는 것을.

"아……."

화산까지 백여 걸음을 남겨두었을 때, 마침내 '암살왕의 망토' 특전이 종료되었다. 기척을 들키자 주변을 배회하던 열 명의 악령이 한꺼번에 몰려들었다.

[내가 먼저 먹는다!]

다가오는 악령을 보며, 공포에 젖은 이리스가 뒷걸음질을 쳤다. 그녀의 절망적인 시선이 마지막으로 머무른 곳은 하늘이었다.

[성좌, '구원의 마왕'이 자신의 화신에게 몸을 빌려줄 것을 청합니다.]

숨을 헐떡이며, 이리스가 입을 뻐끔거렸다.

[성좌, '구원의 마왕'이 '강림'이 아니라고 말합니다.]

강림 형태로 현현하면 나 역시 시나리오 속에서 격의 제약을 받는다. 내게는 강림보다 개연성의 영향을 훨씬 적게 받으면서도 효율이 좋은 스킬이 있다.

츠츠츠츠츳!

나는 나를 구성하던 설화 중 몇 개를 일부러 빼내어 화신체에 타격을 주었다.

[전용 스킬, '전지적 독자 시점' 3단계가 발동합니다.]

['1인칭 조연 시점'이 발동했습니다.]

[등장인물 '이리스 블라지미로브나 레베제바'에 대한 이해도가 상승했습니다!]

나는 이리스의 '시점'으로 눈을 떴다. 아마 지금 미식협에 있는 내 몸은 무방비로 잠들어 있겠지. 그러니 최단 시간 안에 승부를 봐야만 한다.

[일부 성좌가 당신의 존재를 눈치챘습니다!]

그와 동시에 쏟아지는 진언들.

[역시 돕는 녀석이 있었군. 누구냐?]

[오호, '강림'한 건가?]

[이거 횡재하게 생겼군……!]

축적된 설화의 빛을 받아 이리스의 몸이 황금빛으로 빛나고 있었다. 나는 그런 몸을 내려다보며 쓸쓸하게 웃었다.

미식협의 신입으로 출발해 차근차근 성장하는 것도 분명 하나의 방법이었겠지. 하지만 그런 식으로 질질 끌어서는 3,000화가 지나도 이야기의 결말에 도달할 수 없을 것이다.

[안나인가 뭔가 하는 녀석을 좀 족쳐야겠는데? 방금 죽인 이 자식, '소드 마스터' 설화를 가지고 있었다고.]

멀리서 걸어오는 성좌들이 손에 쥔 화신을 내던지며 말했다. 마지막으로 죽은 원정대원인 듯했다.

[보아하니 신입 같은데 그쯤하고 꺼지는 게 좋을 거다. 아니면 네 진체도 큰 타격을 받을 테니까.]

죽은 원정대원의 머리가 이쪽으로 굴러왔다.

마지막까지 도망쳤으나 결국 살아남지 못한 화신의 머리.

내가 그 머리를 조심스레 주워 들자 한 성좌가 비웃듯이 말했다.

[화신을 동정하느냐? 후후…… 예술을 모르는 녀석이구나.]

"왜 이들의 삶이 당신들의 예술이어야 하지?"

머리를 가만히 쓰다듬자 죽은 화신의 머릿속에 남은 처절한 기억들이 흘러들어 왔다. 기억은 이윽고 설화가 되어 내 손끝에 깃들었다.

[설화 파편, '처참하게 살해당한 소드 마스터의 원념'을 획득했습니다.]

성좌들이 인상을 찌푸리며 물러섰다.

[……더러운 설화를 좋아하는 놈이었군.]

"더러워? 당신들이 준 거잖아."

이자가 쉽게 소드 마스터가 된 이유?

간단하다. 성좌들에게서 기연을 받았으니까.

"이야기가 답답하다고. 시나리오가 너무 느리다고. 당신들이 준 힘이잖아."

그렇게 받은 것이 모여 누군가는 소드 마스터가 되었고, 누군가는 대마법사가 되었다. 그리고 소드 마스터와 대마법사가 된 죄로, 모두 성좌의 먹잇감이 되었다.

[뭘 다들 뜸 들이고 있어? 그만 먹어치우자고!]

성질 급한 성좌들이 악령의 힘을 개화하며 달려들었다. 본래라면 이리스는 이길 수 없었다. 원정대는 절대로 악령을 이길 수 없으니까. 하지만.

[크아아아아악!]

불타오르는 검격에 맞은 악령 하나가 비명을 지르며 물러났다.

내 손에는 '암살왕의 망토'와 함께 구입한 검이 쥐여 있었다.

〈아이템 정보〉

이름: 에오렌의 검 - 레플리카

등급: SS+(특정 시나리오 한정)

설명: 1세대 설화의 기운을 받은 검이다. 오직 여성체 화신만이 사용할 수 있으며, 사용 시 10분 동안 '악령'에 대항할 힘을 발현할 수 있다.

무려 20만 코인짜리 검이었다.

심지어 이 시나리오가 아니면 별 쓸모도 없는 검.

평소라면 절대로 이딴 아이템은 구매하지 않았을 것이다.

[……1세대의 검이라고?]

[어이, 겁먹지 마! 그냥 레플리카 버전이야!]

사실 많이 고민했다.

[다수의 성좌가 당신의 행동에 경악합니다!]

내가 이 시나리오에서 이만한 위험을 감수할 필요가 있을지 생각했고, 그 결과로 내가 무엇을 얻을지 가늠했다.

['미식협'의 일부 성좌가 당신에게 강한 적대감을 드러냅니다!]

어떤 것은 계산이 되었고, 어떤 것은 계산이 되지 않았다.

그리고 나는 선택했다.

"너희는 내가 화산으로 올 줄 알고 있었겠지."

계산되지 않는 것들은, 계산되지 않는 채 놓아두기로 했다.

"근데 그거 알아? 나도 너희가 여기로 모두 몰려올 거 알고 있었어."

아무리 페널티를 받았다 해도 상대는 성좌들.

여유 따위는 없었다.

그럼에도 나는 언제나처럼 씩 웃으며 말했다.

"그럼 진짜 사냥을 시작해보자고."

4

이곳에 모인 성좌는 총 열 명.

나머지 넷은 어디로 갔는지 모르겠다. 아마 이 시나리오 지역 어딘가에 흩어져 있겠지.

[양보하지 않겠다면.]

[너도 먹어치워주마.]

성좌들의 진언이 악령의 입을 통해 흘러나왔다. 나는 망설이지 않고 검에 마력을 불어 넣었다.

[전용 스킬, '백청강기 Lv.8'를 발동합니다!]

마력의 실체는 내 것이 아니라 이리스의 것이지만, 여기까지 온 화신인 만큼 이리스 본신의 저력도 만만치는 않았다. 새하얀 백청의 마력이 '에오렌의 검'과 결합하자, 검의 기세는 한층 더 풍부해졌다.

기이이이잉!

'에오렌의 검'은 십 분 동안 악령에게 강력한 타격을 줄 수 있는 아이템. 하지만 강력한 무기가 있다고 반드시 이쪽이 우세한 것은 아니었다.

내 검격에 한 성좌가 크게 웃으며 외쳤다.

[하하하, 느리구나! 어린 성좌여. 어디 이 노괴들을 즐겁게 해보아라!]

[노괴라니. 나는 아직 오백 년밖에 안 살았다고. 그리고 저 놈이 더 늙었을지도 모르잖아.]

어린아이의 몸에 빙의한 것이 처음인 까닭일까.

검은 어설픈 궤적을 그리며 허공을 수놓을 뿐이었다. 고작 일 할의 힘만 사용할 수 있다 해도 성좌는 성좌다. 상위 위인급에서부터 하위 설화급에 이르기까지.

악령이 되기 위해 모인 성좌들이 격을 발출하고 있었다.

무려 열 명의 성좌가 동시에 기세를 내뿜자 이리스의 움직임이 삐걱거리며 굳기 시작했다. 투명한 거미줄에 걸린 먹잇감처럼 팔이 허공에서 허우적거렸다. 사냥꾼들이 히죽거리며 다가왔다.

파르르르르……

내 의지와 관계없이 떨리는 이리스의 몸을 보며 나는 입술을 꾹 깨물었다. 늘 이런 식이었겠지. 하지만 이번에는 다르다.

[얕보지 마라. 나 역시 성좌다.]

아직까지 나는 '제대로' 격을 발출해본 적이 없었다. 마계 시나리오를 진행하는 내내 줄곧 반병신 상태였으니까. 하지만 미식협의 마차를 타고 오는 동안 꾸준히 설화를 회복했다.

그러니 지금이라면, 100퍼센트는 아니더라도 거의 준하게 격을 사용할 수 있을 것이다.

[성좌의 '격'을 발출합니다!]

[당신이 가진 설화 중 일부가 상황에 반응해 이야기를 시작합니다.]

[역사급 설화, '미식협의 이단아'가 주변의 억압에 반항합니다!]

[전설급 설화, '구원의 마왕'이 화신 이리스의 상황에 반응합니다!]

주변의 땅이 소리를 내며 갈라지고, 인근 수림이 흉포한 소리를 내며 흔들렸다.

일대에 몰아치는 스파크의 범람에 성좌들은 경악한 듯했다. 이 시나리오에 강림한 성좌는 본래 힘의 '일 할'만 사용할 수 있다. 하지만 나는 '강림'이 아니라 [전지적 독자 시점]을 사용해 현현한 상태라서 본래의 격을 온전히 방출할 수 있었다.

[어떻게 신입이 이런 격을……!]

[……이게 정말 강림 상태라고?]

그 사실을 모르는 성좌들은 거의 기겁한 모습이었다. 지금 놈들은 이 격을 내 본래 힘의 일 할이라 착각하고 있을 것이다. 내가 일부러라도 무리하는 이유였다.

[꺼지든가 죽든가. 둘 중 하나만 선택해라.]

지금 제대로 착각하게 해야 이 일이 끝난 후에도 놈들이 경거망동하지 않을 테니까.

[저, 저 건방진 놈이……!]

[……과연 스타 스트림은 넓군. 대체 어디서 저런 녀석이 나타났지?]

내 기세에 위축된 성좌 몇이 뒷걸음질을 쳤지만, 반대로 더욱 열의를 불태우는 녀석도 있었다.

[크하하하핫! 최고의 요리로군. 오늘의 미식협은 최고다!]

괴성을 지르며 달려드는 성좌. 악령의 팔이 쭉 늘어나며 이쪽을 향해 쇄도했다. 다급히 뒤로 물러나며 검을 휘둘렀지만, 우습게도 검은 코앞까지 다가오는 팔조차 베지 못했다. 머릿속에서 이리스의 목소리가 들렸다.

'미, 미안해요! 전 검술은 영 꽝이라……!'

제길. 그래서 움직임이 이렇게 굼떴나.

찢어지는 소리와 함께 이리스의 팔꿈치에서 피가 튀었다. 내 움직임에서 뭔가 낌새를 느꼈을까. 주춤거리던 성좌들의 기세가 변하고 있었다.

[……뭔가 이상한데?]

일제히 산개한 성좌들이 제각기 악령의 몸뚱이를 이용해 산만한 공격을 가해 왔다. 나는 어떻게든 검을 휘둘러 수세를 극복하려 했지만, 이리스의 검술 숙련도가 너무 낮아서인지 쉽지 않았다.

유중혁의 몸에 빙의했을 때와는 결과가 천차만별이었다. 새삼 유중혁이 얼마나 대단한 화신인지 깨달았다.

[그렇군. 격만 높은 녀석이야. 해치워!]

[검에 스치지만 않으면 돼. 하하하, 오늘은 포식이다!]

어떻게든 피하고 싶던 최악의 상황이 펼쳐지고 있었다.

스가각! 푸슛!

곳곳에서 악령의 공격이 날아들었다. 다리 사이를 스치는 작은 낫. 한 바퀴를 선회하며 뒤를 노리는 부메랑. 옆구리 빈틈을 찔러오는 창끝까지. 일 분도 채 지나지 않아 이리스의 몸은 생채기와 멍으로 뒤덮였다.

체력이 급격하게 떨어지고 있었다.

다급히 [책갈피]를 사용해 [바람의 길]을 열었으나 그마저도 이리스의 몸으로는 사용감이 어색했다.

결국 발걸음이 꼬여 기세가 흐트러졌다. 처음으로 달려들었던 성좌가 짧은 틈을 노리고 팔을 뻗었다.

"큿……."

목덜미를 잡힌 이리스의 육체가 허공으로 맥없이 떠올랐다.

[운이 나빴구나. 신입.]

이제 다 끝났다는 듯 성좌의 입이 벌어졌다.

[미식의 시간이다.]

그로테스크한 송곳니가 빼곡하게 자라난 입안에, 달아오른 소화액이 한가득 들어차 있었다. 악령의 생김새를 일부 커스터마이징 할 수 있다는 걸 감안하면, 정말이지 최악의 취향이었다. 나는 망설이지 않고 입을 열었다.

"5번 책갈피를 활성화하겠다."

사실 여기서 이 기술을 쓰고 싶지는 않았다.

이리스의 육체가 [전인화]를 감당할 수 있을지 확신도 없고, 과도한 개연성을 소모하고 싶지도 않았으니까.

하지만 이젠 방법이 없었다.

[5번 책갈피를 활성화합니다.]

그런데 책갈피를 발동한 순간, 예상 밖의 메시지가 날아들었다.

[해당 인물에 적합하지 않은 스킬입니다.]

[전용 스킬, '소형화'의 사용이 취소됩니다.]

[전용 스킬, '전인화'의 사용이 취소됩니다.]

츠츠츳, 하는 소리와 함께 사라져버리는 [책갈피]의 힘. 가끔 이렇게 스킬과 화신체의 궁합이 맞지 않는 경우가 있다. 하지만 그게 하필 지금이라니.

이건 생각지도 못했다.

[마지막 발악인가? 그래, 어디 한번 해보아라.]

비웃음 섞인 목소리와 함께, 악령의 입에서 쑥 빠져나온 긴 혀가 이리스의 목을 조르기 시작했다. 기도가 막히자 안색이 새파랗게 질려갔다. 이리스의 의식이 흐려지는 것이 느껴졌다. [전지적 독자 시점]의 연결이 약해지고 있었다.

[특성 효과로 사고가 가속됩니다.]

수십 가지 타개책이 머릿속을 스쳤고, 개중 한 가지가 사고의 그물망에 걸려들었다.

……가능할지는 모르겠다.

아직 그 인물에 대한 내 이해도는 낮은 편이니까.

하지만 할 수만 있다면.

"6번 슬롯에서 '혁명의 기사 마르크 제비어'를 해제한다."

나는 있는 힘껏 격을 방출하며 순간적으로 성좌들의 속박에서 벗어났다. 그리고 나머지 말을 이었다.

"그 자리에, '파천검성 남궁민영'을 넣겠다."

[6번 책갈피가 활성화됐습니다.]

어마어마한 존재감이 내 안으로 스며드는 것이 느껴졌다. 읽고, 느끼고, 겪어온 모든 활자가 하나의 인간이 되어 내 안에 체현되는 느낌.

[해당 인물에 대한 당신의 이해도가 부족합니다!]

언젠가 처음으로 '키리오스 로드그라임'을 로드했을 때와
비슷한 느낌이었다.

[……!]

[저건 무슨 힘이지?]

미식협의 성좌들마저 경악할 정도의 기운이 내 안 깊은 곳
에서 용솟음쳤다.

[해당 등장인물의 수준이 높아 스킬을 온전히 재현할 수 없습니다.]

[해당 등장인물의 수준이 높아 스킬의 일부만이 활성화됩니다.]

[해당 등장인물에 대한 이해도가 낮아 책갈피의 지속 시간이 감소합
니다.]

본래 [파천검도]는 '여성체'만 사용할 수 있는 스킬. 유중혁
이야 피나는 노력으로 극복했다지만 나는 무리다.

[현재 당신의 화신체 구성이 해당 등장인물의 육체 구성과 흡사합니
다.]

정확히는 본래의 몸이었다면 무리였을 것이다.

[전용 스킬, '파천검도破天劍道 Lv.10(+1)'가 활성화됐습니다.]

쫘르르릉!

하늘을 깨부수듯이 내리친 벼락이 '에오렌의 검'에 깃들었다. 내가 낼 수 있는 최대의 전력電力을, 최적의 시간에 방출한다. 성좌들이 상황을 알아차리기도 전에 모든 것을 끝내리라.

[전용 스킬, '파천검뢰破天劍雷 Lv.10(+1)'가 활성화됐습니다.]

천지가 뒤집히는 우레와 함께, 하늘 천장을 부수며 날아든 푸른 벼락들이 주변 모든 것에 내리꽂혔다. 그 검결에 깃든 멸살법의 활자들이 머릿속을 흘러갔다.

「무림인들은 파천검성을 10대 고수로 꼽지 않는다.」

비명을 지를 틈조차 없이 잿가루로 흩날리는 악령의 몸뚱어리들.

「무림인들은 파천검성을 일종의 재해災害라 생각한다.」

작은 인간으로 태어나 각고의 노력 끝에 성좌를 마주 보게 된 존재.
이것이 바로 무림의 재앙인 파천검성의 힘이었다.

[스킬의 격이 화신체의 재능을 아득히 넘어섰습니다.]

기혈이 역류하며 뒤틀리는 느낌이었다. 당연한 결과였다. 초월좌가 아닌 이리스나 나는 본래 사용할 수 없는 힘이니까.

정전이라도 일어난 것처럼 하늘이 깜빡였다.

눈부신 벼락의 전주곡이 한바탕 휩쓸고 지나갔을 때, 주변을 둘러싸고 있던 악령은 하나도 보이지 않았다.

[성좌, '성급한 늪의 포식자'가 시나리오에서 탈락했습니다.]

[성좌, '고요한 섬의 미식가'가 시나리오에서 탈락했습니다.]

[성좌, '잊혀진 선망의 군주'가 시나리오에서 탈락했습니다.]

(…)

[총 10명의 성좌가 시나리오에서 탈락했습니다.]

[믿을 수 없는 업적을 달성했습니다!]

[불가능한 업적을 연속으로 달성했습니다!]

가까스로 한숨이 놓였다. 나는 하늘을 올려다보았다.

[당신이 이룬 업적에 <스타 스트림>이 관심을 기울입니다.]

[당신을 위한 새로운 설화가 준비 중입니다.]

성좌들의 격이 극도로 제한된 상황이라지만, 화신의 육체로 성좌의 화신체를 열이나 학살했다. 그러니 설화가 생기지 않을 턱이 없겠지.

츠츠츠츠츠춧!

입에서 울컥 피가 토해졌고, 귀와 코에서 동시에 핏물이 쏟아졌다. 걸핏하면 칠공에서 피를 쏟아대니 이젠 피 맛이 익숙해질 지경이었다. 다행히도 미식협에서 허락한 개연성이 있었기에 아직까지는 버틸 만했다.

나는 무너지는 이리스의 육체에 설화 파편을 덕지덕지 붙였다. 파천검성의 무공으로 인한 충격에 이리스의 의식은 이미 꺼져 있었다.

[미식협의 성좌들이 시나리오 내용에 경악합니다.]
[미식협의 몇몇 성좌가 당신과 적대 관계가 됐습니다.]

미움받을 건 알고 있었다.
하지만 잃는 게 있다면 얻는 것도 있다.

[미식협의 일부 성좌가 당신의 설화에 큰 호기심을 보입니다.]
[미식협의 몇몇 간부가 당신에게 호감을 표합니다.]

나는 이리스의 몸을 이끌어 비틀거리며 화산을 향해 나아갔다.

이리스는 시나리오가 완료되어야만 살아남는다. 시나리오를 완수하려면 저 화산 용암에 이 팔찌를 던져 넣어야만 했다.

남은 거리는 얼마 되지 않았다.

마흔 걸음, 서른 걸음, 스무 걸음……

가까워진 용암 열기에 얼굴이 화끈거렸다. 팔찌를 던질 수 있는 절벽이 코앞까지 다가왔을 때, 누군가의 기척이 느껴졌다.

지금쯤 나타날 거라 예상은 했다.

아직 내가 해치우지 못한 악령은 넷이나 남았으니까.

[구원의 마왕, 정말 재미있는 일을 벌이고 있군요.]

귀에 익은 목소리에 '에오렌의 검'을 쥔 손에 불끈 힘이 들어갔다. 뒤를 돌아보니 익숙한 외형의 여자아이가 서 있었다.

악령이 되었지만 기본적인 외형은 전혀 변하지 않았다.

나는 짓씹듯 입을 열었다.

"아스모데우스."

진명이 불리었다는 데 쾌감을 느끼는지 아스모데우스가 황홀한 목소리로 말했다.

ㅊㅊㅊㅊㅊ.

[……아, 다시 한번 불러줘요.]

유중혁의 전신을 망가뜨리고, 우리의 3회차를 실패하게 만드는 원흉. 천천히 다가오는 아스모데우스의 격이 전신을 옥죄었다.

이게 고작 일 할의 힘이라니.

역시 72마왕쯤 되면 차원이 다르다 이건가.

나는 한 걸음 물러서며 재빨리 주변을 경계했다.

지금도 충분히 어려운 상황인데 이 녀석 외에도 악령이 아직 셋이나 더 남았다. 녀석들까지 오면 승산이 없어진다.

그러니 그 전에…….

[그렇게 경계하지 말아요. 다른 성좌는 없으니까.]

히죽 웃는 아스모데우스의 작은 손아귀에 세 개의 머리가 주렁주렁 매달려 있었다. 머리와 함께 잘려나간 검은색 케이프 자락들.

화신들의 머리가 아니었다.

발끝부터 아주 천천히 한기가 돌았다.

그 짧은 순간, 나는 왜 멸살법에서 아스모데우스를 미친 별로 묘사하는지 아주 정확히 이해했다. 성좌들 피가 묻은 아스모데우스의 입술에 서늘한 미소가 깃들었다.

[내가, 다 먹어버렸어.]

태연히 그런 말을 하며 샐쭉 웃는 아스모데우스의 표정에는 그 어떤 죄책감도 보이지 않았다.

[미식협의 일부 성좌가 '아스모데우스'를 강하게 비난합니다.]
[미식협의 소수 성좌가 '아스모데우스'의 만행을 즐거워합니다.]

세월에 닳고 이야기에 찌든 미식협의 성좌들은 성향과 취향도 각양각색이다. 얼핏 1세대 설화만을 최고로 치는 것 같지만, '양산형 제작자'처럼 'SSS급 아무개'나 '소드 마스터'를 좋아하는 성좌가 있는가 하면, 지금처럼 예상 밖 전개를 선호하는 이도 있다.

[후후, 역시 성좌의 화신체는 육질이 다르다니까. 이것도 진체만은 못 하지만…….]

아스모데우스 같은 마왕이 미식협에서 용납되는 것도 그 때문이었다. 성좌든, 초월좌든, 마왕이든. 미식협은 어떤 집단보다 완고한 아집이 집적된 곳이지만, 동시에 모든 종류의 미식을 존중한다.

찰박, 찰박. 피 웅덩이를 밟고 천천히 다가오는 아스모데우스를 보며 나는 입술을 꾹 깨물었다.

['에오렌의 검'의 특수 효과가 종료됩니다.]

아직 파천검성의 무공이 있다 해도, 어디까지나 '에오렌의 검'이 제대로 작동할 때 이야기.

검이 없다면 악령이 된 녀석을 상대할 방법은 없었다.

어느새 대여섯 걸음 앞까지 다가온 아스모데우스가 나를 향해 입맛을 다셨다.

[……날 먹으러 온 건 아닐 텐데?]

[흐음, 어떻게 확신하시죠?]

[날 죽이면 너는 '거대 설화'를 얻을 수 없어.]

아스모데우스는 나와 마왕 선발전에 대한 약속을 했다. 그러니 이곳에서 나를 죽일 리는 없었다.

[지분 30퍼센트를 약속했잖아. 왜 이런 곳에서 구질구질하게 구는 거냐?]

[그 30퍼센트가 확실하게 저한테 온다는 약조는 없었죠.]

[다른 성좌와 경쟁할 자신이 없는 모양이지?]

[지금 날 도발하는 건가요?]

아스모데우스가 위협적인 기세를 내뿜었지만 나는 조금도 주눅 들지 않고 말했다.

[네놈이 정말 마왕이라면 좀스럽게 굴지 마라. 제대로 경쟁해서, 제대로 네 몫을 가져.]

애초에 여기 나타난 것부터가 나를 돕겠다는 의도가 명백한 것이었다. 아무리 아스모데우스라도 같은 미식협의 일원을 공격하는 행위는 부담이 될 테니까.

그럼에도 녀석은 굳이 광마狂魔를 연기하며 저런 짓을 벌였다. 안색이 변한 아스모데우스가 말했다.

[구원의 마왕…… 지금 뭔가 착각하는 모양인데, 난 지금 당장이라도 당신을 먹을 수—]

[같은 말 반복하게 하지 말고 꺼져라.]

아스모데우스의 눈이 동그래졌다. 나는 멈추지 않고 계속해서 말했다.

[정 날 먹고 싶으면 죽여보든가.]

과거의 내가 지금의 나를 본다면 분명 미쳤다고 생각하겠지. 다른 상대도 아닌 아스모데우스를 이렇게 냉대하다니. 하지만 이토록 막 나가는 데는 다 이유가 있었다.

쿠구구구구!

아스모데우스의 마력이 불타올랐다. 등줄기에 소름이 돋았지만, 나는 내 감각보다 내가 읽은 '이야기'를 믿었다.

「그때, 우리는 아스모데우스를 다르게 대했어야 한다.」

멸살법의 수정본.
49회차 유중혁의 기록에서 나는 그런 문장을 발견했다.

「아스모데우스는 타협 없는 존재를 좋아한다.」
「그런 존재일수록 더욱 꺾고 싶은 마음이 생기니까.」

유중혁 주제에 어떻게 그런 통찰을 해냈는지 모르겠지만, 그 말이 옳다면 지금까지 아스모데우스가 보인 행동은 모두 이해가 된다.

[등장인물 '아스모데우스'에 대한 이해도가 상승했습니다!]

그리고 이변이 발생했다.

[등장인물 '아스모데우스'에 대한 이해도가 상승했습니다!]
[등장인물 '아스모데우스'에 대한 이해도가 상승했습니다!]

폭발적인 간접 메시지와 함께, 처음으로 마왕급 존재의 내면이 들려오기 시작한 것이다.

[전용 스킬, '전지적 독자 시점' 2단계가 강제로 발동합니다!]

「먹고 싶어.」

「안 돼.」

「먹고 싶어.」

「안 돼.」

「아아아아아아…….」

엄청난 양의 사념이 머릿속으로 밀려들었다. 한 존재 안에 이만한 부피의 탐욕이 존재할 수 있다니 가히 감탄스러울 지경이었다.

[정말 대단해…….]

바람처럼 다가온 아스모데우스가, 어느새 이리스의 머리카락을 한 줌 쥔 채 아찔한 들숨을 내쉬었다.

[하아아아아…… 좋군요. 그래, 오늘은 이 정도로 참겠어요.]

[…….]

[하지만 명심하세요, 구원의 마왕. 다음번에도 오늘 같은 일은 없을…….]

나는 아스모데우스의 말을 다 듣지도 않고 화산을 향해 내달렸다. 간신히 잡은 기회를 이대로 놓칠 수는 없었다. 코앞에 용암 절벽이 보였다.

[바람의 길]이 내 손끝의 팔찌를 절벽 아래로 인도했다.

퐁당, 하는 소리와 함께 녹아내리는 팔찌.

[서브 시나리오가 완료됐습니다.]
[보상으로 150,000코인을 획득했습니다!]
['미식협' 내부에서 당신의 인지도가 크게 상승했습니다!]
[새로운 설화를 획득했습니다!]

나는 완전히 탈진해버린 이리스의 입에 '엘라인 숲의 정기'를 넣어주었다. 몸 상태가 엉망이 되기는 했지만, 필요한 개연성은 대부분 내가 감내했으니 회복은 빠를 것이다.

['1인칭 조연 시점'이 해제됩니다.]

사위가 뭉그러지는 느낌과 함께, 나는 미식협의 홀로 되돌아왔다. 감각이 되살아나자 제일 먼저 들려온 것은 늙수그레한 노인의 목소리였다.
[젊은이, 재미있게 잘 보았네.]
내가 돌아온 것을 깨달았는지 '양산형 제작자'가 흐뭇하게 웃고 있었다. 그를 잠시 바라보다가 가볍게 고개를 숙였다.
"······모두 어르신 덕분입니다."
[흐음, 무슨 얘긴가?]
"이거 말입니다."
내 손에는 방금까지 이리스가 사용하던 20만 코인짜리 쓰레기가 쥐어져 있었다. '에오렌의 검'. 참고로 그 검의 그립에는 다음과 같은 메시지가 새겨져 있었다.

─made by 양산형 제작자

'양산형 제작자'가 킬킬 웃었다.

[장사도 다 때가 있는 법이지. 그 검이 오늘 팔릴 줄 누가 알았겠나.]

"그런 것치고는 '도깨비 보따리' 신규 추천 상품으로 입고되었던데요."

[흐흐, 도깨비가 하는 일을 성좌가 어찌 알겠나.]

"써보니 가성비에 문제가 좀 있던데, 반품은 안 되겠죠?"

[험, 가격에 맞는 성능은 충분히 발휘한 것으로 보이네만.]

히죽 웃는 '양산형 제작자'를 보며 나도 빙긋 웃었다. 이게 그의 배려인지 아닌지는 모르겠다. 하지만 이 검이 있었기에 나와 이리스가 목숨을 건졌다는 것은 확실했다.

[그나저나 일이 좀 곤란하게 됐구만.]

그게 무슨 뜻인지는 금방 알 수 있었다.

['구원의 마왕'이 대체 누구냐!]

어느덧 홀은 분위기가 살벌하게 달아오른 상태였다. 일부 성좌가 거센 분노를 드러내며 마구잡이로 기세를 발출했고, 개중에는 방금 내게 화신체를 잃고 시나리오에서 탈락한 성좌도 보였다.

[성좌, '성급한 늪의 포식자'가 당신에게 적개심을 드러냅니다.]

[성좌, '고요한 섬의 미식가'가 당신을 노려봅니다.]

무대 위로 어안이 벙벙해진 에우프로시네와, 안색이 창백해진 안나 크로프트도 보였다.

이제 어떻게 할 거냐는 듯 몇몇 성좌가 나를 살피는 것이 느껴졌다. 서브 시나리오는 끝났지만, 그들에게는 이 상황 또한 유희의 연장선인 것이다. 물론 나는 기대를 배반하지 않을 것이다.

[화신 '이리스'와의 계약에 따라 '소원권'을 양도받았습니다.]

[해당 소원권으로 당신은 '미식협'의 개연성이 허락하는 범주 안에서 한 가지 소원을 빌 수 있습니다.]

'미식협'의 개연성이 허락하는 범주 안이라.

이 말이 뜻하는 바는 너무나 명백했다.

성좌를 모두 죽여달라거나 하는 소원은, 당연히 빌 수 없다.

[해당 소원권이 실현 가능한 개연성을 넘어섰습니다.]

모두 내 편을 들어달라거나, 내 부하가 되라거나. 그딴 소원도 당연히 가능할 리 없다.

[해당 소원권이 실현 가능한 개연성을 넘어섰습니다.]

말하자면 이 소원권은 일종의 외교 카드인 셈이었다. 가능과 불가능의 영역을 정확히 분별해, 내게 가장 적합한 소원을 찾아내는 것.

['미식협'의 성좌 중 일부가 당신에게 강한 적개심을 표출합니다.]
[상당수의 성좌가 당신의 선택을 기대합니다.]
[성좌, '긴고아의 죄수'가 당신의 선택을 기대합니다.]
[성좌, '악마 같은 불의 심판자'가 조마조마함에 손가락을 꼼지락댑니다.]

그 모든 이들의 시선 속에서, 나는 천천히 입을 열었다.
[나는 '미식협'이 내게 예의를 지키길 바란다.]

46
Episode

새로운 설화

Omniscient Reader's Viewpoint

1

순간적으로 장내에는 어마어마한 침묵이 깃들었다. 나는 당황하지 않고 그 침묵을 고요히 응시했다.

['미식협'의 개연성이 발동합니다!]
[당신의 소원이 수리됐습니다.]

미식협 홀에 한바탕 스파크가 일었다. 아니, 자세히 보니 스파크가 아니라 벼락에 가까웠다. 이윽고 쩌렁쩌렁 울리는 목소리가 들려왔다.

[……크하하하핫! 정말이지, 재미있는 녀석이 왔군!]

맥주잔을 쥔 '목요일의 천둥'이 껄껄 웃으며 말하고 있었다.

[하마터면 지루할 뻔한 설화가 조금은 볼 만해졌다. 그대들

은 대체 무엇이 불만이기에 저 작은 성좌를 핍박하는가?]

그의 발언에 일부 성좌가 강하게 반발하며 일어났다.

[하지만 저자는 규칙을—]

[시나리오는 시나리오일 뿐이지. 그리고 그 시나리오는 지금 막 끝이 났다. 나와 내 망치가 아는 것은, 그게 전부다.]

어떤 변론도 받지 않겠다는 듯 토르의 망치가 굉음을 냈다.

성운 〈아스가르드〉의 토르는 이곳에서 가장 강력한 설화를 지닌 최상위 격 성좌 중 하나. 이곳의 누구도 그의 망치에 대적하고 싶은 이는 없었다.

[저 천둥벌거숭이의 말에 공감하는 게 몹시 불쾌하지만, 이번에는 내 생각도 같습니다.]

그 말을 한 것은 '새벽 별의 여신'이었다. 곱게 빗어 넘긴 그녀의 머리카락에서 흩날리듯 별 가루가 떨어졌다.

[시나리오는 시나리오에서 끝내야죠. 싸우고 싶다면 시나리오 안에서 싸우세요. 더 이상 미식협이 추해지는 건 보고 싶지 않으니까.]

두 명의 최상위 격 성좌가 엄포를 놓자 다른 성좌들도 뜻을 굽히지 않을 수 없었다.

더군다나 이미 소원권까지 발동한 상황.

여전히 분이 풀리지 않은 몇몇 성좌가 씩씩거리며 나를 노려보기는 했으나, 해코지할 기미는 보이지 않았다. 주변 여파가 잠잠해지자 '새벽 별의 여신'의 맑은 눈동자가 나를 향했다.

[다만, 한 가지 묻고 싶군요.]

뜻밖의 말에 나는 반사적으로 그녀를 마주 보았다.

[구원의 마왕. 당신은 왜 그런 시나리오를 우리에게 보여준 거죠?]

은하수를 담은 듯 깊은 여신의 눈동자가, 새로운 별을 발견한 것처럼 빛을 발하고 있었다.

[당신은 시나리오를 통해 하고 싶은 말이 있는 것처럼 보였어요. 하지만 이 내 눈이 어두워 당신이 보여준 시나리오만으로는 그걸 짚어낼 수 없었어요. 그러니 괜찮다면 당신 입으로 직접 이야기를 듣고 싶군요.]

내가 보여준 시나리오가 조악하기 때문이라고 하지 않는 것은, 그녀가 타고난 겸손이리라. '새벽 별의 여신' 옆으로, 나를 향해 미소 짓는 페르세포네가 보였다.

……나 혼자서 어떻게든 해보라더니. 이래서야 도움만 받는 꼴이다. 내 대답을 기다리는 듯 미식협의 모든 성좌가 침묵을 지키고 있었다.

이곳에 온 뒤 내가 줄곧 원하던 상황이었다.

무슨 말을 해야 이들에게서 호의를 얻을 수 있을까.

마왕 선발전 이야기를 대뜸 꺼낸다고 이들이 도와줄 거라 예상한다면, 그거야말로 멍청한 생각이었다.

「그 순간, 김독자는 처음으로 자신이 정말로 하고 싶은 말을 떠올렸다.」

가만히 눈을 감자 어둠 속에 작은 길이 보이는 것 같았다.

너무도 멀어 아직은 끝이 보이지도 않는 길.

그러나 적어도 한 사람, 그 길을 먼저 걸은 사람을 나는 알고 있었다.

수백 수천 번이나 실패하고, 좌절하고, 절망했지만, 누구도 함께하지 않는 외길을 걸어간 녀석. 그 녀석을 떠올리며 나는 쓰게 웃었다.

그러자 아주 자연스럽게도 내가 해야 할 말이 떠올랐다.

[나는.]

아니, 아마도 내가 해야 할 말은 그것뿐이었다.

[나는 이제껏 존재하지 않던 '새로운 설화'를 만들 겁니다.]

그 말에 장내의 모든 성좌가 입을 다물었다. 충격을 받았기 때문은 아니었다. 오히려 무슨 말인지 알아듣지 못한 분위기였다. 가장 먼저 입을 연 것은 토르 곁에서 술을 홀짝이던 거인이었다.

[그대가 말하는 '새로운 설화'가 대체 무엇을 말하는 건지 모르겠군.]

멸살법에 따르면 오래전 '도깨비 왕'은 이런 말을 남겼다.

「스타 스트림 아래 새로운 설화는 없다. 모든 설화는 오래된 설화의 날조일 뿐이다.」

그 오랜 격언은 도깨비들의 겸손이자, 반드시 넘어서야 할

문구였다. 내가 대답을 머뭇거리자 성질 급한 성좌들이 먼저 나섰다.

[그 설화에는 '소드 마스터'가 있나요?]

소드 마스터라······.

예상 밖 질문에 나는 고개를 끄덕이며 말했다.

[있습니다.]

내 대답에 어떤 성좌는 한숨을 내쉬었고, 몇몇 성좌는 눈을 반짝였다. 그러자 또 다른 성좌가 물었다.

[대마법사도 있는가?]

[아마 나올 겁니다.]

[환생자는?]

[나옵니다.]

[SSS급 헌터는? 참고로 나는 정당한 노력으로 보상을 얻는 친구가 좋다네.]

[있을 수도 있겠군요. 전 노력은 싫어하지만.]

[당연히 귀환자도 나오겠지?]

재미라도 붙었는지 각양각색의 질문이 한동안 계속되었다. 그 과정에서 미소를 짓는 이도, 고개를 절레절레 흔드는 이도 있었다. 그러나 어떤 표정을 짓든 그들은 모두 하나의 이야기를 상상하고 있었다.

아직 만들어지지 않은 이야기. 하지만 어쩌면 존재하게 될지도 모르는 이야기를.

미식협의 모두가 그런 상상에 뛰어든 게 무척 오랜만이기 때문일까. 한동안 홀에는 미식협답지 않은, 온화한 분위기가 감돌았다. 물론 그 분위기가 쭉 이어지지는 않았다.

[이해가 안 가는군요. 그런 설화는 이미 많지 않나요?]

찬물을 끼얹은 것은 그때까지 쭉 이야기를 듣고 있던 '새벽별의 여신'이었다.

[소드 마스터, 대마법사, 환생자, 귀환자…… 뭐 하러 그런 설화를 또 만든다는 거죠? 그런 양산품의 어디가 '새로울 수' 있다는 말인지 나는 전혀 이해하지 못하겠군요.]

나는 잠시 생각하다가 대답했다.

[새로운 소재만이 새로운 설화를 구성하지는 않습니다. 미식협이 좋아하는 '1세대 설화' 또한 평범한 소재로 구성되어 있지 않았습니까?]

[1세대의 예술품을 당신의 설화와 비교하는 건가요?]

[비교할 생각은 없습니다. 애초에 저는 예술을 하려는 게 아니거든요.]

내 말에 몇몇 성좌의 얼굴에 실망하는 기색이 스쳤다. '새벽별의 여신'이 가소롭다는 듯 웃었다.

[상스러운 말을 아무렇지도 않게 하는군요. 그래, 좋아요. 그렇다면 당신 이야기의 새로움은 뭐죠?]

성좌들 분위기가 다시금 변하고 있었다.

역시 이쪽에서 수를 던지지 않으면 안 되겠지.

나는 눈을 하나하나 마주 보며, 고요한 진언으로 선언했다.

[제가 만들 설화에는, '모든 시나리오의 끝'이 있을 겁니다.]

일순간 대기가 얼어붙은 것처럼 굳었다.

[어, 어떻게 감히······.]

누군가가 중얼거렸고, 어떤 성좌는 얼굴이 창백해졌다. '1세대'를 언급할 때조차 일어나지 않은 반발감이 객석 전체에 감돌았다.

아마도 그들의 금기를 범했기 때문이겠지.

나는 쏟아지는 시선을 느끼며 눈을 감았다. 이것으로 상황이 극적으로 변하지는 않는다. 다만 성좌들 뇌리에 내 이야기가 깊이 각인되기는 할 것이다. 지금은 그거면 충분하다.

[······미친놈이었군.]

그런데 아무래도 인상을 너무 깊이 쑤셔 박은 듯했다. 다분히 적대감 실린 목소리가 이어졌다.

[미식협에 온갖 미친놈이 모이는 줄은 알았지만 이번에는 아주 제대로야. 제정신으로 그딴 소리를 하는 거냐?]

용의 머리를 가진 녹색의 인형人形.

종전 시나리오에서 악령으로 활동한 성좌. 나는 그의 수식언을 기억하고 있었다. '성급한 늪의 포식자'.

[그래서 우리한테 뭘 도와달라는 거지? 그 시나리오의 끝에 같이 가보자, 뭐 이딴 말을 하려는 것이냐?]

[맞습니다. 저는 저와 함께 '모든 시나리오의 마지막'에 도달할 별들을 구하기 위해 이곳에 왔습니다.]

태연자약한 선언에 성좌들의 안색이 다시 한번 변했다. 이 중에는 이미 성운에 가입한 존재도 있었다. 그러니 지금 내 말은 다분히 도발하는 조로 들릴 것이다.

[알고 보니 성운 가입 구걸이군. 그쪽 성운은 이름이 뭐지?]

[아직 이름은 없습니다. 정식 창설은 하지 않았거든요.]

[흠…… 창설 멤버는 몇이나 되고?]

[둘입니다.]

내 말에 '성급한 늪의 포식자'를 비롯한 몇몇 성좌의 입가에 조소가 스쳤다. 기분이 썩 좋지는 않았으나 애써 내색하지도 않았다.

이것이 미식협의 '예의'인 모양이군. 어차피 저런 녀석은 받아줄 생각도 없다.

'새벽 별의 여신'이 물었다.

[하나는 그대일 테고, 나머지 하나는 누군가요? 그쪽도 성좌인가요?]

[성좌는 아닙니다만…….]

나는 지금 유중혁을 드러내야 할지 망설였다. '성급한 늪의 포식자'가 말했다.

[혹시 저 녀석인가?]

무대 패널에서 영상이 흘러나오고 있었다.

'제1 무림'에서 진행 중인 무도 대회의 결승전이었다.

—드디어 여러분이 기다리시던 대결이 펼쳐집니다!

사회자의 말과 동시에 카메라 포커스가 한 사내에게 맞춰졌다.

　　—파천검성의 제자, 패왕 유중혁!

　　역시 유중혁은 무사히 결승까지 진출한 모양이었다. 녀석의 상대는 가벼운 박스 티에 청바지를 입은 여인이었다.

　　—무림 10대 고수, 빙화신녀 제갈령령諸葛靈鈴!

　　화려한 스포트라이트를 받으며 입장하는 제갈령령이 관중석을 향해 손을 흔들었다. 나는 인상을 찌푸렸다.
　　하필 빙화신녀 제갈령령이라니.
　　내 기억이 맞는다면, 그녀는 차기 무림을 대표하는 초월좌 중 하나다.
　　지금의 유중혁조차 승부를 장담할 수 없는 절대 고수. 그동안 녀석의 [파천검도]에 과연 얼마만큼 진전이 있었느냐가 관건인데…….
　　……아니, 그보다 왜 이 타이밍에 저 영상이 패널에 떠오른 거지?
　　나는 반사적으로 무대 위의 안나 크로프트를 노려보았다.
　　당황한 표정을 보아하니 그녀가 벌인 짓 같지는 않았다. 그렇다면 저 영상을 띄운 이는…….

[흐흐…… 필멸자들의 재롱잔치라…….]

'성급한 늪의 포식자'가 웃었다.

[이거야 원, 김이 다 빠지는군. 이제 막 성좌가 된 애송이와 하찮은 필멸자 하나가 감히 '시나리오의 끝'을 논한 것이냐?]

몇몇 성좌가 기다렸다는 듯 웃음을 터트렸다. 내가 지금껏 늘어놓은 모든 말을 부정하는 웃음이었다. 이런 식이 될지 모른다고 예상은 했다. 애초에 성좌에게 뭔가를 기대한 게 잘못인지도 모른다.

[하하핫, 저 성좌 수식언이 뭐였지? '허풍의 마왕'이라고 했던가?]

[명계의 여왕! 아주 유쾌한 친구를 데려오셨군!]

화면 속에서 유중혁이 빙화신녀와 맞서고 있었다. 그 모습이 귀엽다는 듯 '성급한 늪의 포식자'가 킬킬거렸다.

['시나리오의 끝'은커녕 지금 저 시나리오도 힘겨워 보이는데 말이지.]

나는 그 시비에 응하는 대신 화면 속 유중혁을 바라보았다. [파천강기]를 발산하며 빙화신녀의 맹공을 받아치는 유중혁. 나는 앞으로 녀석이 어떤 길을 걷고 어떤 업적을 세울지 모두 알고 있었다.

노력하고 또 노력한 녀석이, 언젠가 이 빌어먹을 미식협의 성좌들을 모조리 쳐 죽여버릴 거라는 사실도 아주 잘 알고 있었다.

하지만 이곳 성좌들 눈에 지금의 유중혁은 그저 '하찮은 필멸자' 중 하나일 뿐이었다.

[마침 잘됐군. 시나리오도 끝나서 심심하던 참이니까. 다들 내기하겠나? 저 두 벌레 중 누가 이길지 말이야.]

[오, 좋지 좋아!]

'성급한 늪의 포식자'의 제안에 다수 성좌가 동조했다. 그러자 시스템 메시지가 들려왔다.

[새로운 '서브 시나리오'가 도착했습니다.]

[서브 시나리오 - '미식협의 내기'가 시작됩니다!]

수많은 선택창이 성좌들 눈앞에 떠올랐다.

[난 저 암컷에게 5만 코인 걸지.]

'성급한 늪의 포식자'가 호기롭게 외치자 다른 성좌들도 껄껄 웃으며 하나둘 코인을 걸었다. '성급한 늪의 포식자'가 나를 바라보았다.

[신입. 너도 걸어라.]

[이미 걸었습니다.]

[누구에게 얼마나 걸었지?]

[10만 코인. 유중혁에게.]

내가 자신의 두 배를 걸었다는 사실에 '성급한 늪의 포식자'가 눈을 부라렸다.

[건방진 놈이군. 후회하게 될 거다.]

글쎄. 누가 후회할지는 두고 보면 알겠지.

멀리서 안나 크로프트가 알 수 없는 눈빛으로 이쪽을 응시하고 있었다. 어쩌면 그녀도 코인을 걸었을지 모르겠다.

성좌들의 설왕설래가 이어지는 사이, 화면 속에서 펼쳐지는 유중혁의 사투는 어느새 중반으로 접어들고 있었다.

[꽤 하는 녀석이군. 저 정도면 나도 화신으로 삼고 싶은데?]

유중혁은 처음에는 밀리는 듯했으나, 시간이 갈수록 승기를 잡아갔다. 타고난 전투 감각 위에 녀석이 쌓아 올린 무공이 빛을 발하고 있었다. 단호한 [파천검도]의 강기가 눈앞의 모든 것을 거스르며 전진하자, 빙화신녀의 얼음장 같은 마력이 눈처럼 부서졌다. 웅장하면서도 유연하고, 화려한 동시에 절제를 잃지 않는 검도. 일부 성좌가 참지 못하고 감탄을 흘렸다. 나 역시 주먹을 꾹 쥔 채 그 광경을 보았다.

역시 유중혁이다.

예정보다 빠르게 파천검성과 조우한 덕에 녀석의 [파천검도]는 본래 3회차의 수준을 아득히 상회하고 있었다.

콰콰콰콰콰!

경기장 내에서 파천의 강기가 폭발했고, 넝마가 된 빙화신녀가 피를 토하며 먼지 속을 나뒹굴었다. 승세는 완전히 기울었다. 이야기가 예상 밖으로 흘러가자 '성급한 늪의 포식자'도 표정이 변했다.

[……흐음, 별로 재미가 없구만.]

불길한 예감과 동시에 '성급한 늪의 포식자'를 비롯한 미식협의 몇몇 성좌에게서 스파크가 튀었다. 나는 그들이 무슨 짓을 벌일 셈인지 깨달았다. 스파크는 이내 화면 속 무도 대회장으로 번져가고 있었다.

정확히는 빙화신녀에게.

─아아아아아악!

빙화신녀가 갑자기 비명을 질러대자 사회자의 발언이 이어졌다.

─무, 무슨 일일까요! 갑자기 빙화신녀의 몸이……!

괴물처럼 변이를 일으키는 빙화신녀의 모습에, 화면 속 유중혁도 얼굴이 딱딱하게 굳어지고 있었다. 나는 서늘한 눈빛으로 '성급한 늪의 포식자'를 노려보았다.

[이건 내기라고 하지 않았나?]

'성급한 늪의 포식자'가 괴이쩍게 웃었다.

[간섭하지 않는다는 말은 하지 않았지.]

다수 성좌가 공급한 개연성과 함께, 빙화신녀 몸에 녹색의 비늘이 덮이고 있었다. 화면 속 유중혁도, 그리고 나도 그것이 무엇을 의미하는지 알고 있었다.

성좌의 '강림'.

피스 랜드에서도 겪었고, 암흑성에서도 겪었다. 하지만 그

때는 나와 유중혁이 함께 싸웠고, 지금은 아니었다.

[전용 스킬, '전지적 독자 시점'을 발동합니다.]
[현재 대상과 연결이 불가능한 상태입니다.]

……빌어먹을 자식, 이럴 때 뭘 하는 거야? 유중혁이 전혀 나에 관해 생각하고 있지 않아서 [전지적 독자 시점]은 발동 자체가 불가능했다. 화면 너머, 빙화신녀에게 반쯤 강림한 녹색 괴룡이 포효했다.

성급한 늪의 포식자.

행성 '셀레게돈'의 태고신인 녀석은, 나처럼 설화급 초입의 격을 지닌 성좌였다. 하지만 그간 쌓아온 설화의 숫자가 나와는 차원이 다르기에, 지닌 역량은 훨씬 위였다.

콰아아아아!

포식자의 숨결 한 번에 무도 대회장의 삼분의 일이 반파되었다.

그 짧은 사이 빙화신녀와 배후 계약을 마친 모양.

화신체와 동조율이 낮아 제대로 된 힘을 내지는 못하겠지만, 저 정도 개연성을 지원받아 강림했으니 무도 대회를 끝장 내는 일쯤은 아무것도 아닐 것이다.

아무리 지금의 유중혁이라 해도 저만큼 설화를 쌓은 설화급 성좌를 상대하기는 힘들었다.

[불안한 눈빛이군요. 자신의 동료를 믿지 않는 건가요?]

곁을 돌아보니 페르세포네가 평소처럼 미소를 짓고 있었다.

믿지 않느냐고?

물으나 마나 한 이야기다. 툭하면 죽는 저 개복치 녀석을, 믿을 수 있을 리가……

[믿습니다.]

그럼에도 왜일까. 잘도 그런 대답이 나왔다.

자연스러운 대답에 페르세포네의 눈동자에 이채가 스쳤다.

[애초에 저 녀석을 믿었기에 여기까지 올 수 있었습니다.]

나는 화면 속 유중혁을 돌아보았다.

패배하고, 부러지고, 몇 번이고 절망해도.

그래도 마지막까지 포기하지 않는 녀석.

저놈을 안 믿는다면, 애초에 누굴 믿을까.

설령 이번 회차가 실패한다고 해도…….

녀석은 언젠가 반드시 이 세계의 결말을 볼 것이다.

나는 천천히 눈을 감았다 뜨며 말했다.

[판돈을 올리죠. 100만 코인 걸겠습니다.]

2

[성좌, '구원의 마왕'이 화신 '유중혁'에게 100만 코인을 걸었습니다.]

장내에 울려 퍼지는 시스템 메시지에 모든 성좌의 이목이 쏠렸다. 누가 보아도 불리한 싸움에 코인을 건다는 것. 아무래도 내 행위가 성좌들의 흥미를 산 모양이었다.

[성좌, '목요일의 천둥'이 당신에게 호감을 보입니다.]
[성좌, '새벽 별의 여신'이 당신에게 호감을 보입니다.]

하지만 그런 반응을 보이는 것은 극소수 성좌뿐. 대부분은 그저 달아오른 도박판의 열기에 휩쓸릴 뿐이었다.

[하하핫! 미친놈이군! 그렇다면 나도 50만 코인을 걸겠다!]

처음부터 빙화신녀 편을 든 '성급한 늪의 포식자'가 포문을 열었다. 그러자 그때까지 구경만 하던 다른 성좌도 하나둘 참전하기 시작했다.

[성좌, '고요한 섬의 미식가'가 화신 '제갈령령'에게 2만 코인을 걸었습니다.]

[성좌, '하얀 성의 주인'이 화신 '제갈령령'에게 3만 코인을 걸었습니다.]

(…)

메시지가 우후죽순으로 쏟아졌다. 대부분 빙화신녀 제갈령령에게 코인을 거는 메시지. 유중혁 쪽에 건 성좌는 나를 비롯한 극소수에 불과했다.

[성좌, '가장 어두운 봄의 여왕'이 화신 '유중혁'에게 30만 코인을 걸었습니다.]

……응? 반사적으로 페르세포네를 돌아보자, 그녀는 여전히 알 수 없는 미소를 짓고 있었다. 나는 조금 걱정스러운 목소리로 물었다.

[……괜찮으시겠습니까?]

[음? 무엇이 괜찮으냐 묻는 건가요?]

반문에 할 말이 없어진 것은 나였다. 하긴 페르세포네쯤 되면 30만 코인 정도 거는 건 아무것도 아닐지 모르겠군.

그런데 나를 대신해 참견한 이가 있었다.

[험, 할망구. 그렇게 비자금 막 걸어대면 하데스가 잔소리 안 하는가?]

[저는 할머니가 아니니까 '양산형 제작자'께서는 말을 삼가시죠.]

[큼, 그만큼 나이 처먹었으면 할망구지 뭘.]

[타르타로스에 처박히기 싫으면 입조심을…… 잠깐만, 설마 당신도 걸었나요?]

페르세포네의 물음에 '양산형 제작자'가 히죽 웃었다.

[성좌, '양산형 제작자'가 화신 '유중혁'에게 15만 코인을 걸었습니다.]

'양산형 제작자'가 나를 보며 말했다.

[이번 달 '도깨비 보따리' 정산금이 신통치 않아서 많이 걸진 않았네.]

실제로 그는 정확히 내가 산 '에오렌의 검'의 가격만큼을 걸었다. 어쨌거나 한두 푼이라도 이쪽에 걸어줬다는 게 고마울 따름이었다.

덕택에 더욱 흥분한 성좌들이 마구 코인을 걸어대고 있었으니까.

[성좌, '환희와 축제의 여신'이 화신 '제갈령령'에게 5만 코인을 걸었습니다.]

내기에 걸린 코인은 눈덩이처럼 불어나 어느새 600만을 돌파했다. 그쯤 되자 미식협의 어떤 성좌라도 눈이 돌아가지 않을 수 없었다.

[죽여! 빨리 죽여버리라고!]

[코인 뺏기면 죽여버린다!]

투기장에 온 인간과 하등 다를 바 없는 모습……

그만한 이야기들을 겪었는데도 이런 일에 흥분하다니 이상하게 느껴질 정도였다. 내 마음을 읽었는지 '양산형 제작자'가 웃었다.

[그만한 '이야기'들을 겪었으니 이런 '이야기'에 더욱 굶주리는 거야.]

[……그럴지도 모르겠군요.]

[인간이든 성좌든, 이야기 앞에서는 모두 어린아이일 뿐이니까. 그런데 승산은 있는 건가?]

[혹시 불안해지셨습니까?]

[크험, 아니, 그런 게 아니고……]

[승산이 없으면 만들어야죠.]

이건 배수의 진이나 마찬가지였다. 여기서 유중혁이 죽는다면 이번 회차는 망하게 된다. 어차피 상황이 그렇게 돌아갈 거라면 제대로 결착을 보는 편이 낫다.

[전용 스킬, '전지적 독자 시점'을 발동합니다!]

우리는 지지 않을 것이다.

[현재 대상과 연결이 불가능한 상태입니다.]

어쭈, 유중혁…… 여전히 그렇게 나오신다 이거지.

하지만 방법이 이것뿐인 것은 아니다.

"비유."

[바앗.]

기다렸다는 듯, 비유가 손을 움직여 내 눈앞에 개인 패널을 띄워주었다. 곧이어 화면이 펼쳐졌다.

—크라라라라라라라!

괴이쩍은 울음을 토해내는 '성급한 늪의 포식자'가 커다란 아가리를 벌린 채 끔찍한 독무毒霧를 뿜어내고 있었다.

—으아아아아아악!

살포된 연기에 닿은 무림인들이 통째로 산화하며 비명을

질러댔다. 강림 상태로 보아 '성급한 늪의 포식자'는 대충 삼분의 일을 상회하는 수준의 '격'을 사용하고 있는 듯했다. 말이 삼분의 일이지 대회장을 충분히 초토화하고도 남는 수준이었다.

주변 성좌들이 개연성을 지원해준 덕도 컸다.

괴룡의 발길질에 대회장 지반이 모두 갈려나갔다. 무지막지한 파괴력이지만 피스 랜드나 암흑성 때만큼은 아니었다. 그때는 무려 '이계의 신격'이 강림했으니까. 하지만 피스 랜드나 암흑성 때보다 상황이 낫다고 장담할 수 있는 것도 아니었다.

피스 랜드 때는 '역설의 백청' 키리오스가 있었고, 암흑성 때는 '고려제일검' 척준경이 있었다.

그럼 지금은 누가 있냐고?

[성좌, '구원의 마왕'이 화신 '유중혁'을 바라봅니다.]

내 메시지에 유중혁이 귀찮은 듯 인상을 찌푸렸다.
"김독자. 일은 끝났나?"

[성좌, '구원의 마왕'이 아직 진행 중이라고 말합니다.]

"아직도?"
순간, 유중혁 눈동자에 의심의 그림자가 스쳤다. '성급한 늪의 포식자'를 노려보던 유중혁이 물었다.

"혹시 네놈 때문에 저런 게 나타난 건가?"

눈치 빠른 자식.

"……김독자."

그야말로 엄청난 분노였다. 나는 사과의 의미로 손을 내밀었다.

[성좌, '구원의 마왕'이 화신 '유중혁'에게 100코인을 후원했습니다.]

"필요 없다!"

그리고 '성급한 늪의 포식자'가 움직였다. 행성의 모든 늪지대를 관장하는 태고의 도마뱀. 도마뱀 등허리에는, 한때 빙화신녀이던 존재의 머리가 불쑥 솟아 있었다.

아아아아아아아!

자기 신체를 빼앗긴 화신의 끔찍한 비명. 그 비명을 전주 삼아 달려온 도마뱀이 유중혁을 향해 거대한 꼬리를 휘둘렀다.

"큭……."

꼬리에 스친 것만으로도 유중혁의 몸을 감싸던 호신강기가 큰 타격을 받았다.

아직 유중혁은 초월형 2단계에 오르지 못한 듯했다. 하긴 아무리 유중혁이라도 두 주 만에 초월형을 한 단계 끌어올리는 건 무리였겠지. 1단계 상태로 빙화신녀를 저렇게 몰아붙인 것만도 가히 악마의 재능이라 할 수 있다.

그렇다면 시간은 많지 않다.

[성좌, '구원의 마왕'이 빙의를 요청합니다.]

유중혁은 이미 몇 번이나 [전지적 독자 시점]을 겪어봤으니, 이렇게만 말하면 무슨 뜻인지 알아들을 것이다. 그런데 유중혁의 반응이 뜻밖이었다.

"싫다."

[성좌, '구원의 마왕'이 이대로 가면 모두 죽는다고 말합니다.]

"나는 죽지 않는다."

[성좌, '구원의 마왕'이 고집을 부릴 때가 아니라고 말합니다.]

유중혁에게 강림해 [전인화]를 사용한다 해도 저 괴물을 쓰러뜨릴 수 있다는 확신은 없었다. 지난번처럼 [제4의 벽]을 이용하는 방법도 있겠지만, 그건 정신 계통 스킬을 사용하는 성좌에게나 유효한 일이었다.

쿠오오오!

유중혁이 재빠른 발놀림으로 공격을 피해나가자, 열반은 '성급한 늪의 포식자'가 다시 한번 독무를 준비했다. 입가에서 터지는 스파크의 수위로 봐서, 이번에는 정말 엄청난 공격이 밀어닥칠 듯했다.

나는 계속 재촉했으나 유중혁은 요지부동이었다.

"가서 네가 할 일이나 해라, 김독자."

예상 밖 사태였다. 아니, 이 자식이 왜 이렇게 고집을 부리지? 황급히 주변을 돌아보았다. 이렇게 되었으니 무도 대회가 망하더라도 다른 손을 빌리는 수밖에 없다.

그리고 이 자리에 우리를 도와줄 강자는 하나뿐이었다.

파천검성 남궁민영.

그녀는 키리오스나 척준경에게도 밀리지 않는 실력자니까 저 괴물을 충분히 상대할 수 있을 것이다. 얼마 지나지 않아, 나는 객석에 앉아 만두를 먹고 있는 파천검성을 발견했다.

[성좌, '구원의 마왕'이 도움을 요청합니다.]

내 메시지에도 파천검성은 부지런히 만두만 씹을 뿐이었다. 가끔 곁에 다리를 모으고 앉아 있는 파천신군의 입에 만두를 넣어주기도 했다. 장하영과 한명오도 바로 아래쪽 자리에 나란히 앉아 꾸역꾸역 만두를 처먹고 있었다.

아니, 이 인간들 대체 뭘 하는 거야?

나는 안달이 나서 다시 메시지를 보냈다.

[성좌, '구원의 마왕'이……]

유중혁이 반응한 것은 그때였다.

"신유승. 듣고 있나?"

그 말에 비유가 모습을 드러냈다.

[……바앗?]

"김독자의 화면을 꺼라."

비유가 곤란하다는 듯 유중혁을 마주 보았다.

신유승의 기억이 얼마나 남아 있는지는 모르겠지만, 생각해 보면 이 둘은 꽤 복잡한 관계였다.

하지만 그건 어디까지나 환생 전 이야기고, 지금은 다르다. 이제 내 도깨비가 된 비유가 유중혁 네 녀석의 말을 들어줄 이유가 없다, 이거야.

그런데 내 어깨에 올라타 있던 비유가 갑자기 미안하다는 얼굴로 나를 바라보았다.

[바앗, 바아앗…….]

"……비유?"

[바아앗…… 쿠…… 쿠울…….]

터무니없는 연기와 함께 비유가 스르르 잠에 빠져드는 시늉을 했다. 동시에 개인 화면이 꺼지고 유중혁의 모습이 사라졌다.

[연결이 끊어졌습니다.]

"아니, 이게 뭔……?"

어떻게 된 상황인지 알 수가 없었다. 갑자기 비유가 왜?

멸살법 수정본에도 이런 상황에 대한 언급은 없는데?

—우와아아아아아!

어디선가 갑자기 함성이 터져나와서 나는 무대 쪽에 설치된 패널로 시선을 돌렸다.

[저것은……?]

놀란 성좌들이 하나둘 몸을 띄워 패널을 향해 다가가고 있었다.

어느새 페르세포네와 '양산형 제작자'도 패널을 향해 바짝 다가가 있었다. 백여 명에 달하는 성좌가 동시에 모여드는 바람에 화면은 완전히 가려지고 말았다.

[아니, 잠깐만! 좀 비켜봐요!]

틈을 비집고 들어가려 했지만 성좌들의 결집이 너무나 단단했다. 내가 들을 수 있었던 것은 화면이 번쩍이며 내리치는 천둥소리뿐.

하지만 소리만으로도 분명히 알 수 있었다.

파천검뢰.

내가 훔쳐 쓰던 것과 차원이 다른, 진정한 검의 뇌격이었다.

갸아아아아아악!

엄청난 타격을 입은 듯 '성급한 늪의 포식자'의 비명이 들려왔다. 저만한 수준의 무공이라면 보지 않아도 답은 뻔했다.

다행히 파천검성이 나섰구나.

가까스로 안도의 한숨이 나왔다. 파천검성이 나섰으니 유중혁은 무사할 것이다. 덕택에 대회는 무산되겠지만…… 유중혁이 죽는 것보다야 백배 천배 나은 결말이다.

그런데 누군가가 외쳤다.

─파천검성의 제자!

─파천검희破天劍嬉다!

……파천검희?

[화신의 무공이라고 얕볼 것이 아니었군.]

[허, 어떻게 저런…… 고작 초월좌의 힘으로……?]

[하하핫, 재미있는 능력이군. 혹시 〈아스가르드〉의 그놈이 벌인 짓인가?]

[내 취향은 아니군요.]

알 수 없는 진언들이 홀을 뜨겁게 달구었다.

[성좌, '긴고아의 죄수'가 경악합니다.]

[성별 바꾸기를 좋아하는 한 성좌가 즐거움에 몸부림칩니다.]

[성좌, '악마 같은 불의 심판자'가 분통함에 눈물을 흘립니다.]

채널에서도, 연회 홀에서도.

범람하는 메시지에 나는 현기증이 날 지경이었다.

[내 코인! 안 된다! 내 코인……!]

[으아아아아아아!]

아니, 대체 무슨 일이 벌어지고 있길래…….

나는 숨을 힘껏 들이켠 뒤, 격을 발출하며 성좌들을 헤치고 앞으로 나아갔다. 그렇게 간신히 패널 앞까지 도달했을 때, 화면에서 다시 한번 엄청난 뇌격이 내리쳤다.

강력한 뇌전에 화면 전체가 하얗게 물들었다. 빛은 천천히 사그라들었고, 빛이 사라진 자리에는 까맣게 타버린 잿빛 가루가 눈처럼 흩날렸다.

그 눈을 맞으며, 한 사내가 고고히 서 있었다.

오만한 표정으로 자신의 검을 치켜든 유중혁이었다.

녀석 발아래에, 뇌전에 새카맣게 타버린 거대한 도마뱀이 축 늘어져 있었다. 도마뱀 사체를 밟고 넘어서 대회장 한쪽 구석으로 다가간 유중혁은, 누구의 허락도 없이 그곳에 꽂힌 흑색 마도魔刀를 뽑아 들었다.

―이 대회에 2등은 없다.

'흑천마도'였다.

―그러니 이건 내 것이다.

뒤늦게 사회자 목소리가 울려 퍼졌다.

―무도 대회 우승자가 결정됐습니다!

대체 어떻게 그런 일이 가능했는지는 모르겠다.
눈을 씻고 다시 봐도, 상황은 명백했다.
파천검성이 아니라…… 유중혁이 해치웠다고?

―우승자는 파천검회 유중혁입니다!

아니, 그러니까 파천검회가 대체 뭐……?
내 의문은 길게 가지 않았다. 귓가에 시스템 메시지가 폭주
했기 때문이다.

[서브 시나리오 - '미식협의 내기'가 종료됐습니다!]
[당신은 내기에서 승리했습니다.]
[새로운 설화를 획득했습니다!]
[설화, '기적의 도박사'를 획득했습니다.]

그리고 어디선가 동전이 떨어지는 듯한 소리가 들렸다.

[서브 시나리오 보상을 획득했습니다.]

나는 반사적으로 코인 현황을 확인했다.

마치 숫자를 감당하기 버겁다는 것처럼, 삐걱거리며 올라가는 숫자들.

[보유 코인: 1,986,725C]

(⋯)

[보유 코인: 2,790,876C]

(⋯)

[보유 코인: 3,890,875C]

성좌들이 내건 눈먼 코인이, 내 잔고 위로 폭설처럼 쌓이고 있었다.

[보유 코인: 5,490,875C]

끝없이 올라간 코인은, 마침내 정점을 찍고서야 멈춰 섰다.

나는 그 믿을 수 없는 숫자에 몇 번이고 눈을 의심했다.

[⋯⋯젊은이, 얼마 벌었나?]

곁을 돌아보니 멍한 얼굴의 '양산형 제작자'가 보였다.

이 영감님도 아까 15만 코인을 걸었으니 분명 상당한 수입을 거뒀을 것이다. 나만 해도 최소 5배 배당인 셈이니…….

[성좌, '긴고아의 죄수'가 당신을 부러워합니다!]

[성좌, '심장을 노리는 고리대금업자'가 당신의 코인을 탐냅니다!]

늘 고고한 표정을 짓던 페르세포네조차 입꼬리를 실룩이고
있었다. 참고로 명계의 여왕님은 30만 코인을 걸었다. 명계도
한몫 톡톡히 챙겼겠는데?

[말도 안 돼! 이건 말도 안 된다!]

우리 셋을 제외한 대다수 성좌는 크게 절망한 얼굴이었다.
표정만 봐도 다들 얼마나 걸었는지 알 만했다. 심심풀이로 소
액을 건 성좌들은 그저 아쉽다는 표정이었지만, 10만 코인 이
상 걸어댄 성좌들은…….

[으아아아아아!]

분노로 맛이 가고 있었다. 심지어 파산할 정도로 걸어댄 성
좌도 있는 모양이었다. 예컨대 저 녀석.

[성좌, '성급한 늪의 포식자'가 당신에게 엄청난 적의를 드러냅니다.]

쿠구구구구구!

[저놈 잡아!]

'성급한 늪의 포식자'를 비롯해 코인을 잃은 성좌들이 내 쪽
으로 다가오고 있었다. 코인과 함께 이성마저 잃어버렸는지,

당장이라도 나를 스틱스 강물에 처박을 기세였다. 눈치를 보던 성좌들이 내 곁에서 물러났다. 하지만 물러서지 않은 성좌도 있었다.

명계의 여왕, 페르세포네였다.

[다들 물러서세요. 대체 어디까지 추해질 셈인가요?]

차가운 밤공기를 연상시키는 격이 울리자, 다가오던 성좌들도 주춤거렸다. 하지만 몇몇은 밤바람 정도로는 식힐 수 없을 만큼 흥분해 있었다.

[명계의 여왕! 지금 코인 좀 땄다고 그러는 거요?]

[당신한텐 볼일 없으니 비키시오!]

분위기가 격앙되자 그때까지 지켜보고 있던 고위급 성좌들도 끼어들었다.

[모두 예의를 지키세요.]

페르세포네와 친분이 있는 '새벽 별의 여신'이었다. 하지만 이미 눈깔이 돌아가버린 '성급한 늪의 포식자'는 주저하지 않았다.

[예의? 예의는 쥐뿔……!]

코앞까지 다가온 '성급한 늪의 포식자'가 격을 발출하자, 다른 성좌들도 동시에 격을 터트렸다. 허공에 터져나온 강력한 스파크와 함께 격의 충돌이 예고되려는 바로 그 순간.

[성좌, '구원의 마왕'이 사용한 소원권이 효력을 발휘합니다.]

홀 전체를 뒤덮는 눈부신 스파크가 튀며, 흥분한 성좌들의 움직임이 일순 멈췄다. 다들 주춤거리는 사이 홀 천장에 포털이 열렸다.

포털 너머에서 불길한 아우라가 넘실대고 있었다.

'이계의 신격'은 아니었다.

하지만 그에 못지않은 엄청난 것이 있음은 분명했다.

누구지? 이 정도면 분명 최고위급 성좌나…….

대기를 찢는 듯한 폭음과 함께 낯선 존재가 포털을 뚫고 나왔다. 현묘하기 짝이 없는 아우라를 전신에 휘감은 존재.

그러나 그 존재는 신격도, 성좌도 아니었다.

마술사 같은 시커먼 복장에, 고풍스러운 지팡이를 짚고 나타난 사내.

[……대도깨비?]

그는 대도깨비였다.

[오랜만이군요, 성좌 여러분.]

단 한 마디에 장내는 찬물을 끼얹은 듯 조용해졌다. 강압적인 침묵이었다. 격을 발출하던 성좌들도, 소리를 질러대던 성좌들도 모두 숨을 죽였다.

[<스타 스트림>의 규율이 '미식협'의 모든 성좌를 속박합니다.]

이 자리의 성좌들을 속박할 수 있을 정도의 개연성. 아무리 채널 운영권을 가졌더라도 보통 도깨비라면 절대로 불가능한 일이었다.

[으, 으어…….]

고위급 성좌의 위협에도 굴하지 않던 '성급한 늪의 포식자' 조차 하얗게 탈색된 얼굴로 뒷걸음질을 쳤다. 나는 원작에서 저 도깨비의 묘사를 보았다.

「스타 스트림에서 도깨비 등급은 크게 넷으로 나뉜다. 하급, 중급, 준상급, 그리고 상급. 그런데 그 위에도 도깨비는 존재한다.」
「스타 스트림의 도깨비들을 통솔하는 열두 수좌首座.」

도깨비 머리에 돋아난, 일곱 개의 붉은색 뿔.
스타 스트림은 그들을 '대도깨비'라 부른다.
[죄송하지만, 파티는 여기서 끝입니다.]

✄ ✄ ✄

한창 멸살법을 읽을 적, 성좌와 도깨비의 관계에 의문을 가진 적이 있었다.

아무리 도깨비에게 특수한 힘이 있다 해도, 고위급 성좌쯤 되면 도깨비 한두 마리쯤 쳐 죽이는 것은 일도 아니다. 그런데 그만한 힘을 가진 성좌들도, 도깨비만큼은 함부로 건드리지 않는다. 아무리 짜증 나는 시나리오를 열더라도 결코 도깨비를 죽이는 법은 없다.

……왜냐고?

그 이유가 지금 바로 눈앞에 펼쳐지고 있었다.

츠츠츠츠츠!

단 한 번의 손짓으로, 미식협 전체를 옭아매는 개연성의 그물이 펼쳐졌다. 이제껏 본 적 없는 밀도 높은 스파크.

이 또한 '설화'의 힘이었다.

아마도 이 세계에서 가장 강력한 존재에게서 빌린 '설화'.

설화급이든 위인급이든, 여기서 나가려고 하면 스파크의 폭풍에 휘말려 소멸할 것이 분명했다. '목요일의 천둥'이나 '새벽 별의 여신' 같은 고위급 성좌조차 한껏 불쾌한 기색만 내비칠 뿐 어떤 불평도 하지 않았다.

먼저 입을 연 것은 페르세포네였다.

[대도깨비 '하롱'. 오랜만이군요.]

대도깨비가 이쪽을 천천히 돌아보았다.

[오랜만입니다. 명계의 여왕.]

['이야기의 왕'께서는 잘 계신가요?]

[왕께서는 무탈하십니다.]

상대가 상대이기 때문일까, 페르세포네의 표정에도 이제껏 찾을 수 없던 긴장감이 맴돌았다.

[이곳엔 무슨 일로 온 거죠? 게다가 집행부 도깨비까지 이끌고…….]

언젠가 본 집행부 도깨비들이 대도깨비의 배후에 전열을 갖추고 있었다. 그들이 발산하는 무시무시한 기세는 미식협 성좌들 못지않았다. 당연한 일일 것이다.

집행부 도깨비들은 한때 '성좌'이던 존재니까.

대도깨비는 페르세포네의 말에 곧바로 대답하는 대신 고요한 눈으로 성좌들을 쓸어 보았다.

['코인'을 대출하신 성좌님들을 좀 모셔 가야겠습니다.]

[……코인?]

그 순간, 신음을 흘린 몇몇 성좌가 달아나기 시작했다. '양산형 제작자'가 이해했다는 듯 중얼거렸다.

[정말 미련한 자들이로군…….]

아무래도 이번 도박판에 끼기 위해 도깨비에게 코인을 빌린 성좌가 있는 모양이었다. 우습게도 개중에 '성급한 늪의 포식자'가 끼어 있었다.

[으으으…… 비켜, 비켜라!]

그는 대도깨비가 펼친 개연성의 그물을 찢기 위해 스파크가 튀는 벽으로 달려들었다.

[끄아아아아악!]

대도깨비의 그물은 강력했다. 손이 닿는 순간 '성급한 늪의 포식자'가 과장된 비명을 지르며 나동그라졌다. 집행부 도깨비들이 달려들어 그의 화신체를 간단히 구속했다.

[봐라, 이거 봐!]

줄줄이 엮이는 성좌들을 보며, 나는 왜 하필 지금 이곳에 도깨비가 나타났는지 생각했다. 정확한 연유는 모르겠지만, 아마 내 소원권의 개연성이 영향을 끼친 게 아닐까 싶었다.

이 세계에서 도깨비는 개연성에 가장 예민한 종족이니까.

순식간에 모든 채무좌債務座를 구속한 대도깨비가 포털 너머로 그들을 이송하기 시작했다. 이제 이곳에는 볼일 따위 없다는 듯 신속한 움직임이었다. 대도깨비는 인사도 남기지 않은 채 그저 몇몇 성좌를 경고하듯 노려보다가 자리를 떴다.

마지막으로 포털이 닫히려는 순간, 대도깨비가 나를 바라보았다.

그 서늘한 눈동자 너머에서 누군가가 나에게 이야기하고 있었다.

「너무 시끄럽게 굴지 마라, 아가야. '왕'께서 너를 보고 계시니.」

3

대도깨비가 다녀간 후 미식협은 폐회했다. 파티가 그런 식으로 끝났으니 당연한 일이었다. 다시 각자의 별자리로 돌아갈 시간이 된 것이다.

나는 연회 홀이 혼란한 틈을 타서 조용히 성 밖으로 빠져나왔다.

상당수 성좌가 관리국으로 끌려갔지만, 여전히 내게 적의를 보이는 성좌도 남아 있었다. 그러니 녀석들이 내 뒤를 캐려 하기 전에 이곳을 뜰 필요가 있었다.

그런데 오로성 입구에서 미처 생각하지 못한 난관에 부딪혔다.

……어떻게 돌아가지?

안내인도 마차도 보이지 않는다. 여기서 지체하다가는 자칫 다른 성좌들에게 붙잡힐 수 있는데…….

그때 성 모퉁이에서 엔진 소리와 함께 뭔가 달려왔다.

말끔한 유선형 몸체를 가진 고급 스포츠카.

'SSS급 페라르기니'를 연상케 하는 자동차였다.

잠깐만. 그러고 보니 그 차를 만든 게…….

끼이이익, 하는 소리와 함께 스포츠카가 내 앞에 멈춰 섰다. 창문이 열리고, 허허로운 백발에 선글라스를 걸친 노인이 나타났다.

[타게, 젊은이.]

'양산형 제작자'였다.

¤ ¤ ¤

뒷문을 여는 순간 휠베이스가 길어지더니 차체가 리무진 형태로 바뀌었다. 나는 그 기묘한 광경에 순수하게 감탄하며 뒷좌석에 올라탔다.

이거라면 몇 명이든 탈 수 있겠는데. 혹시 이 차도 팔려나?

탄탄한 방마防魔 소재로 만들어진 차체는 외형뿐만 아니라 내부도 준수했다. 나는 리무진 냉장고에 채워진 아이스티를 꺼내 쪼록 마시며 차 안 곳곳을 살폈다.

운전석에는 '양산형 제작자'가, 그리고 조수석에는 페르세포네가 앉아 있었다. 페르세포네는 아까부터 누군가와 통신을 나누는 중이었다.

어쩌면 아까 나타난 대도깨비와 관련된 것일지도 모른다.

"양산형 제작자, 배려에 감사드립니다. 그런데 질문이 있습니다."

[흐음, 뭔가?]

"······왜 이 여자가 같이 있는 겁니까?"

나는 내 옆자리에 앉아 있는 안나 크로프트를 노려보며 물었다. 그러자 '양산형 제작자'가 히죽거렸다.

[허허, 갈 때 태워주기로 약속했네. 너무 싸우지들 말게.]

불쾌한 상황이지만 차도 얻어 타는 마당에 불평할 수도 없었다. 나는 한숨을 내쉬며 동행인을 살폈다. 뒷좌석에는 나를 포함해 〈아스가르드〉 3인방이 타고 있었다.

지쳐 쓰러진 이리스와 기절한 셀레나 킴까지. 둘의 상태를 살피던 안나 크로프트가 지나치듯 입을 열었다.

"당신이 돕지 않았어도 이리스는 살았을 겁니다."

"알아. 아마 '목요일의 천둥'이 살려줬겠지. 안 그래?"

내 말에 안나 크로프트가 입술을 깨물었다.

안나 크로프트는 누구보다 냉정하고 잔인한 화신이지만, 자신의 것이 된 '사람'만큼은 잃지 않는다. 실제로 원작에서 안나 크로프트가 벌인 비슷한 이벤트에서도, 안나의 동료들은 죽지 않았다.

오히려 그 시나리오를 통해 각성의 계기를 얻었을 뿐.

죽은 것은 다른 사람들이었다.

"이리스가 좋은 배후성을 얻을 기회였는데, 당신이 다 망쳤습니다. 내가 본 미래는 결코 이렇지 않았는데……."

"그 애도 그딴 식으로 배후성을 얻고 싶진 않았을 거야."

"성좌인 당신은 모릅니다."

[쯧쯧. 사이좋게 지내라니까, 안 되겠구만.]

리무진의 형태가 변하더니, 내 좌석이 괴이한 움직임을 보였다. 시야가 한 바퀴 도는가 싶더니 나는 어느새 페르세포네가 있던 조수석으로 와 있었다. '양산형 제작자'가 나와 페르세포네의 자리를 바꾼 것이다.

땍땍거리는 게 듣기 싫었던 모양인지 앞좌석과 뒷좌석 사이에 방음벽까지 세워져 있었다.

'양산형 제작자'가 말했다.

[성좌뿐만 아니라 화신과도 사이가 나쁘군그래. 너무 적을 많이 만들지 말게.]

"저도 적을 만들고 싶지는 않습니다."

실제로, 나는 여기에 적이 아니라 동료를 구하러 왔다.

결과적으로는 이 모양이지만.

'양산형 제작자'는 품속에서 전자담배를 꺼내 물며 말을 이었다.

[자네가 만드는 설화에서는 분노가 느껴져. 이 세계와 성좌들에 대한 강한 분노가.]

나는 뭐라 말하려다 도로 입을 다물었다.

[오늘 못 볼 꼴을 많이 봤다는 걸 아네.]

"그렇지도 않습니다."

'양산형 제작자'가 허허 웃었다. 어쩐지 분위기가 어색해서 나는 품속에서 스마트폰을 꺼내 만지작거렸다. 꺼진 화면 같은 어둠이 차량 전면의 시야를 뒤덮고 있었다. 그 어둠을 고요히 응시하던 '양산형 제작자'의 눈빛에, 아주 희미한 슬픔 같은 것이 스쳤다.

[그래도 그들을 너무 미워하진 말게.]

약간 사이를 두고 나온 말이어서 그의 말을 이해하는 데는 조금 시간이 걸렸다.

[모두 외로움을 견딜 수 없었던 것뿐이니까. 쓰레기 같은 성좌든 고귀한 성좌든…… 모두 그저 '이야기'가 좋아서 저러고 있을 뿐일세.]

설마 '양산형 제작자'가 그런 말을 할 줄은 몰랐기에 당황했다. 묘한 배신감 같은 것이 가슴속을 덮쳤다.

"그렇다고 화신들의 삶을 짓밟아도 되는 건 아닙니다."

그렇게 이야기를 좋아한다면 자기 시나리오를 하면 된다. 남의 시나리오를 망칠 게 아니라, 다음 시나리오로 나아가면 된다. 다른 시나리오에 눈길을 돌리고 정신을 파는 것은, 그저 현실 도피일 뿐이다…….

나는 그렇게 말하려 했다.

그런데 그 순간, 스마트폰이 켜지며 화면이 눈에 들어왔다. 거기에는 내가 읽던 멸살법의 문장들이 출력되고 있었다. 멍하니 그 문장들을 보고 있자, '양산형 제작자'가 물었다.

[자넨 늘 그걸 보고 있군. 빈 메모장에 뭐라도 쓸 참인가?]

그 물음에 답할 말을 찾지 못하다가 이내 힘없이 웃으며 대꾸했다.

"……그냥 이걸 보면 마음이 안정되거든요."

멀리서 암흑 차원의 긴 어둠이 밀려나는 모습이 보였다. 텅 비어 있던 창으로 빛이 들어오고 있었다.

마침내 돌아갈 시간이었다.

47

Episode

마왕 선발전

Omniscient Reader's Viewpoint

1

미식협에 다녀온 지도 어느새 일주일이 지났다. 그 일주일 동안 나는 아주 바쁘게 움직였다. 마왕 선발전까지 남은 시간은 나흘 남짓. 그때까지 모든 준비를 끝마쳐야 했다.

유중혁이 손에 넣은 흑천마도 외에도 아직 무림에는 꽤 쓸 만한 히든 피스들이 남아 있었다. 나는 멸살법 1차 수정본을 열어 히든 피스를 챙길 수 있는 서브 시나리오를 뒤적거렸다.

그동안 틈틈이 수정본을 읽으며 중요한 부분은 대강 살폈지만, 여전히 빠뜨린 부분이 많았다.

"오자마자 되게 바쁘네. 얼굴 한번 제대로 안 비추고."

품에 맞지 않는 큰 소매의 무도복을 걸친 장하영이 삼십 분째 종종걸음으로 나를 쫓아다니며 구시렁댔다. 나는 인상을 찌푸린 채 녀석을 노려보다가 물었다.

"넌 훈련 안 하냐?"

그러자 장하영이 샐쭉 입술을 내밀며 대꾸했다.

"열심히 하고 있거든?"

"열심히는 무슨. 만두만 처먹고 있던데."

"너도 만두만 처먹으면서 폐관 수련 한번 해볼래?"

왜 이렇게 귀찮게 구는 건가 싶었는데, 문득 떠오르는 것이 있었다.

"아, 너 대회에서 3등 했다며? 별일이네."

흠칫 어깨를 떨던 장하영이 짐짓 다른 곳을 보는 척하며 말했다.

"별것도 아니던데?"

입꼬리가 실룩거리는 걸 보니 기분이 꽤 좋은 모양이다. 뭐 때문에 그렇게 쫓아다녔는지 알겠구만. 솔직하지 못한 녀석 같으니.

"상품은 받았어? '마혼단'이지?"

"응."

"줘봐."

"왜?"

장하영이 의심 가득한 표정으로 뒷걸음쳤다. 나는 한숨을 쉬며 말했다.

"빼앗으려는 거 아냐. 어차피 너 그거 그대로는 못 먹잖아."

어두운 표정을 보아하니 유중혁에게도 이미 한 소리 들은 모양이었다. 보나 마나 흑천마도를 뽑으며 이런 식의 이야기를 떠들었겠지.

「그걸 그냥 먹으면 주화입마에 걸려 전신의 혈도가 모두 터져 죽는
다. 여기서 '마혼단'을 안전하게 흡수할 수 있는 사람은 단 한 명뿐이
지.」

그러니 장하영이 이렇게 질색하는 것도 이해가 간다.

"싫으면 안 줘도 돼. 네가 스스로 노력해서 얻은 거잖아."

아직은 신뢰 관계가 충분치 않으니 장하영이 나를 믿지 않
아도 어쩔 수 없다고 생각했다.

그 순간 장하영이 작은 손을 불쑥 내밀었다.

"……그런 건 아냐. 어차피 너 아니었으면 얻지도 못했을 테
니까."

툭, 하는 소리와 함께 내 손에 작은 환약 한 알이 떨어졌다.
제1 무림의 3대 영약 중 하나인 마혼단이었다. 나는 씩 웃으
며 말했다.

"기다려봐."

이 거무튀튀한 약은 과거 혈마교에서 천 명에 달하는 고수
의 혼백을 정제해 만들었다는, 끔찍한 전사前史가 있다. 단 한
알로 임독양맥任督兩脈을 타통하고 초일류의 공력을 얻을 수
있지만, 혼백의 저주로 인해 복용자가 마기에 찌든 광인이 된
다는 저주받은 환약.

유중혁이야 본래부터 맛이 가 있는 녀석이니 논외로 치더

라도, 장하영은 이걸 먹으면 반드시 죽을 것이다.

"어디 보자……."

하지만 어떤 시나리오든 꼼수가 있듯, 저주받은 아이템이라고 해서 사용하지 못할 건 없다. 실제로 멸살법에서도 비천호리가 이 환단을 흡수하는 장면이 나오는데, 나는 그 장면을 똑똑히 기억한다.

「세 알의 대환단大還丹만 있으면 돼. 결국 모든 건 균형과 조화야. 마기가 문제라면 정기를 공급하면 되는 거지.」

세 알의 대환단을 마혼단과 함께 빻아서 섭취하면 저주를 피할 수 있다. 말은 쉽다. 문제는 마혼단과 함께 3대 영약으로 손꼽히는 대환단을 대체 어떻게 구하냐는 것인데 사실 나한테는 큰 문제가 아니었다.

"비유."

나는 비유를 불러 '도깨비 보따리'를 열었다. 기다렸다는 듯 추천 상품 목록에 '대환단'이 떠올라 있었다. 과연 도깨비 녀석들 빅데이터는 무서운 데가 있다.

[추천 상품 목록]

* 대환단 - 200,000C / 재고: 5

20만 코인이라.

평소였다면 고민을 좀 할 가격이지만 이제는 다르다. 나는 일부러 화면을 공개 상태로 전환한 채 상품을 구매했다.

[아이템 '대환단' 3개를 구매했습니다.]
[총 600,000코인을 사용했습니다.]

그러자 채널 메시지가 줄지어 떠올랐다.

[일부 성좌가 당신의 과소비를 부러워합니다.]
[소수의 성좌가 대환단의 성능을 궁금해합니다.]
[몇몇 성좌가 대환단의 성능을 알려준다면 500코인을 후원하겠다고 말합니다.]

"6, 60만 코인?!"

지나가던 한명오가 개밥그릇을 든 채 부들부들 떨고 있었다. 파천신군의 식사를 준비 중인 모양이다.

"자네…… 부자가 되었다는 말은 들었네만."

"마침 잘됐네요. 이것도 가져가서 좀 빻아주세요."

"이, 이건 뭔가? 영약 같은 건가?"

"괜히 호기심에 드시진 말고요. 잘못 먹으면 마왕의 저주에 걸릴 겁니다."

마왕의 저주라는 말에 안색이 창백해진 한명오가 내게서 환약들을 받아 재빨리 갈아 왔다. 네 알의 환단은 고운 가루가 되어 있었다. 나는 장하영을 향해 불쑥 그릇을 내밀었다.

"나 가루약 못 먹는데."

"이번만 참아. 코 막고 물이랑 같이 삼켜."

"근데…… 이거 내가 먹어도 돼?"

"나나 유중혁은 먹어봤자 크게 도움이 안 돼. 하지만 넌 다르지."

유중혁은 마혼단을 먹지 않아도 이미 마력 운용 체계가 충분히 잡혀 있을 테고, 내게는 「어린 골드 드래곤의 망가진 심장」이 있다. 하지만 장하영은 한창 마력 부족에 시달리고 있을 것이다.

장하영이 계속 머뭇거리기에 내가 말했다.

"안 먹을 거면 내놓든가."

"먹을 거야!"

호로록 약을 입에 털어 넣은 장하영이 물과 함께 쓴맛을 삼켰다.

장하영이 그릇을 내려놓자 주변에서 기회만 보던 파천신군이 달려들어 그릇을 열심히 핥았다.

자신의 상태를 살피던 장하영이 고개를 갸웃하며 말했다.

"……별 느낌 없는데?"

"효능은 내일쯤 나타날 거야. 체내에서 환약의 기운이 어우러질 시간이 필요하니까."

알아들었다는 듯 장하영이 고개를 끄덕였다. 곁에서 이야기를 듣던 한명오가 재차 끼어든 것은 그때였다.

"이보게, 독자 씨."

돌아보니 뭔가 예상하던 광경이 펼쳐지고 있었다.

"혹시 이 차는…… 미식협에서 받았나?"

그가 말하는 '차'란, 장원 한쪽 구석에 방치된 'X급 페라르기니'였다.

암흑 차원의 단층을 가로지를 수 있는 늘씬한 검은색 차체를 보고 있자니, 문득 '양산형 제작자'의 말이 떠올랐다.

─너무 적을 많이 만들지 말게.

내가 아는 성좌들과는 확실히 다른 면이 있는 성좌였다. 이 차를 공짜로 줬다면 더 괜찮은 기억으로 남았을 텐데.

"미식협이 무슨 자선 단체라고 저런 걸 주겠습니까. 리스로 산 거예요."

"리스? 어, 얼마에……."

"한 달에 5만 코인이었나."

"5, 5만 코인? 자네 대체 코인을 얼마나 번 건가?"

"대충 480만 코인 정도요."

480만 코인이라는 말에 장하영과 한명오의 입이 동시에 떡 벌어졌다. 장하영이 물었다.

"저기…… 너 화신 더 안 구해?"

"왜, 내 화신 하게?"

내가 피식 웃으며 대꾸하자 장하영이 소리쳤다.

"그냥 궁금해서 물어본 거야! 그리고 난 이미 정해둔 성좌 있거든?"

"성좌? 누구?"

나는 살짝 긴장하며 물었다. 장하영을 화신으로 거두고 싶은 생각은 없지만, 그렇다고 장하영이 엉뚱한 성좌를 배후성으로 고르면 문제가 복잡해진다.

그런데 장하영이 뜻밖의 말을 했다.

"구원의 마왕."

"뭐?"

"난 꼭 그 사람 화신 할 거야."

강렬한 눈빛을 불태우는 모습을 보며 이건 또 무슨 농담인가 싶었는데, 잘 생각해보니 장하영은 아직도 내 수식언을 직접 들은 적이 없었다.

원작에서는 눈치 하나는 끝내주는 녀석이었는데…….

아니, 애초에 내가 구원의 마왕일 턱이 없다고 생각하는지도 모르겠다. 문득 이 녀석을 놀려주고 싶어졌다.

"걔가 너 받아주긴 한대? 연락은 해봤나?"

"아직……."

얼굴을 붉히는 걸 보니 정말로 내가 누군지 모르는 모양이었다. 지켜보던 한명오가 끼어들었다.

"설마 아직도 저 친구 수식언을 모르나?"

"몰라, 아저씬 알아?"

미처 말리기도 전에 눈치 없는 한명오가 나를 가리키며 말했다.

"저 친구가 바로 구원의 마왕일세."

☆ ☆ ☆

그 후 이틀간 장하영은 나를 피해 다녔다.

평소에는 게으름 피우기 바쁘던 녀석이 갑자기 무공 수련이랍시고 연무장에 틀어박혀 나오질 않았다. 그러다 보니 덩달아 스트레스를 받게 된 것은 혼자 연무장을 독차지하던 유중혁이었다.

"또 쓸데없는 짓을 한 모양이군, 김독자."

"……아니, 뭐."

유중혁은 별 대꾸 없이 흑천마도로 휘휘 바닥을 긁으며 연무장을 나갔다. 저건 기분 좋을 때 나오는 동작인데…… 자식, 새 칼 생겼다고 아주 신이 난 모양이다.

연무장에서는 장하영이 더미를 두들기는 소리가 반복해서 울려 퍼지고 있었다. 내가 밤마다 이불에 발차기를 하던 것과 비슷한 소리였다.

"누가 성좌 아니랄까 봐 훔쳐보는 취미가 있는 모양이구나."

돌아서자 그곳에는 초장신의 여인이 서 있었다.

내가 입을 열려는 순간, 파천검성이 말했다.

"'님'을 붙이지 않으면 궁둥이를 때려주겠다."

"……파천검성 님."

고작 한 음절 단어 때문에 유중혁 꼴이 될 수는 없었다.

"타르타로스에는 다녀오셨습니까?"

"아직. 하지만 네 녀석 덕에 명계의 여왕과 약속을 잡았다."

"다행이군요."

곧 동족을 만날 거라는 기대 때문일까. 파천검성의 무표정한 얼굴에 언뜻 온화한 그림자가 스쳤다.

그나마 그녀를 얻은 것이 이번 여정의 수확이었다. 파천검성은 멸살법 전체에서도 손에 꼽을 정도로 강한 초월좌. 그녀만 있다면 마왕 선발전도 어떻게든 이겨낼 수 있을 것이다.

"궁금한 게 하나 있는데, 여쭤봐도 되겠습니까?"

"허許한다."

"왜 장하영에게 무공을 가르쳐주신 겁니까?"

"녀석은 재능이 있다. 잘 갈고닦으면 새로운 종류의 초월을 달성할 가능성이 있어."

무슨 말인지는 안다. 아마 파천검성도 장하영에게 깃든 '벽'을 느꼈겠지.

하지만 그걸로는 이유가 안 된다.

"저 녀석이 남자라는 건 아실 텐데요."

본래 [파천검도]는 여성에게만 전수되는 무공이다.

유중혁은 어떻게 예외였다 해도, 이 비인부전의 무공이 이렇게 많은 제자를 둔 적은 지금껏 한 번도 없었다.

"아직 애송이로군. 설화에는 본디 해석이 한 가지만 존재하는 것이 아니다."

아리송한 말이었다.

어쩌면 파천검성은 장하영이 전생에 여자였다는 걸 눈치챘는지도 모르겠다.

이윽고 파천검성의 이야기가 시작되었다.

"예전에 알던 사내놈이 생각났다."

"사내요?"

"그래, 사내."

그 순간 나는 파천검성의 '설화에는 본디 하나의 해석만이 존재하지 않는다'라는 말을 완벽히 이해했다.

'사내'라는 말이 애인을 말하는 건지 그냥 남자 사람 친구를 말하는 건지 이토록 혼동이 오는 걸 보면…… 아니지, 아무리 그래도 파천검성한테 애인 따위가 있을 리가.

"아주 잘생긴 녀석이었다. 그게 유일한 장점이었지."

원작에서도 파천검성이 '사내' 이야기를 한 적은 한 번도 없기 때문에 나는 뭔가 기분이 이상해졌다.

"혹시 장하영이 그 전 애인이랑 닮았다든가…… 그런 얘기는 아니겠죠?"

일부러 장난치듯 말해봤는데 뜻밖에도 파천검성이 진지하게 답했다.

"잘생긴 건 닮았지."

이쯤 되니 혹시 유중혁을 받아준 이유도 그냥 잘생겨서가 아닌지 의심스러웠다. 내 실망감을 아랑곳하지 않은 채 파천검성이 계속해서 말했다.

"아주 잘생겼지만, 너무 작아서 가엾은 녀석이었어."

"……작다고요?"

나는 순간 이게 고도의 전 남친 까기일까 아닐까 생각하다가 불현듯 머릿속을 스친 생각에 경악했다.

멸살법에서 파천검성과 인연이 있는 사람. 그리고 그중 '작다'라는 말과 가장 어울리는 사람.

아니, 잠깐만.

설마 두 사람 사이가 안 좋았던 게…….

그때 바깥에서 굉음이 들렸다. 심상치 않은 기운이 장원을 비롯한 청룡성 일대를 장악하고 있었다. 나와 파천검성이 동시에 연무장 밖으로 뛰어나갔다. 기다렸다는 듯 유중혁도 이쪽을 보았다.

"김독자."

하늘에 시커먼 소용돌이가 나타나고 있었다.

내가 아주 잘 아는 소용돌이였다. 시나리오에 '재앙'이 나타났을 때만 열리는 저주받은 배출구. 유중혁이 낮게 침음하며 말했다.

"……그레이트 홀."

'재앙 시나리오'는 본래 초반 시나리오 지역에만 나타난다.

제1 무림에 뜬금없이 재앙이 출현할 리 없었다. 20번대 이후 시나리오 지역에서는 재앙이 출몰하지 않으니까. 그런 지역에서 홀이 열리는 경우는 오직 하나뿐이다.

"도망쳐라."

제1 무림에 '대멸망 시나리오'가 시작되려 하고 있었다.

2

　스타 스트림에서 '멸망 시나리오'는 크게 두 종류로 나뉜다.

　첫 번째는 성운들로 인해 '네임드'화되어, 일종의 신화神話
가 된 대멸망 시나리오. '라그나뢰크'나 '기간토마키아'가 여
기에 해당한다.

　두 번째는 불규칙적으로 발생하는 '멸망 시나리오'다. 지금
눈앞에서 열린 그레이트 홀이 바로 그런 경우였다.

　"성좌가 아니군."

　휘몰아치는 하늘을 보는 파천검성의 눈빛이 어두워졌다. 성
좌가 아닌데 저만한 기세를 풍긴다면 답은 하나뿐이었다.

　"이계의 신격들이다."

　이제 성좌가 되었기 때문일까. 홀 너머로 그림자를 드리우
는 신격들의 힘을, 나도 생생히 느낄 수 있었다.

분명 몇 번이나 저 녀석들의 일부를 마주한 적이 있다. 하지만 그때와 지금, 내가 느끼는 감각은 차원이 달랐다. 맹인은 태양을 보아도 눈이 멀지 않는다. 나는 처음으로 내가 성좌가 되었다는 사실이 싫어질 지경이었다.

유중혁이 중얼거렸다.

"……왜 하필 지금 '멸망 시나리오'가 시작됐지?"

이미 1회차와 2회차를 겪은 유중혁은, 나처럼 제1 무림의 미래를 알고 있었다. 원작에서도 제1 무림은 이계의 신격에 의해 멸망한다.

하지만 너무 일렀다.

본래라면 몇 년은 더 지나야 일어날 일이니까.

그런데 뭔가가 그 시점을 앞당겼다.

뭘까. 대체 뭐가 잘못되어서…….

……잠깐만, 설마?

유중혁 또한 마침 비슷한 생각을 했는지 나를 향해 물었다.

"내 생각이 맞는 건가?"

"그런 것 같아."

나는 긴장하며 대답했다. '멸망 시나리오'는 화신들의 가능성을 시험하는 시나리오. 꾸준한 개연蓋然의 획득으로 인해 누적치가 채워지지 않으면, 멸망은 결코 시작되지 않는다.

<u>ㅊㅊㅊㅊㅊㅊㅊ!</u>

그리고 이 청룡성에서 최근에 그만한 개연성을 촉발한 일은 하나뿐이었다.

파천검성이 말했다.

"무도 대회인가."

무도 대회. 그곳에 '성급한 늪의 포식자'를 비롯한 여러 성좌가 가세해 개연성을 지원한 일이 재앙을 불러오는 기폭제가 된 것이다.

[당신을 싫어하는 소수의 성좌가 즐거워합니다.]

빌어먹을 자식들.

"김독자. 대체 거기서 무슨 짓을 벌이고 온 거냐?"

미식협에서 정확히 무슨 일이 있었는지 모르는 유중혁이 내게 화를 냈다. 변명할 말이 없었다. 이미 시작된 시나리오를 되돌릴 방법 따위는 없으니까.

[잠시 후 '멸망 시나리오'가 시작됩니다!]

['이계의 신격'이 침략을 준비 중입니다!]

[해당 시나리오의 비참가자들은 신속히 시나리오를 이탈하기 바랍니다!]

하늘에서 들려온 메시지와 함께, 청룡성 중심부 쪽에서 소란이 시작되었다.

"미친! 저거 뭐야?"

"도망쳐, 빨리!"

다른 시나리오와 달리, '대멸망 시나리오'는 참여 선택권이 있다.

우리처럼 서브 시나리오를 떠도는 화신들은 빠르게 지역 이탈을 감행하고 있었다. 무공 구결이 담긴 파일을 팔던 잡상인도, 그 구결을 듣고 고수가 된 청룡성의 무림인도…… 하늘 위에 홀이 나타난 순간 모두 표정이 달라졌다. 홀 앞에서 인간이 칭하는 '고수'나 '하수' 개념은 완전히 무의미했다.

"뭐야, 무슨 일……."

놀란 장하영과 한명오도 뒤늦게 장원 밖으로 뛰어나왔다.

"탈출해야 되니까 빨리 준비해."

"헉……."

숨을 삼킨 장하영이 하늘을 가리켰다.

그레이트 홀을 뚫고 나온 거대한 촉수 다발이 있었다. 피스 랜드, 그리고 안흑성에서 내가 마주한 ㄱ '이계의 신격' 중 하나가 틀림없었다.

【산 것 들 의 이 야 기 를 탐 할 것 이 다】

음절 사이에 깊이 배어든 지독한 존재감에 몸서리가 쳐졌다. 맥락에 깃든 어마어마한 탐욕에, 도망치던 고수들이 소변을 지리며 주저앉았다.

"으, 으아아아아!"

진언만으로도 정신을 붕괴시키는 거대한 혼돈. 나는 물론이고, 유중혁이 아무리 강해졌다 한들 지금 저런 놈과 맞부딪히는 건 무리다. 이계의 신격은, 약한 개체조차 성좌들을 우습게

짓밟는 힘을 가지고 있다.

'꿈을 먹는 자'를 상대했을 때처럼 [제4의 벽]을 통한 요행을 기대하기도 어려웠다.

['멸망 시나리오' 시작까지 30분 남았습니다.]

여기서는 도망치는 수밖에 없다. 차라리 잘되었는지 모른다.

"파천검성 님."

내가 파천검성을 바라보자 파천검성도 나를 바라보았다.

내가 온전히 헤아릴 수 없는 표정이었다.

「파천검성 남궁민영에게, '제1 무림'은 고향이었다.」

내가 아는 것은 그저 멸살법에 쓰여 있던 문장뿐. 그리고 그 문장들에 의하면, 파천검성은 딱히 여길 지킬 이유가 없었다.

「그러나 당연하게도, 모두가 '고향'을 좋아하는 것은 아니다.」

그녀에게 제1 무림은 그저 타락의 온상일 뿐이었다.

인정을 잃고, 협의를 잃은 세계.

「"무림이 멸망하기 훨씬 오래전부터, 이미 무림은 멸망해 있었다."」

그렇게까지 말한 파천검성이 이곳에 남을 턱이 없었다.

제1 무림은 이렇게 멸망할 것이다. 정확히는, 그래야만 했다.

"스승."

유중혁이 어서 떠나자는 목소리로 채근했다.

그러나 왜일까. 파천검성은 움직이지 않았다. 태산처럼 우뚝 선 채 그저 고요히 소로의 건너편을 바라보고 있었다.

폭동과 탈주로 혼란에 빠진 도시의 정경. 그리고 그 정경을 뚫고 다가오는 한 무리의 인파. 하나하나가 초월을 바라보거나 이미 초월지경에 도달한 고수들. 나는 그들이 누구인지 눈치챘다.

"파천검성, 오랜만이오."

청룡성의 세가주勢家主들이 파천검성을 찾아왔다.

❈ ❈ ❈

가주들이 왜 이곳을 찾아왔는지 예상하기는 어렵지 않았다.

이계의 신격이 무림을 찾아왔고, 멸망은 예정되었다.

멸망 앞에서 무림인의 반응은 둘로 나뉜다. 달아나거나, 맞서 싸우거나. 잃을 것이 별로 없는 이는 전자를 택하겠지만, 오래도록 이곳에서 터를 잡은 화신은 다르다. 세력을 구축하고, 부를 쌓고, 설화를 만들고. 그래서 마침내 무림 권력의 정점에 오른 자들.

"파천검성. 당신 도움이 필요하오."

왼쪽부터 제갈세가, 모용세가, 사천당가, 황보세가, 그리고 남궁세가까지. 제1 무림의 주축을 이루는 다섯 세력의 수장이 모두 이곳을 찾다니, 아마 무림사 전체를 통틀어도 드문 일일 것이다. 그들 뒤쪽에는 거대 방파의 수장들도 모여 있었다.

"부탁하오, 무림을 위해 힘을 빌려주시오."

남궁민영은 가만히 주먹을 쥐었다 펴며 답했다.

"내 힘이 필요하다……."

그 서늘한 음색에 세가주 중 몇몇이 움찔거리며 물러났다. 가장 앞서 나선 이는 눈치 빠른 제갈가의 가주였다.

"부디 우릴 도와주시오. 이렇게 부탁드리겠소."

이들이 이렇게 나오는 이유는 알 만했다. 현 무림 최고수를 자칭하던 빙화신녀가, 파천검성 당사자도 아니고 고작 '제자'에게 패배했다. 심지어 압도적인 실력 격차로.

아마 무도 대회의 충격은 쉬운 길만 달려가던 무수한 고수들에게 경각심을 주었을 것이다.

강림한 성좌조차 물리칠 수 있는 힘.

낡은 초월의 길에 무림인은 다시 향수를 품었고, 다가온 무림의 멸망 앞에서 오랫동안 잊고 있던 인물을 떠올렸다.

"사백조 어른, 부디 후손들을 굽어살펴주십시오."

급기야 파천검성의 본가이던 남궁가의 가주까지 가세했다.

헌앙한 얼굴의 중년. 아마 저자가 10대 고수 중 하나인 남궁진천일 것이다. 절반뿐이지만 파천검성에게는 저 세가의 피가 흐르고 있다. 그 때문인지 고고하던 파천검성도 한순간 눈빛이 흔들렸다.

더는 지켜볼 수 없어 내가 앞으로 나섰다.

"우습군요. 파천검성 님을 먼저 내친 것은 당신들 아니었습니까?"

보통이라면 이들의 공분을 사는 행위는 하지 않았을 것이다. 오히려 마왕 선발전에 함께 데려가는 길을 궁리했겠지. 하지만 지금은 파천검성 쪽이 더 시급하다.

"처음 성좌와 도깨비가 무림을 방문했을 때 당신들이 한 짓을 모두 잊은 모양이군요."

"……넌 누구냐?"

내 말의 진의를 깨달은 세가주들 안색이 일변했다.

아마 그들도 기억하고 있을 것이다. 무림의 정점에 군림하던 파천검성이 왜 몰락한 소로에서 장원을 여는 신세가 되었는지.

그간의 사정을 모두 아는 유중혁만이 내 말에 조용히 입술을 깨물었다.

파천검성 남궁민영은 비뚤어진 외골수이지만, 協俠을 아는 자다.

세파에 휩쓸리지 않기에 남을 탓하지 않고, 명예를 추구하지 않기에 헛된 영욕을 탐하지 않는다. 그렇기에 무림인에게 이용당하며 살았고, 결국 이곳에 버려졌다.

파천검성을 몰락한 무림의 상징으로 남긴 채, 세가주는 자신들의 성을 쌓으며 무림에서 집권해왔다.

"남궁세가주, 당신도 마찬가집니다. 사백조라…… 지금까지 한 번도 파천검성 님을 그렇게 부른 적 없지 않습니까?"

"그, 그건……."

"조금이라도 생각이 있다면 이곳을 찾아올 수 없었을 텐데. 용감한지 멍청한지 모르겠군요. 파천검성 님이 왜 당신들 남궁세가와 결별했는지, 설마 모르는 겁니까?"

거신족과 인간의 혼혈로 태어난 아이.

어린 파천검성이 자라나며 겪은 시련을, 나는 이 세계의 그 누구보다, 어쩌면 유중혁보다도 잘 알고 있었다.

「여자아이가 어찌……!」

「거신족의 저주받은 핏줄이다.」

파천검성은 의문스럽다는 표정이었다. 내가 그런 걸 어떻게 아는지 의아하겠지. 다행이라고 생각했다. 그 의문을 해결하기 위해서라도 파천검성은 나를 따라와야 할 테니까.

"네놈이 뭘 안다고……!"

"닥쳐라! 파천검성, 저자는 대체 누구요!"

흥분한 세가주들이 나를 위협하며 다가오자 유중혁이 흑천마도를 뽑았다.

차라리 잘된 일이었다.

여기서 충돌이 발생하면 그걸 빌미로 이곳을 편히 뜰 수 있을 테니까. 그러나 화난 유중혁이 일갈을 터뜨리기도 전에 갑자기 제갈세가주가 바닥에 엎드렸다.

"파천검성, 지난날의 잘못은 반성하고 있습니다. 되돌릴 수 없다는 것도 잘 압니다."

……빌어먹게도, 어느 세계에나 이런 똑똑한 녀석은 있다.

갑작스러운 제갈세가주의 행동에 다른 세가주가 당황했다. 제갈세가주는 체신도 체통도 모두 내버린 채 간절한 얼굴로 파천검성에게 청했다. 마치 무림의 신神에게 기도를 올리듯이.

"당신이 도와주지 않으면 제1 무림은 멸망할 겁니다."

자신이 원할 때면 언제든 신의 동정을 요구할 수 있으되, 동시에 언제든 그 신앙을 버릴 준비가 되어 있는 신도의 눈빛.

그러자 신도의 목소리에 무림의 신이 응답했다.

"한때는 작은 나무가 모여 숲을 이루었다."

뜬금없는 말에 제갈세가주가 고개를 들어 파천검성을 바라보았다.

"그런데 이제 작은 나무는 모조리 뿌리 뽑히고, 그 땅을 차지한 큰 나무 몇 그루만이 가지를 뻗어 하늘을 덮었구나."

파천검성은 표정 없는 눈빛으로 청룡성의 정경을 바라보았다. 경쟁하듯 올라선 세가의 첨탑들이 홍벽보다 높이 솟아 하늘을 찌르고 있었다. 마치 자신들이 하늘을 대신해 그들을 굽어살피겠다는 듯이.

그제야 나는 파천검성의 말을 이해했다.

"잎과 가지는 무성하지만 이젠 고작 몇 그루의 나무뿐인 것을. 그대들 생각은 어떤가. 그것을 여전히 '숲'이라 부를 수 있겠는가."

무림武林은 오래전에 죽었다.

지금 막 파천검성은 그렇게 선언한 것이다.

"그만 가자꾸나."

무림의 신은 고요히 등을 돌려 세계를 배반했다.

예상보다 일이 쉽게 풀리는 듯해서 나는 만족하며 파천검성의 뒤를 쫓았다. 우두커니 나를 보던 유중혁도, 뒤쪽에서 만두를 챙기던 장하영과 한명오도 재빨리 짐을 챙겨 들었다.

그런데 그 순간, 이상한 메시지가 들려왔다.

[당신의 행동이 ■■의 향방에 지대한 영향을 미쳤습니다.]

……뭐?

['2차 수정본'의 업데이트가 시작됩니다.]

2차 수정본 업데이트.

예상치 못한 시점에 들려온 그 메시지에 한순간 생각이 많아졌다.

수정본이 또 나온다는 것은, 내 행동으로 인한 미래의 개변이 지속적으로 발생한다는 뜻이었다. 즉 1차 수정본을 받은 후 내가 쌓은 서사들이 또 고스란히 모여 새로운 미래를 만드는 데 공헌했다는 것.

그런 생각이 들자 가슴이 두근거렸다.

3회차의 나는 성공했을까?

이번에도, 4회차에는 내가 없을까?

내가 바꾼 이야기로 유중혁은 결말에 도달했을까?

……작가는 대체 왜 내게 이걸 계속해서 보내주는 것일까?

['2차 수정본'의 업데이트가 진행 중입니다.]

아직 파일이 업데이트되기 전이기에 확신할 수 있는 것은 없었다. 상황이 더 나빠졌는지 좋아졌는지도 모른다. 사실 지금 생각해야 할 것은 새로운 수정본의 향방이 아니라 당장 눈앞의 전개였다.

"파천검성! 달아나려는 거요? 당신이 살아온 이 세계를 모두 내버리고 도망가려는 거냔 말이오!"

내가 잠깐 멸살법에 정신이 팔린 사이, 고수들이 일제히 기립했다. 제일 크게 성토하는 이는 가장 먼저 무릎을 꿇었던 제갈세가주였다.

"……달아나? 이 내가 말이냐?"

"지금 이게 달아나는 게 아니면 뭐란 말이오!"

"재미있구나, 아이들아."

목소리에 깃든 짙은 조소. 그에 반응한 무림인들이 일제히 기합을 지르며 기세를 발출했다.

고오오오오!

하나하나가 제1 무림에서는 내로라하는 고수들. 거기에 세 가주들 마력까지 더해지자 장원 일대에는 위협적인 마력 파장이 몰아치기 시작했다. 기세를 끌어올리는 세가주들을 향해 파천검성이 진각을 내디뎠다.

"커허헉!"

믿을 수 없는 광경이었다. 파천검성의 진각을 중심으로 퍼져나간 충격파는 저쪽에서 발출한 마력파를 정확히 상쇄한 뒤, 상대의 몇 배나 되는 공력으로 고수들 전원에게 내상을 입혔다.

모든 것이 간단한 발 구르기 한 번으로 일어난 일이었다.

이것이 바로 제1 무림의 재앙이라 불리는 파천검성의 힘.

핏줄기를 흩뿌리며 쓰러진 고수들이 원망스러운 눈길로 파천검성을 올려다보았다.

"파, 파천검성!"

"우릴 버리지 마십시오! 제발!"

이만한 힘이라면 멸망을 막을 수 있을 거라 믿었을까. 피를 토하는 무림인들 표정에 절망보다는 오히려 희망의 그림자가 내비치고 있었다. 파천검성이 감정 없는 눈으로 그들을 내려다보는 사이, 하늘의 그레이트 홀은 점점 더 커지고 있었다.

쿠구구구구.

이제 정말 더는 지체할 수 없었다.

"비유."

허공에서 나타난 비유가 포털을 열기 시작했다. 문제는 그 포털이 있는 위치였다. 아무리 찾아도 우리 주변에 포털은 보이지 않았다.

'정체불명의 벽'을 통해 배운 [백리안]으로 포털 위치를 확인한 장하영이 말했다.

"……포털이 열린 게 저쪽 같은데. 설마 광장까지 달려가야 하나?"

장하영이 가리킨 쪽에는 처음 우리가 청룡성으로 왔을 때 도착한 광장이 있었다. 나는 비유에게 재촉했다.

"비유. 이쪽으로 포털을 옮겨줄 수 없어?"

[바앙.]

비유가 시무룩한 얼굴로 고개를 저었다.

무소속 도깨비는 이런 부분에서 힘의 제약을 받는지도 모른다. 아니면 비유가 아직 아기 도깨비라 그럴 수도 있고.

결국 우리는 처음 통과해 온 포털이 있는 곳으로 다시 움직여야 했다.

뒤쪽에서 왕왕 짖는 소리가 들렸다. 돌아보니 파천신군이 'X급 페라르기니' 조수석에서 고개를 내밀고 있었다.

"타게나, 빨리!"

운전석에 탑승한 한명오가 우리를 불렀다. 우리는 빠르게 차량에 탑승했다.

"출발하죠."

'X급 페라르기니'의 마력 엔진이 굉음을 냈다. 우리를 쫓던 고수들이 경신법을 사용해 쫓아오는 모습이 보였지만, 아무리 고수라 해도 '양산형 제작자'의 신작을 따라오기는 무리였다.

['멸망 시나리오' 시작까지 10분 남았습니다.]

창밖으로 제1 무림의 정경이 보였다.

붉게 물든 하늘. 그레이트 홀에서 운석 파편 같은 것들이 낙하하고 있었다. 충격파에 터져나가는 상점가와, 불길에 휩싸인 무관들. 5대 세가주가 이끄는 대형 첨탑들이 하늘에 도전한 대가를 치르고 있었다.

"으아아아아아!"

건물이 무너지며 지축을 울렸다. 누군가는 붕괴된 건물에 깔렸다. 죽어가는 사람을 안고 울부짖는 무림인이 있었고, 그런 무림인을 끌며 달아나야 한다고 외치는 자도 있었다. 모든 것을 포기한 채 자리에 주저앉은 이도 보였다.

그리고 나는 마치 페이지를 넘기듯 한 세계의 몰락을 지켜보았다.

언젠가 아스모데우스가 그런 말을 했다.

「"시나리오란 더 커다란 멸망을 막기 위한 작은 멸망이지."」

얼마나 더 많은 멸망을 겪어야만 이 모든 이야기가 끝날 것인가.

고개를 돌리자 파천검성과 유중혁도 나와 같은 광경을 보고 있었다.

"도망가, 빨리!"

"하지만……!"

창밖으로 들려오는 젊은 무인들 목소리. 파편에 맞아 외상을 입은 남녀가 도움을 구하는 눈빛으로 주변을 살피고 있었다. 한명오가 먼저 브레이크를 밟았고, 장하영이 이어서 말문을 열었다.

"쟤들 태워주면 안 돼?"

이 녀석이라면 그런 말을 할 거라고 생각했다.

그러나 나는 고개를 저었다.

"안 돼."

한명오가 액셀러레이터를 밟았고, 전경이 다시 움직였다. 장하영이 희미한 원망이 담긴 목소리로 물었다.

"……여기 얼마든지 자리 있잖아."

"우린 이 시나리오 바깥에서 온 자들이니까 밖으로 나갈 수 있는 거야. 저 사람들은 그렇지 않아."

"하지만 사부님도 여기 출신인데 우리랑 같이 갈 수 있잖아."

"이분은 좀 특별하고."

나는 파천검성 쪽을 흘끗 보며 말했다. 파천검성은 거신족의 피를 이은 존재. 태생이 무림의 시나리오에서 출발하지 않았기에 이곳을 벗어나도 다른 시나리오를 받을 수 있다.

창밖으로, 멀어지는 무림인 남녀가 보였다.

"저 사람들은 여기서 벗어나도 어차피 죽어."

이곳에서 태어나 이곳의 시나리오만 받아온 자는 제1 무림에서 벗어날 수 없다. 그럼에도 이곳을 탈출한다면, 즉각 추방자 페널티를 받아 소멸할 것이다.

장하영 표정에 무력감이 깃들었다.

"그런……"

장하영의 기분을 안다. 나도 아주 오랫동안 그 감정 속에 살아왔으니까.

어떤 세계의 위기 앞에, 누군가가 할 수 있는 일은 그저 세계의 페이지를 넘기는 것뿐이다.

['멸망 시나리오' 시작까지 8분 남았습니다.]

[멸망 설화가 강림하고 있습니다.]

새카맣게 변한 하늘이 번쩍거렸다. 어느새 그레이트 홀을 통해 넘어온 촉수가 네 개를 넘어섰다. 커지는 홀을 보는 것만으로 장하영과 한명오는 몸을 떨었고, 유중혁은 침음했다.

나 역시 피부의 솜털이 바짝 서 있었다.

「김독자는 생각했다. 저런 것엔 맞설 수 없다.」

내가 맞서 싸워야 할 존재가 누구고, 내가 앞으로 얻어야 할 힘이 어떤 것인지. 새삼 실감이 났다.

아마 저것도 '거대 설화' 중 하나겠지.

아직은 내가 감당할 수 없는 설화.

하나의 세계를 끝장내기 위해 강림하는 저 설화는 지금껏 내가 알던 설화와는 완전히 종류가 달랐다.

【가 엾 은 시 나 리 오 의 노 예 들 아 도 망 칠 곳 은 없 다】

울려 퍼진 진언에 청룡성의 모든 창문이 박살 났다.

【멸 망 은 너 희 를 뒤 쫓 을 것 이 다】

'양산형 제작자'의 차체조차 진언의 충격을 이기지 못하고 바르르 떨릴 정도였다.

['멸망 시나리오' 시작까지 5분 남았습니다.]

"포털이다!"

다행히 우리는 제시간 안에 포털에 도착했다.

이제 탈출만 남았다.

"갑시다."

파천검성을 얻었고, 미식협에서 데뷔도 그럭저럭 마쳤다. 코인도 충분히 쌓았다. 마무리가 찜찜하기는 하지만, 해결책이 없었다. 제1 무림은 언젠가 반드시 멸망할 세계이고, 그때든 지금이든 내가 그 멸망을 막을 방법은 없다.

그런데 그 순간, 파천검성이 차에서 내렸다.

"파천검성?"

그녀의 표정은 여전히 읽을 수 없었다. 하지만 표정을 읽지 않아도 그녀의 생각은 알 수 있었다.

[무림의 동도들은 지금 즉시 청룡성 광장으로 집결하라.]

이계의 신격에 대항하듯 울려 퍼지는 사자후獅子吼. 성좌의 진언을 연상시키는 웅대한 내공이었다. 달아나던 무림인들이, 그녀의 목소리에 일제히 이쪽을 돌아보았다.

"파, 파천검성!"

"파천검성이다!"

일순간 무림인과 나의 희비가 엇갈렸다. 나는 차에서 내리며 외쳤다.

"잠깐만요!"

혼란스러웠다. 왜 파천검성이 이런 선택을 했을까. 설마 내가 저지른 일들 때문에?

머릿속으로 어떤 생각이 스쳐 갔다.

혹시 2차 수정본이 지금 업데이트되는 것은, 이곳에서 파천검성이…….

['2차 수정본'의 업데이트가 진행 중입니다.]

나는 이를 악물었다.

아직, 2차 수정본은 오지 않았다.

"파천검성! 함께 가야 합니다!"

이곳에 있으면 파천검성은 죽는다.

그러자 파천검성이 대답했다.

"어린 성좌야. 한 그루의 나무는 숲이 아니다."

몹시 불길한 서두로, 파천검성이 나를 향해 말했다.

"그렇다면 몇 그루의 나무가 모여야 숲이 되는지 생각해본 적이 있느냐."

당연히 그런 생각 따위 해본 적 없다.

그 대신 내가 볼 수 있었던 것은, 떨어지는 운석 속에 부러져 나가는 아주 작은 나무들이었다. 너무 큰 나무들이 덮고 있었기에 존재조차 알지 못하던 아주 작은 나무들.

그 나무들이 파천검성을 향해 외치고 있었다.

"사, 살려주세요. 살려주세요, 제발!"

잊고 있었다. 파천검성이 어떤 사람인지.

「그녀가 가진 협은, 너무나 공명정대하여 때로 다른 이들의 정의를 초라하게 만든다.」

모든 초월좌는 저마다 양보할 수 없는 것이 하나씩 존재한다. 파천검성에게 그것은 협이다. 하지만 그녀의 정의를 이해한다고 해서 행동을 묵인할 수는 없었다.

몇 그루의 나무를 숲이라고 부르지 않듯, 한 그루의 나무가 산사태를 막아낼 수도 없었다.

"약속을 잊으셨습니까? 동족을 만나게 해주면 저를 도와준다고 하시지 않았습니까."

"기억하고 있다. 그리고 지킬 것이다."

파천검성은 하늘을 보며 그렇게 대답했다.

아직 온전한 대멸망이 시작되지는 않았기에 '가장 오래된 옛것'들은 나타나지 않을 것이다. 하지만 분명 저 너머에 있는 것은 태고의 맥을 잇는 신격이었다. 적어도 나와 유중혁이 잡은 '꿈을 먹는 자'에 준하는 녀석이 오고 있었다.

"이곳에서 저들을 막은 후 너를 찾아가겠다."

……척준경의 삼검으로도 쓰러뜨리지 못한 존재를 파천검성이 이길 수 있을까?

"스승!"

결국 유중혁이 나섰다. 하지만 파천검성은 완고했다.

"떠나거라. 이번 회차의 가르침은 끝이다."

"나는 당신이 필요합니다."

그 진솔한 말에, 파천검성의 눈동자가 희미하게 흔들렸다.

"무척 매혹적인 말이구나. 이런 상황만 아니었다면 말이지."

"46번 시나리오는 혼자서 이겨낼 수 없었습니다. 반드시 당신이 있어야……."

그 한마디로 '파천검성'이라는 존재가 유중혁에게 어떤 의미였는지 나는 새삼 깨달았다.

파천검성이 유중혁을 향해 희미하게 웃었다.

마치 그런 제자가 기특하다는 듯이. 거대한 파천검성의 손이 유중혁의 머리를 뚜껑처럼 덮었다.

"넌 혼자가 아니다."

그 말을 하며 파천검성의 눈은 아주 잠깐 나에게 머물렀다.

"나는 이곳의 멸망을 막는다."

유중혁이 파천검성을 잘 아는 만큼, 파천검성 역시 유중혁을 잘 이해하고 있다. 그렇기에 유중혁을 떠나보낼 말도 잘 알고 있었다.

"너는 '세계'의 멸망을 막아라."

"파천검성……!"

"그만 가거라."

유중혁은 움직이지 않았다. 녀석의 머릿속에서 쏟아지는 감정의 다발이 고스란히 내게 전해졌다.

['멸망 시나리오' 시작까지 1분 남았습니다.]

결국 내가 유중혁을 잡아끌었다. 나 역시 이렇게 떠나기는 싫었지만, 잘못된 선택을 한다면 3회차는 여기서 종말을 맞게 된다.

"……가야 한다, 유중혁."

망부석처럼 굳어진 녀석이 꼼짝도 하지 않아서 장하영과 한명오가 나섰다. 유중혁을 질질 끌어 차로 옮겨놓자 파천검성이 나를 바라보았다.

"내 제자들을 잘 부탁한다."

차 안에 갇힌 파천신군이 컹컹 짖었다. 유중혁은 완전히 넋
이 나가버린 얼굴로 이쪽을 보고 있었다.

"너도 그만 가거라."

언제나 내려다보기만 하던 그녀가 이제 자기보다 높은 곳
을 올려다보고 있었다. 그러자 하늘도 그녀를 내려다보았다.

【재 미 있 는 피 조 물 이 있 구 나…… 너 는 누 구
냐?】

저 지고한 외신外神이 피조물의 이름을 묻는다는 것. 어지간
한 성좌조차 기가 질려버릴 상황에, 파천검성은 조금의 물러
섬도 없이 입을 열었다.

[나는 이 무림의 신.]

마치 떠나는 자신의 제자에게 들으라는 듯.

오래도록 숲을 지켜온 고독한 거목이 하늘을 향해 자신을
이야기했다.

[파천검성이다.]

3

지상과 하늘이 어긋난 톱니바퀴처럼 덜그럭거렸다. 거대한 존재가 하늘에서 초환되고 있고, 그것을 막는 자가 있었다. 마력파와 거대 설화의 힘이 부딪히며 눈부신 스파크가 터졌다.

['멸망 시나리오' 시작까지 40초 남았습니다.]

상대는 무려 '이계의 신격'.

조금씩 하늘의 천장이 가까워져 오고 있었다.

츠츠츠츠츳!

성채 전체를 짓누르는 위압감에도 파천검성은 물러서지 않았다.

아니, 물러설 수 없었다.

자신의 신념이 향하는 길 앞에서 절대로 물러서지 않는 것. 그것이 오직 단 하나의 설화만을 걸어온 '초월좌'의 기치였다.

"맞서 싸워라!"

파천검성의 분전은 절망하던 무림인을 되살렸다.

[다수의 성좌가 해당 시나리오의 상황에 흥미로워합니다.]

[몇몇 성좌가 초월좌 '남궁민영'에게 주목합니다.]

밤하늘의 별들이 몰려오는 소리가 들렸다.

피 냄새를 맡고 쫓아온 피라냐 떼처럼 성좌들이 붉은 밤하늘을 밝혔다. 도깨비들도 기다렸다는 듯 모습을 드러냈다.

[성좌님들, 바야흐로 '멸망'이 도래할 시간입니다!]

어떤 성좌는 침통한 시선으로, 또 어떤 성좌는 흥분한 기색으로 세계의 멸망을 지켜보고 있었다. 제각기 품는 감정은 다르지만, 결국 한 세계의 몰락도 그들에게는 유희 거리에 지나지 않는다.

……마치 내가 그랬듯이.

순간 여러 가지가 머릿속에서 헝클어졌다. 미식협에서부터 쌓여온 생각들이 무질서하게 뇌리를 헤집었다. 만약 이곳에서 '무림'을 버린다면, 저들과 다를 게 뭐지?

"파천검성! 나는―"

내가 성좌의 '격'을 끌어올리자 이변이 발생했다.

[성좌, '긴고아의 죄수'가 당신의 선택을 기대합니다.]

[다수의 성좌가 당신의 존재에 주목합니다!]

파천검성에게 몰렸던 주목이, 내게 쏠리고 있었다.

【너 는⋯⋯?】

여기서 '이계의 신격'의 눈에 띄면 무림을 벗어날 수 없게 된다. 그 사실을 아는 파천검성이 나를 막았다.

"이곳은 네 전장이 아니다."

마치 이 페이지는 내게 허락되지 않았다는 것처럼.

"이 세계는 이곳 사람들에게 맡겨라."

파천검성에게 무림이 어떤 곳이었는지는 모른다. 멋대로 그녀를 신으로 떠받들고, 경외시하며, 동시에 몰락시킨 장소.

그럼에도 이 순간 파천검성은 무림을 지키기로 결심했다.

[29번 시나리오 지역, '제1 무림'에 쌓인 설화가 폭주합니다.]

그러자 무림도 파천검성에게 응답했다.

[29번 시나리오 지역이 자신의 수호자를 찾습니다.]

['제1 무림'이 '파천검성 남궁민영'을 바라봅니다.]

['거대 설화'의 가능성이 발아합니다.]

메시지에 파천검성이 희미하게 동요했다. 아마 그녀도 처음

듣는 메시지였을 것이다. 누군가가 세계를 멸망시키려 한다면 세계도 멸망에 반응하기 마련이다.

「이 세계에서, 역사를 쌓은 모든 것은 의지를 가진다.」

무림인의 피와 살, 땀과 노력으로 응어리진 땅.

그 땅 위에 새겨진 설화들이 파천검성 주변으로 몰려들고 있었다. 눈부시게 빛나는 파천검성의 전신에서 웅혼한 무림의 기상이 느껴졌다.

'거대 설화'의 가능성.

아직 개화하지는 못했지만, 또 발아가 언제일지도 알 수 없지만⋯⋯.

그것은 분명 '거대 설화'의 가능성이었다.

【가 가 가 가 가 가 가】

감정을 알 수 없는 기괴한 언어가 허공에서 쏟아졌다.

마침내 하늘로 다섯 개의 촉수가 넘어오고 있었다.

아무리 '거대 설화'의 가능성을 입수했다고 해도, 역시 파천검성만으로 '이계의 신격'을 막기에는 무리였다. 저들은 아주 오랫동안 그런 '거대 설화'를 마주하며 살아온 존재들이니까.

더 시간을 끌 수 없음을 알았는지 파천검성이 외쳤다.

"어서 가라!"

사자후와 함께 내 몸이 차 안으로 떠밀렸다.

[포털이 발동합니다.]

뒤늦게 정신을 차린 유중혁이 차에서 내리려 했지만 이미 'X급 페라르기니'는 시동을 걸고 있었다.

단 한 순간이었다.

포털을 통과하는 동안 파천신군이 늑대처럼 길게 울었다. 무림의 정경이 천천히 멀어졌고, 얼마 지나지 않아 모든 것은 어둠 속에 묻혔다.

살아남은 사람들은 오랫동안 아무 말도 하지 못했다.

¤ ¤ ¤

['73번째 마계'에 도착했습니다.]

['마왕 선발전'까지 사흘 남았습니다.]

너무 엄청난 일을 연달아 겪은 탓일까. 일행들은 마계로 돌아온 후에도 한동안 말이 없었다. 차의 엔진이 꺼지자 고요한 정적만이 남았다.

"……잠깐 담배 한 대 태우고 오겠네."

한명오는 자리를 비웠고, 장하영은 무릎에 머리를 박았다. 파천신군이 낑낑거렸고, 유중혁은…… 제기랄. 나는 침착하게 숨을 몰아쉬며 이 여정으로 인해 내가 얻은 것들을 생각했다.

마왕 선발전이 코앞이었다. 파천검성을 동료로 영입하기 위해 무렵으로 갔고, 그 과정에서 미식협에도 다녀왔다.

파천검성은 데리고 오지 못했다.
미식협 성좌들은 설득할 수 없었다.

그나마 소득이 있다면 유중혁과 장하영이 더 강해졌다는
것, 초월형에 오른 개 한 마리, 그리고.

[보유 코인: 4,890,875C]

…….

['2차 수정본'의 업데이트가 완료됐습니다.]

스마트폰을 들여다볼 용기가 나지 않았다.
그럼에도 이것을 봐야 한다는 게, 심지어 한편으로는 보는
걸 기대하는 나 자신이 혐오스러웠다.
"김독자."
멍하니 고개를 들자 유중혁이 나를 바라보고 있었다. 녀석
의 마음속에 고인 분노를 차마 읽어낼 수 없었다. 유중혁이 당
장 나를 여기서 격살해도 솔직히 할 말이 없는 지경이었다.
"이제 어떻게 할 거냐."
별다른 고저가 느껴지지 않는 목소리.

나는 미묘한 두려움 속에 [전지적 독자 시점]을 발동했다.

그리고 곧바로 후회했다.

「…….」

「…….」

「…….」

미어터지는 감정 속에 숨이 막혀왔다.

어떤 감정은 말로 형용할 수 없다.

너무나 고되고 깊은 슬픔은 차마 언어가 되지 못한 채 뭉그러진다.

유중혁은 이미 광인狂人이었고.

어쩌면 오래전부터 줄곧 그런 상태였다.

이 사건은 녀석을 더욱 닳게 할 것이다. 터지지 못한 감정들은 다음 회차로 넘어갈 것이고, 녀석의 죽음을 부추길 것이다. 삶의 시간을 마모시키고, 녀석을 고립시킬 것이다.

3회차의 파천검성은 그렇게 잊힐 것이다.

나는 떨리는 입술을 열었다. 말해야 한다. 파천검성은 살아 있을 거라고. 분명 살아서 다시 돌아올 거라고.

하지만 말할 수가 없었다.

[성좌, '구원의 마왕'이 '제1 무림' 지역 시청을 요청합니다.]
[해당 시나리오 지역의 시청이 거부됐습니다.]
[현재 '제1 무림'은 시청이 불가능한 지역입니다.]

파본이라 비어버린 페이지를 마주한 독자처럼, 나는 한참이나 침묵했다. 만약 내가 tls123이었다면, 그래서 정말로 이 세계의 모든 국면을 알고 있었다면 달랐을까.

"또…… 뭔가 해봐야겠지."

내가 할 수 있는 말은 고작 그게 전부였다.

"발악하고, 싸우고, 뒤집어야겠지."

나를 조용히 바라보던 유중혁은 "그런가"라고 한마디를 남기고는 차에서 내렸다.

묻지 않아도 알 수 있었다.

아마 녀석은 나름대로 준비를 하러 갔을 것이다.

그게 유중혁이다. 삶은 포기해도 목표는 포기하지 않는다. 아무리 큰 절망이 있어도, 몇 번이고 또 몇 번이고 도전해 그 절망을 이겨낸다. 그렇게 살아왔고, 그렇게 살아갈 것이다.

그리고 끝내 불행해질 것이다.

유중혁이 떠난 자리에 녀석의 심상 속에서 유일하게 읽을 수 있었던 문장 한 줄만이 내게 남았다.

「네놈답지 않았다.」

각인처럼 새겨진 그 문장을 곱씹으며 스마트폰을 켰다. 유중혁이 무슨 이야기를 하는지 알고 있었다.

─멸망한 세계에서 살아남는 세 가지 방법(2차 수정본).txt

여기에는 아마 파천검성의 생사가 적혀 있을 것이다. 이번 회차의 성공 여부가 적혀 있을 것이고.
어쩌면 바뀐 '결말'이 적혀 있을 것이다.

['제4의 벽'이 희미하게 흔들립니다.]

떨리는 손가락이 몇 번이고 화면을 헤맸다.
유중혁의 말이 다시 한번 떠올랐다.

「네놈답지 않았다.」

나에 대해 뭘 안다고 그런 소리를 한 건지 모르겠다. 나는 유중혁을 십 년 넘도록 지켜봤지만, 유중혁은 나를 안 지 일 년도 채 되지 않았다. 그런 놈이 나에 대해 뭘 안다고…….
툭.
나는 화면을 껐다.

뭐가 적혀 있든 무슨 상관이란 말인가. 어차피 내가 만들려는 '이야기'는 이 안에 없을 텐데.

"장하영. 무림을 구하고 싶다고 했지."

곁에 있던 장하영이 눈을 닦으며 고개를 들었다. 녀석을 보며 나는 천천히 입을 열었다.

이게 먹힐지 안 먹힐지는 모르겠다. 하지만 언제나 그렇듯, 일단 저지르는 게 안 해보는 것보다는 낫다.

※ ※ ※

관리국의 집행부 구치소에는 다양한 존재가 구속된다.

주로 수감되는 것은 시나리오 '개연성 적합 심사'에 걸린 성좌나 초월좌였다. 하지만 어지간한 경우가 아니면 개연성을 어겼어도 집행부가 직접 나서는 경우는 드물었다. 어차피 개연성을 무시한 성좌는 알아서 후폭풍에 휩쓸려 뒈지거나 슬금슬금 몸을 사리기 마련이니까.

하지만 이 사내의 경우는 집행부가 나서지 않을 수 없었다.

도깨비 '영기'는 한숨을 쉬며 수감실의 개연성 그물에 갇힌 사내를 바라보았다.

"여기 좀 보십시오."

작은 사내가 영기를 돌아보았다. 영기는 사내의 잘생긴 얼굴을 보며 말을 이었다.

"슬슬 본래 시나리오 지역으로 복귀하셔야 합니다. 당신의 고향은 이제 안전하지 않습니까?"

"……."

"당신 때문에 그쪽 행성계에 시나리오 진행이 불가능한 상태란 말입니다."

그러자 작은 사내가 코웃음을 쳤다.

"내가 떠나면 네놈들은 또 피스 랜드에 '재앙'을 내릴 테지."

"그러지 않을 거라 이미 말씀드리지 않았습니까?"

"네놈들 말 따윈 믿지 않는다."

으르렁거리는 사내의 말투에 영기가 투덜거리며 물러났다.

이래서 초월좌는 까다롭다. 성좌는 그래도 말을 하면 재깍재깍 알아듣는데, 필멸자인 상태로 고집만 똘똘 뭉친 초월좌는 가끔 이런 말도 안 되는 난장을 피운다.

"기다리는 녀석이 있다. 그놈이 돌아올 때까지는 고향에 머물 것이다."

"기다린다? 누구를 말입니까?"

"그놈이 오면 알아서 떠날 것이다."

영기가 그럴 수는 없다며 입을 열려는 순간, 수감소 출입문이 열리며 새로운 수감자가 등장했다.

[그르르르…… 빌어먹을 도깨비 놈들아!]

거센 진언에 수감소 전체가 쩌렁쩌렁 울렸다. 집행부 도깨비에게 포박당한 성좌가 걸어 들어오고 있었다. 도마뱀을 닮은 외형의 성좌였다.

[그 개자식이 나한테 사기를 쳤다! 내 코인을 훔쳐 간 건 그

놈인데 왜 그놈을 안 잡고 나를 잡는 것이냐!]

"빚을 변제할 방법을 찾지 못하신다면 설화를 차압하는 수밖에 없습니다."

가볍게 한숨을 내쉰 영기가 고개를 절레절레 흔들었다. 대충 어떤 상황인지 알 것 같았다.

또 코인 빚쟁이가 오셨군.

가끔 저런 경우가 있다. 무리한 대출 이자를 갚지 못해 이곳에 오는 이들. 영기가 속으로 혀를 차는 동안에도 성좌의 고함은 계속되었다. 도깨비들이야 그런 소란에 익숙했지만, 이곳에는 익숙하지 않은 사람이 하나 있었다.

"종알종알 시끄럽군."

서늘한 목소리에 '성급한 늪의 포식자'가 고개를 홱 돌렸다.

[뭐? 쥐벼룩 같은 녀석이—]

다음 순간, 쥐벼룩의 전신에서 엄청난 기류가 휘몰아쳤다. 사내의 몸이 허공에 두둥실 떠오른다 싶더니 어느새 찬연한 푸른 전격이 실내를 잠식했다.

[무슨…… 큭……?]

'성급한 늪의 포식자'가 당황한 목소리를 흘렸다. 자신의 격마저 짓누르는 필멸자의 힘. 이제껏 한 번도 겪어보지 못한 일이었다.

쿠드드드드드!

수감소의 '그물'이 고통스러운 비명을 내질렀다. 수감소에 할당된 개연성 이상의 힘이 내부에서 용솟음치고 있었다. 영기를 비롯한 도깨비들이 깜짝 놀라 설치된 '그물' 출력을 높여 봐도 상황은 변하지 않았다.

일순 사내의 몸이 더욱 작아지며 '그물' 사이를 뚫고 튀어나왔다. 엄청난 기세로 폭주한 전격은 그대로 '성급한 늪의 포식자'를 향해 쏘아졌다.

건물 전체를 뒤흔드는 폭음과 함께 희뿌연 먼지가 피어올랐다.

[으…… 으으…….]

폭연이 걷히고, '성급한 늪의 포식자'는 우스꽝스럽게 바닥에 너부러져 있었다. 백청의 주먹은 무려 다섯 명의 도깨비가 달려들어서야 간신히 궤적을 비껴갔다. 그의 주먹이 만든 끔찍한 흔적이 수감소 벽에 그대로 남았다. 그러나 도깨비들은 주먹의 주인을 탓하는 대신 급보를 전했다.

"축하합니다, '성급한 늪의 포식자'. 당신은 해방입니다."

[응? 뭐?]

"방금 당신을 석방하라고 지시가 내려왔습니다. 누군가가 당신 빚을 대신 갚았습니다."

[뭐? 누가?]

이어지는 소식에 '성급한 늪의 포식자'는 방금 있던 일도 잊고 눈을 끔뻑였다. 도깨비가 누군가의 이름을 말하자 '성급한 늪의 포식자'가 의아한 듯 물었다.

[……그놈이 내 빚을 갚았다고?]

수감소 전체를 가득 채울 정도로 환해진 [전인화]의 전격이 도깨비를 향한 것은 그 순간이었다. 도깨비의 멱살을 틀어쥔 사내가 물었다.

"방금 뭐라고 했지?"

"아, 아니 무슨⋯⋯."

"네놈이 방금 말한 이름. 그놈은 지금 어디에 있느냐?"

도깨비가 대답하기도 전에 어떤 메시지가 사내의 귓가로 날아들었다. 잠시 멍한 얼굴로 허공을 올려다보던 사내가 도깨비들을 지나쳐 출입구로 걸어가기 시작했다.

영기가 다급하게 외쳤다.

"잠깐만요! 멈추십시오, 키리오스! 또 고향으로 돌아가신다면―"

"고향으로는 가지 않는다."

역설의 백청, 키리오스 로드그라임이 분노 가득한 미소로 말을 이었다.

"내 제자를 족치러 갈 것이다."

4

우리는 얼마 지나지 않아 유중혁 공단(구 세이스비츠)에 도착했다. 가는 내내 유중혁은 말이 없었고, 공단에 도착한 후에도 비슷했다. 'X급 페라르기니'의 엔진이 꺼지자마자 차에서 내리며 유중혁이 말했다.

"지금부터는 따로 행동하겠다."

"……선발전 때는 올 거지?"

유중혁은 짧게 고개를 끄덕인 뒤 간단히 발을 움직여 시야에서 사라졌다. 녀석이 뭘 하러 갔는지, 또 어디로 갔는지 알 것 같았다. 확실한 건 당분간 녀석의 시야에 걸리는 모든 것이 부서지리라는 사실이다.

"안 잡아도 돼?"

장하영의 말에 나는 고개를 끄덕였다.

어차피 유중혁이 내 말을 들을 걸 전제하고 세운 계획이 아니었다. 유중혁은 마왕 선발전 시작 전까지 무사히 살아 돌아와주기만 하면 된다.

중요한 건 지금부터 내가 해야 할 일이다. 나는 자잘한 절차를 무시하고 곧장 아일렌의 의회실로 향했다.

"오래도 걸리셨네요."

오랜만에 본 아일렌은 바쁜 공단 업무에 수척해진 듯했다. 안경을 밀어 올린 아일렌이 그간 있던 일을 보고 자료로 제출했다.

"공작님들 떠나신 이후로 다른 공단의 끄나풀이 나타나서 고생을 좀 했는데…… 당원들이 알아서 잘 처리했어요."

"당원?"

"유중혁 당. 몰라요? 아침마다 '나는 유중혁이다' 외치고 돌아다니는 애들 있어요. 떠나시기 얼마 전에 창설됐는데 못 보셨나 보군요."

그게 그놈들이었나? 젠장. 나는 가끔 환청이 들리는 거라고 생각했는데.

아일렌도 자기가 한 말이 어이가 없는지 고개를 절레절레 흔들었다.

"최근에는 '징벌자'를 추종하는 무리도 만들어지고 있어요."

"그 여자 정체는 밝혀졌어?"

"못 밝혔어요. 공작님들 떠난 직후에 그 여자도 갑자기 없어졌거든요."

"없어져?"

순간 이상한 가설이 머릿속을 스쳤다. 하지만 아무리 다시 생각해도 말이 안 되는 일이었다. 아무렴, 그딴 일이 있을 리가 없지.

아일렌이 작게 한숨을 쉬며 말했다.

"근데 난 왜 계속 당신한테 보고하는지 모르겠군요. 이 공단 주인은 유중혁 공작인데."

"누구한테 하든 무슨 상관이야. 어차피……."

"공작께서는 이제 본인 공단으로 가셔야죠?"

그러고 보니 여긴 내 공단이 아니었다. 다시 마계로 돌아왔으니 김독자 공단(구 길로바트) 현황을 살피러 가야 한다. 마르크한테 맡기고 떠났는데 지금쯤 어떻게 됐을지 모르겠다.

나는 창밖으로 비치는 공단 풍경을 내려다보았다.

이곳에 오고 많은 일이 있었다. 내가 자리에서 일어서자 아일렌도 따라 일어났다.

"저, 공작님."

무슨 생각을 한 걸까. 아일렌의 표정이 묘했다. 뭔가 시원섭섭한 것 같기도 했고, 서글픈 것 같기도 했다. 그럼에도 천천히 입을 여는 그녀의 목소리는 담담했다. 멸살법을 통해 아일렌을 학습한 나는, 그녀가 언제 그런 목소리를 내는지 알고 있었다.

아일렌은 잠시 품을 뒤적이더니 작은 상자를 내밀었다.

"전에 부탁하신 거예요."

상자에는 작은 시계가 몇 점 들어 있었다. 나는 그중 하나를 꺼내 살펴보았다.

정교한 회로 작업을 통해 설계된 작은 회중시계. 손을 가져다대자 시계 위로 옅은 진동이 느껴졌다. 느리지만 확실하게 움직이는 시간의 감각 속에, 그동안 있었던 일들이 머릿속을 스쳐 갔다.

이야기의 지평선, 혁명가 게임……

닿지 않는 곳으로 물러난 기억들이 째깍째깍 소리를 내며 멀어지고 있었다. 나는 시계를 한참이나 들여다보았다. 다시 아일렌을 보았을 때, 그녀는 양쪽 손목을 겹친 채 나를 보고 있었다. 그 손목에도 비슷한 모양의 시계가 채워져 있었다.

"유중혁 공작님."

양쪽 손목을 십자로 교차하며 겹치는 동작. 아일렌이 살던 고향, '린드버그'에서 떠나는 이를 배웅할 때 취하는 인사법이었다.

두 개의 맥박을 교차해 상대에게 그 진동을 전하는 것.

시계 초침이 움직이듯 아일렌의 맥박이 공기를 통해 내게 전해졌다.

"이 공단은 당신의 시간을 잊지 않을 것입니다."

❄ ❄ ❄

유중혁 공단을 떠난 후 곧장 김독자 공단이 있는 방향으로 향했다. 본래라면 일주일은 족히 걸릴 거리지만, 'X급 페라르기니'의 도약 엔진을 사용한다면 두 시간이면 충분했다.

조수석에 앉아 지나가는 전경을 바라보며 아일렌이 남긴 말에 관해 생각했다.

—도깨비가 하나, 혹 달린 불길한 족속이 하나, 성좌도 몇몇 왔었어요.

도깨비라면 관리국 쪽일 가능성이 높고, 혹 달린 족속은 당연히 혹부리를 말하는 것일 테지. 성좌들은 수식언을 남기지 않았기에 누구인지 짐작이 가지 않았다.

—조심하세요, 마계의 많은 강자가 당신을 보고 있어요.

말하지 않아도 안다. 채널에 흐르는 기류만 봐도 심상치 않으니까.

[상당수의 성좌가 당신의 행동에 주목하고 있습니다.]
[절대악 계통의 성좌 사이에 당신의 수식언이 퍼지고 있습니다.]
[성좌, '악마 같은 불의 심판자'가 당신을 걱정스러운 눈빛으로 바라

봅니다.]

이제 마왕 선발전까지 사흘 남았다.

문득 뒷좌석을 보니 장하영과 파천신군이 서로 끌어안은 채 곤히 잠들어 있었다.

"다들 피곤했나 보군. 금세 곯아떨어지는 걸 보니."

운전석의 한명오가 쓴웃음을 지으며 말했다.

"안 피곤하십니까?"

"전혀. 독자 씨도 피곤하면 조금 자두게."

한명오는 'X급 페라르기니'의 기능을 이것저것 시험해보려는 듯 계기판을 유심히 매만지고 있었다. 그러고 보면 한명오는 예전부터 차를 좋아했다. 내 시선을 의식했는지 한명오가 괜한 헛기침을 하며 입을 열었다.

"험험, 인생이 쉽지 않지?"

"……?"

"내가 살면서 느낀 건데…… 인생이 원래 그래. 딱히 아무것도 안 해도 잘 풀릴 때도 있고, 뭘 해도 더럽게 안 풀릴 때도 있는 법이지."

갑자기 무슨 얘기를 하나 했더니 내 표정을 보고 또 지레짐작한 모양이었다. 나는 쓴웃음을 지으며 한명오를 새삼 들여다보았다.

한명오도 마계에 와서 정말 많은 일을 겪었다. 어떤 의미에서 나보다 더 힘든 시간을 보내왔을지도 모른다.

"부장, 뭐 하나만 물어봐도 됩니까?"

"뭐든 물어보게."

아무래도 이 세계에서 아이를 낳은 남자는 제법 믿음직한 표정을 지을 수 있게 되는 모양이다. 나는 스마트폰 화면을 켰다 끄기를 반복하며 할 말을 생각했다. 그런 행동을 어떻게 받아들였는지 한명오가 갑자기 입을 열었다.

"……많이 고통스러웠네."

"뭐가 말입니까?"

"자네가 묻고 싶어하는 것 말일세. 인간이 견디기 힘든 고통이야."

한명오가 무슨 얘기를 하는지 깨달았다. 아니, 딱히 그런 걸 물을 생각은 아니었는데…….

그래도 굳이 말을 한다니 궁금해지기는 했다.

"어디로 나온 거죠?"

"마음으로 낳았네."

"아팠습니까?"

어느새 담배를 한 대 꺼내 문 한명오의 표정은 진지했다.

"처음에는 그냥 죽일 생각이었네."

쓸쓸하게 뱉어낸 담배 연기가 호를 그리며 창밖으로 날아갔다.

"수치스러웠고 치욕스러웠네. 어이가 없기도 했고. 내가 왜 이런 꼴을 당해야 하나 싶기도 했지."

"……."

"드라마에서 나오던 방법도 써봤네. 그 왜 있잖은가. 간장을 많이 먹는다든가 하는. 때가 때인지라 구하기가 쉽지 않더군."

한명오에게 이런 이야기를 듣고 있자니 도무지 현실감이 없었다. 분명 나로서는 상상도 할 수 없는 고충이었을 것이다.

"무서웠네. 괴물이면 어떡하나. 이 녀석이 나를 잡아먹으면 어떡하나. 어느 날 갑자기 배를 찢고 튀어나와 나를 죽인다면……."

"……."

"홀로 무수한 밤을 지새우고, 괴수들을 피해 다니면서도 줄곧 그 고민뿐이었네. 이 녀석을 어떡하지. 죽여야 하나, 살려야 하나, 낳아야 하나, 아니면……."

[전지적 독자 시점]을 쓰지 않았는데도, 한명오가 도망치고 또 도망쳤을 무수한 시나리오의 밤들이 머릿속을 스치는 것 같았다. 한명오는 내가 한 번도 본 적 없는 표정으로 말을 이었다.

"그런데 그거 아나? 우습게도 그걸 고민하는 동안 수개월이 지났다네. 그동안 나는 살아남았던 거야."

한명오가 이 장대한 시나리오에서 살아남을 수 있던 이유.

"그때 문득 깨달았지. 아, 어쩌면 이 녀석이 나를 살린 걸지도 모르겠구나. 그래서 결심했네. 살리든 죽이든, 일단 낳아는 보자."

툭, 하고 떨어진 담뱃불이 창밖으로 날아갔다. 한명오가 주섬주섬 새 담배를 꺼냈다. 그 짧은 사이, 한명오의 시선은 황

망히 멀어졌다 돌아왔다.

나는 한명오를 잘 알았다. 내가 아는 최악의 인간 열 명을 꼽으면 반드시 들어갈 인물이다. 그럼에도 왠지, 그 순간만큼은 한명오가 괜찮은 사람처럼 느껴졌다.

"한없이 예쁜 아이였어. 인간은 아니지만, 내가 낳았다고는 믿을 수 없을 만큼 정말 예뻤지."

"……저도 봤습니다."

아스모데우스가 화신체로 삼을 정도로, 예쁜 여자아이였다.

생각하는 것만으로도 애틋한지, 한명오의 입가에 몇 번이고 미소가 떠올랐다가 사라졌다. 이야기는 제대로 이어지지 않았지만 한명오가 무슨 말을 하고 싶었는지는 알 수 있었다.

잠시 사이를 두고 한명오가 말했다.

"그러니 독자 씨도 해보게."

"……출산을요?"

"아니, 독자 씨가 고민하는 거 말일세."

꺼진 스마트폰 화면에 내 당황한 얼굴이 비쳤다.

"난 독자 씨가 무슨 생각을 하고 사는지는 모르겠네. 솔직히 말해서 원래 독자 씨를 별로 좋아하지도 않았고."

"잘 알고 있던 바입니다."

"그런데 최근 독자 씨가 좀 이상하다는 것 정도는 느낄 수 있어."

나는 입을 다물었다.

"일이 잘 안 풀린다는 것, 알고 있네. 모든 게 원하는 대로는 흘러가지 않겠지. 그래도 너무 연연하지 말고 마음이 이끄는 대로 하게."

"……."

"뭐가 어떻게 되든 그걸 살아내는 사람은 독자 씨야. 제대로 하지 않으면 나중에 분명 후회할 걸세."

정말 세상 오래 살고 볼 일이라고 생각했다. 다른 사람도 아니고 이 남자에게 공감하는 날이 올 줄이야.

불이 들어온 스마트폰 화면에 멸살법 파일이 보였다.

―멸망한 세계에서 살아남는 세 가지 방법(2차 수정본).txt

한명오와 같은 경험은 없다. 아이를 가져본 적도, 가질 예정도 없다. 그런데도 이상하게 나는 한명오의 기분을 조금은 알 것 같았다.

'2차 수정본'을 읽느냐 읽지 않느냐.

지난 몇 시간 동안 머릿속을 차지한 생각은 그뿐이었다.

소설을 읽음으로 인해 내가 영향받을까 무서웠고, 내가 저지른 일의 결과를 확인하기가 괴로웠으며, 내 모든 '미래'가 정해져 있을지도 모른다는 사실이 두려웠다.

하지만 애초에 그런 건 우스운 일이었다.

한명오 식으로 말하자면…….

아직 이 이야기는 제대로 태어나지도 않았다.

나는 망설임 없이 멸살법 파일을 열었다. 그리고 언제나 그랬던 것처럼 열심히 읽기 시작했다. 2차 수정본도 4회차에서 시작하고 있었다.

「그때도 그랬다. 3회차에서도, 그 녀석이 아니었다면 스승은 그곳에서 죽었을 것이다.」

어떤 서술은 나를 안심시켰고.

「그럼에도, 바꿀 수 없었다.」

어떤 서술은 여전히 바뀌지 않았다.

「그 녀석은 이번 회차에 없다.」

유중혁의 4회차에는 여전히 내가 없었다.

「3회차는 실패했다.」

예상한 일이기에 당황하지 않았다. 작가가 왜 이런 걸 내게 보냈는지는 모르겠다. 겁주기 위해서일 수도 있고, 아니면 자신이 원하는 결말을 위해 나를 이용하려는 것일 수도 있다.

애초에 파일을 보낸 게 정말 작가인지도 알 수 없었다.

나는 심호흡을 한 후 천천히 눈을 감았다 떴다.

그리고 마치 [제4의 벽]이라도 된 것처럼 생각했다.

「김독자는 생각했다.」

마치 소설 속 문장을 적듯이.

「당신이 무슨 결말을 원하는지는 모르겠다. 하지만 그게 무슨 결말이든, 나는 오직 내가 원하는 결말을 만들 것이다.」

그 문장을 적으며 잠시 허공을 바라보았다.

당연하게도 돌아오는 대답은 없었다.

대신 반응한 것은 [제4의 벽]이었다.

['제4의 벽'이 즐거운 듯 꿈틀거립니다.]

멀찍이 공단의 정경이 보였다. 처음으로 방문하는 '김독자 공단'의 외관이었다. 그런데 갑자기 한명오가 급격히 속도를 줄였다.

"무슨 일입니까?"

"……시나리오가 진행되고 있네."

시나리오? 그럴 리가.

아직 마왕 선발전은 시작하지도 않았는데?

[히든 시나리오 지역에 입장하시겠습니까?]

한명오는 조심스레 차량을 우회하며 공단으로 접근했다. 공단의 출입구는 한 명의 경비병도 없이 휑하게 뚫려 있었다. 창문을 열자 공단의 안쪽에서 소리치는 말들이 가감 없이 들려왔다.

"내가 김독자다!"

"아니다, 나다!"

"내가 김독자다! 나라고!"

나와 한명오가 동시에 서로 바라보았다.

"이게 무슨……."

시스템 메시지가 이어졌다.

[히든 시나리오 - '김독자 게임'이 진행 중입니다.]

내가 자리를 비운 사이 내 공단에서 이상한 일이 벌어지고 있었다.

[히든 시나리오 지역에 입장했습니다.]

[히든 시나리오 - '김독자 게임'에 참가하시겠습니까?]

나를 보던 한명오가 어이없다는 듯 중얼거렸다.

"……저건 또 무슨 일인가?"

허공을 올려다보니 비유가 억울하다는 듯 도리질을 반복하고 있었다.

[바앗, 바아앗…….]

비유 짓은 아니었다. 대부분의 히든 시나리오는 메인 시나리오가 그렇듯 스타 스트림의 의지에 따라 발동하니까.

하지만 왜 이런 시점에?

이어진 시스템 메시지가 힌트를 주었다.

[현재 '공단'의 주인이 부재중입니다.]

[비상 승격 시나리오가 발동 중입니다.]

아무래도 내가 자리를 너무 오래 비운 모양이었다.

"스타 스트림이 제가 공작위를 계승할 의지가 없다고 판단한 것 같은데요."

"이제라도 왔으니 괜찮은 거 아닌가?"

"그렇다면 좋을 텐데요."

내가 공단에 진입하고도 시나리오 현황은 변하지 않았다.

어쩌면 유중혁과 내가 저지른 상호 사칭 행위 때문에 스타 스트림의 시나리오가 꼬였을 가능성도 있었다. 그때도 오류가 발생했다는 메시지가 떴으니…….

"……뭐야, 김독자 게임? 자유 참가 시나리오네?"

뒷좌석에서 부스스 눈을 뜬 장하영이 기지개를 켜며 중얼 거렸다.

[현재 '공단'의 '진짜 김독자'를 선출 중입니다.]

자칫하면 이대로 내 이름을 빼앗기게 생겼다. 나는 한명오 에게 물었다.

"혹시 참가하실 겁니까?"

"내가 왜 그런 짓을 하겠나?"

"장하영, 너는?"

"난 김독자 되기 싫어."

홱 돌린 얼굴이 왜인지 뾰로통하게 토라져 있었다.

"……구원의 마왕이라면 모를까."

아무래도 현실을 외면하기 위해 나와 '구원의 마왕'을 분리 하기로 한 모양이었다. 마지막으로 파천신군을 바라보았다.

왕왕!

나는 고개를 끄덕였다.

"그럼 저만 참가하는 걸로 하겠습니다."

"괜찮겠나? 저기서 무슨 일이 있을 줄 알고……."

"뭔 일이 있든 가야죠. 제 공단인데."

시나리오 참가 신청을 하자마자, 곧바로 메시지 창이 떠올 랐다.

〈히든 시나리오 - 김독자 증명〉

분류: 히든

난이도: ???

클리어 조건: '김독자 공단' 인근 채널 성좌들에게 자신이 '김독자'임을 증명하시오.

제한 시간: 3시간

보상: '김독자 공단'의 공작위 계승, 200,000코인

실패 시: ???

* 해당 시나리오의 '김독자 지망생'은 시나리오가 끝날 때까지 모두 '똑같은 외형'으로 보이게 됩니다.
* 제한 시간 내에 성좌들에게 가장 많은 점수를 받은 '김독자 지망생'이 '김독자'를 계승하게 됩니다.

……살다 살다 이런 시나리오는 또 처음 받아본다. 당연하지만 이딴 시나리오는 원작에도 나온 적이 없었다.

[새로운 '김독자 지망생'이 입장했습니다.]

[시나리오 제한 시간이 3시간 남았습니다.]

[당신은 성좌들에게 '김독자'임을 인정받아야 합니다.]

[당신은 1,131번째 '김독자 지망생'입니다.]

시나리오 시작과 동시에 나는 '김독자 공단' 광장 외곽에 소환되었다. 이미 곳곳에서 자신이 김독자임을 증명하기 위한 사투가 벌어지고 있었다.

[하하하, 여러분! 그래서야 성좌님들께 인정받을 수 있겠어요? 제대로 된 김독자를 보여달라고요!]

허공에서 들려오는 도깨비 목소리.

내가 자리를 비운 사이 관리국은 무사히 마계 진출을 끝낸 모양이었다. 혹부리 녀석들 방해가 심했을 텐데…… 하여간 이야깃거리가 있는 곳에는 귀신같이 찾아오는 녀석들이다.

[바아앗!]

비유도 분발하겠다는 듯 채널을 확장하기 시작했다.

[다수의 성좌가 채널에 추가로 입장했습니다.]

나는 차분히 주변을 둘러보며 '김독자 지망생'들을 살폈다.

"제가 김독자입니다! 보십시오!"

"내가 바로 김독자다!"

얼굴 부분에 모자이크가 된 채 '김독자'를 외쳐대는 김독자 지망생들. 아마 지금 나도 다른 성좌들에게 저렇게 보이겠지.

……젠장. 뭔가 기분이 이상하다.

대부분의 '김독자 지망생'은 그저 내 이름만 반복해서 연호

할 뿐, 딱히 특이한 제스처를 보이지는 않았다. 공작위에 눈이 멀어 일단 참가하고 본 녀석들이 틀림없었다.

하지만 모든 지망생이 그런 허당은 아니었다.

"내가 예언자 김독자다!"

"내가 바로 '구원의 마왕'이다!"

[몇몇 성좌가 관심을 보입니다.]

[986번 지망생이 10점을 획득했습니다.]

나는 그럴듯한 코스튬을 한 채 '김독자'를 외쳐대는 몇몇 지망생을 보며 잠깐 멈춰 섰다.

"내가 바로 '왕이 없는 세계의 왕'이다!"

[소수의 성좌가 해당 지망생에게 관심을 보입니다.]

[986번 지망생이 20점을 획득했습니다.]

……제법인데? 공단의 중심으로 진입할수록 그럴듯한 말을 하는 녀석이 늘어났다. 결투를 벌이는 김독자들도 보였다. 유독 이 지역만 왜 이렇게 피바람이 몰아치는가 싶었는데, 허공에서 익숙한 성좌의 메시지가 들려왔다.

[성좌, '긴고아의 죄수'가 '진짜 김독자'는 용맹한 녀석이라고 주장합니다.]

……왜 조용한가 했더니 이미 한탕 끼고 있었던 모양이다.

칼날이 허공을 가르는 소리와 함께 피바람이 몰아쳤고, 습격을 당한 김독자 지망생들이 잘린 짚단처럼 자리에 쓰러졌다.

"끄아아아악!"

날카로운 마력의 강기가 다른 지망생의 허리를 양단했다. 몇몇이 달아나는 사이, 살인자 김독자 지망생이 외쳤다.

"이것이 바로 내가 '김독자'라는 증거다."

푸르스름하게 솟아오른 마력의 칼날.

이쯤 되니 나도 놀라지 않을 수 없었다.

[상당수의 성좌가 해당 지망생에게 관심을 가집니다!]
[312번 지망생이 100점을 획득했습니다.]

312번 지망생의 기술은 [백청강기]는 아니지만 모양새가 꽤 비슷했다. 내 쪽을 흘끗 본 312번 지망생이 다시 다른 지망생을 격살하기 시작했다. 한순간이었지만, 녀석과 눈이 마주치는 순간 아일렌의 말이 머릿속을 스쳐 갔다.

—공작님들 떠나신 이후로 다른 공단의 끄나풀이 나타나서 고생을 좀 했는데…….

그제야 일이 어떻게 돌아가는지 조금 알 것 같았다. 지금 이곳의 김독자 지망생 중에는 다른 공단 출신 끄나풀이 있다. 즉 나에 관한 정보를 후원받아 김독자 행세를 하는 놈들이 있다는 얘기다.

마음이 조금 착잡해졌다.

만약 내가 이 게임에서 패배한다면, 엉뚱한 녀석이 마왕 선발전에 김독자로 참가하게 될 것이다.

[소수의 성좌가 당신에게 관심을 보입니다.]
[소수의 성좌가 당신에게 '김독자 증명'을 요구합니다.]

내가 나인 것을 어떻게 증명할 수 있을까. 이곳에는 나를 증명할 주민등록이나 신분증 따위는 없다.

[성좌, '악마 같은 불의 심판자'가 '진짜 김독자'는 전우애를 사랑한다고 말합니다.]

우리엘? 반가움에 소리치려는 순간, 광장 중심부에서 한 지망생이 무릎을 털썩 꿇더니 눈물을 뚝뚝 흘리기 시작했다.

"유중혁! 유중혀어어어억! 일어나! 제발 일어나!"

가상의 유중혁을 품에 안은 채 절규하는 모습. 피식 웃음이 나왔다. 지구 시나리오 복습을 제대로 하지 못한 모양인데, 나는 저딴 대사를 한 적도 없고 할 예정도 없다.

채널 초창기부터 나를 봐온 우리엘이 저따위 연기에 속을 리가…….

[성좌, '악마 같은 불의 심판자'가 눈물을 뚝뚝 흘립니다.]
[성좌, '악마 같은 불의 심판자'가 그다음도 보여달라고 간청합니다.]
[32번 지망생이 300점을 획득했습니다.]

……여기서 우리엘은 믿지 말아야겠군.
고개를 절레절레 저으며 32번 지망생을 지나치는데 이번에는 뜻밖의 수식언이 들려왔다.

[성좌, '심연의 흑염룡'이 '진짜 김독자'는 중2병이라고 주장합니다.]

……심연의 흑염룡?

[성좌, '심연의 흑염룡'이 '진짜 김독자'라면 진정한 중2병을 알고 있을 거라 주장합니다.]

진정한 중2병? 내가 그딴 걸 알 턱이……라고 생각하는데, 놀랍게도 메시지와 동시에 앞으로 나온 지망생이 있었다. 녀석은 앞머리를 길게 늘어뜨린 채 한쪽 손으로 얼굴을 반쯤 가리고 중얼거렸다.
"어이어이, 유상아 씨. 그거 알고 있나? 큭큭. 독자에겐 말이야. 독자의 삶이 있다고."

순간 머릿속이 엄청나게 복잡해졌다. 시나리오가 터지기 전이야기 같은데, 저건 또 어떻게 아는 거지? 아니, 그보다 나는 저런 식으로 말한 적 없다고.

[성좌, '심연의 흑염룡'이 만족합니다.]
[성좌, '심연의 흑염룡'이 97번 지망생에게 300점을 부여했습니다.]

정신이 황폐해지는 느낌이었다.

입술이 부들부들 떨렸다. 이러다간 진짜 말도 안 되는 놈들에게 내 이름을 빼앗기게 생겼다.

침착하게 생각해야 한다.

내가 김독자임을 어필하려면 나와 성좌들만 공유하는 사건을 상기시킬 필요가 있다.

"이 손 놓고 꺼져, 빌어먹을 새끼야!"

[32번 지망생이 200점을 획득했습니다!]

나랑 성좌들만 아는……

"나는 씩 웃는 것을 좋아하지! 가끔 쓰게 웃기도 하지만!"

[97번 지망생이 250점을 획득했습니다!]

나랑 성좌들만……..

"내가 제일 좋아하는 것은 차이나 드레스와 가터벨트다!"

[312번 지망생이 400점을 획득했습니다!]

젠장, 그런 일이 대체 뭐가 있지?

복잡하게 생각하는 대신 쉽게 가기로 했다.

그냥 '구원의 마왕' 간접 메시지를 통해 내가 김독자라고 직접 알리면 되는 것이다.

[해당 시나리오가 진행되는 동안 성좌, '구원의 마왕'은 발언할 수 없습니다.]

……이런 빌어먹을.

[제한 시간이 1시간 남았습니다.]

이제 시간이 얼마 남지 않았다. 나는 조용히 '부러지지 않는 신념'을 손에 쥐었다.

어차피 지망생 숫자는 한계가 있다. 모두 죽이면 최후의 지망생이 진짜 김독자가 되는 것은 자명한 일.

하지만 이 방법은 쓰고 싶지 않았다.

다들 권좌에 눈이 멀어 저러고 있지만, 그중 다수는 내 공단

의 공민일 테니까. 말없이 칼자루를 쥐었다 놓았다 반복하길
몇 번, 나는 이내 한숨을 내쉬며 고개를 저었다.

「네놈답지 않았다.」

빌어먹게도 유중혁 말이 맞았다. 김독자라면 절대 이런 식
으로 일을 해결하지 않는다.

나는 생각했다. 나라면 나를 어떻게 증명할까. 아니, 애초에
'나'를 증명한다는 것은 어떤 걸까.

이변이 발생한 것은 그때였다.

"이것이 바로 [전인화]다! '백청의 역설'이 가르친 궁극의
기술……!"

어설프게 전격이 흐르는 검을 쥔 312번 지망생이 고래고래
소리를 질렀다. 백청의 역설이 아니라 역설의 백청이라고 지
적하려는 순간.

하늘에서 까마득한 번개가 내리쳤다.

"으아아아아악!"

내리친 푸른빛의 번개는 그대로 지망생의 칼날 위에 꽂혀
그의 몸을 산산이 찢어버렸다. 일부 지망생이 비명을 지르며
물러섰고, 성좌들이 좋아하며 마구잡이로 점수를 부여했다.
혼란의 도가니에서 나는 여전히 하늘을 올려다보고 있었다.

쿠구구구구구!

하늘에서 작은 무언가가 떨어지고 있었다.

올 때가 됐다고 생각은 했는데 설마 이렇게 빨리 올 줄이야.

작은 점 같은 것이 무지막지한 굉음을 내며 공단 광장에 상륙했다. 백청의 전격이 광장에 한바탕 휘몰아쳤다.

어마어마한 존재감을 내뿜으며 전격의 중심에 서 있는 작은 사내.

츠츠츳, 튀어 오르는 스파크와 희뿌연 먼지 속에서 목소리가 들려왔다.

[내 제자는 어디 있지?]

잠시 후 목소리의 주인이 만천하에 모습을 드러냈다.

[다수의 성좌가 경악합니다.]

성좌들이 경악하건 말건 작은 사내는 안하무인이었다. 몇몇 지망생이 사내가 누구인지 깨달았다.

"저 체구는……."

"잠깐, 설마?"

그들은 서로 눈치를 보는가 싶더니 후다닥 달려가 사내 앞에 엎드렸다.

"저, 접니다!"

"제가 김독자입니다! 스승님!"

작은 사내 앞에 무수히 많은 김독자들이 엎드렸다. 나는 그 광경을 보며 혀를 찼다. 눈치가 빠른 것은 좋았다.

츠츠츳.

그만큼 몸놀림도 빨랐다면 더 좋았을 텐데.

"으아아악!"

"끄어어어억!"

백청의 전격을 맞은 김독자들이 하나둘 잿더미로 변했다. 친절하게도 제자들을 하나씩 족치며 이쪽으로 다가오시는 스승님을 보며, 순간 깨달았다.

……그런가.

애초에 '나'라는 것은 내가 증명할 수 없는 것이었다.

[당신의 고유 설화가 발동합니다.]

[설화, '귀환자의 제자'가 이야기를 시작합니다.]

왜냐하면 '나'는 결국 내가 아닌 것들로 이루어져 있으니까. 달아나는 무수한 '김독자'들 건너편에 '진짜 김독자'를 아는 사내가 있었다.

[진짜 내 제자는 어디 있느냐?]

여기서 순순히 앞으로 나간다면 다른 가짜 녀석들처럼 갈기갈기 찢기고 말겠지. 그때 익숙한 목소리가 들렸다.

"젠장, 뭐야? 죄다 자기가 김독자래?"

언제 뒤따라왔는지 장하영이 뒤쪽에서 투덜대고 있었다. 나는 장하영을 향해 말했다.

"장하영."

곧바로 이름이 불려 깜짝 놀란 녀석이 움찔 물러서더니 되물었다.

"……김독자?"

나는 가볍게 고개를 끄덕이며 말했다.

"너 [파천검도] 배웠지?"

"……당연히 배웠지. 왜?"

나는 씩 웃으며 두 팔을 활짝 벌렸다.

"지금 나한테 사용해."

5

키리오스는 지금까지 제자를 총 세 번 들였다.

처음 초월좌에 오른 후 한 번, 오십 년이 지난 후 또 한 번. 그리고는 한동안 제자를 들이지 않았다. 들인 제자가 모두 죽었기 때문이다.

한 번은 천마신교의 후계자에게.

그리고 또 한 번은 혈마교의 최고호법에게.

'역설의 백청' 키리오스 로드그라임이 유명해진 것도 그 두 죽음으로 촉발된 사건 때문이었다. 제자들 죽음에 분노한 키리오스는 곧장 천마신교와 혈마교 본거지로 쳐들어갔다.

그때 무슨 일이 어떻게 벌어졌는지는 무림사에도 정확히 알려진 바가 없다. 다만 확실한 것은…….

천마신교의 본거지인 '십만 대산' 절반이 민둥산이 되었고.

혈마교는 제1 무림에서 세력을 철수했다는 것뿐.

그리고 백 년이 지나 키리오스는 다시 한번 제자를 들였다. 키리오스는 모처럼 만난 제자를 향해 물었다.

[……그게 무슨 꼴이냐?]

"불민한 제자가 인사드립니다."

키리오스는 인상을 쓴 채 제자를 바라보았다. 마지막이라는 마음으로 받은 제자였다.

[물었다. 어째서 그런 꼴이냐.]

딱히 재능 있는 녀석도 아니었고, 마음에 드는 구석이 있지도 않았다. 단지 녀석을 보는 순간 아주 오래전부터 알아온 것처럼 친근했다.

'역선의 백청'에게 '친근함'이라니.

그 역설이 너무나 기이했기에 조금 알아보고 싶었던 게 전부다.

"제1 무림에 다녀왔습니다."

키리오스는 몸 곳곳에 피 칠갑을 한 제자를 노려보았다. 피스 랜드에서도 꿍꿍이로 가득하던 녀석이었다. 무공을 훔쳐 달아난 죄를 묻지 않은 것은, 어쨌거나 그의 고향을 구했기 때문이다.

그래서 기다렸다. 언젠가 스스로 반성하고 다시 모습을 드러내기를. 그런데 모처럼 나타난 제자가 저런 꼴이라니…….

키리오스는 눈을 가늘게 뜬 채 말했다.

['파천검도'의 흔적이군.]

"……."

[파천검성의 제자와 부딪힌 것이냐? 아니면 파천검성 본인이냐?]

제자는 답하지 않았다. 키리오스의 기세가 더욱 매서워졌다.

[답하라.]

쿵, 하고 내리찍은 진각에 공단 전체가 짓밟힌 벌레처럼 꿈틀거렸다. 그 후폭풍에 공단 일대의 김독자 지망생들이 고통스러워하며 무릎을 꿇었다. 단지 마력파만으로 성좌들이 격을 개방한 것과 같은 효과. '역설의 백청'의 존재감이었다.

무릎을 꿇지 않은 이는 단 한 사람, 그의 제자뿐이었다.

"이런 모습을 보이고 싶진 않았습니다."

[그게 무슨 뜻이냐?]

"저는 백청의 이름을 더럽혔습니다."

[…….]

"저를 죽여주십시오."

키리오스의 눈썹이 크게 꿈틀거렸다. 이곳에 올 때 받은 메시지가 떠올랐기 때문이다.

―저를 죽여주십시오.

키리오스의 작은 잇몸 사이에서 으드득, 하는 소리가 울려 퍼졌다.

[네놈을 벌하러 온 것은 맞다. 하지만…….]

자신의 제자가 애먼 곳에서 두들겨 맞고 왔다. 게다가 제자
스스로 그 치욕을 이기지 못해 죽여달라 말하는 상황.

그런 상황에서 대체 어떤 스승이 제자를 벌할 수 있을까.

분명 그런 스승도 있기는 하겠지만, 적어도 키리오스는 아
니었다.

[……죽여달라는 놈이 어째서 그렇게 당당한 것이냐?]

"……."

[못난 놈.]

키리오스는 그 말과 함께 제자에게서 등을 돌렸다. 저 자존
심 강한 제자에게 무슨 일이 있었는지는 모른다. 그게 무엇이
든, 가보면 알 수 있을 것이다.

[제1 무림이라 했느냐?]

제자는 답하지 않았지만 키리오스는 이미 걸음을 옮기고
있었다.

[세상은 '파천' 위에 '역설'이 있음을 알게 될 것이다.]

※ ※ ※

키리오스가 사라지자 공단에 흐르던 전운도 씻은 듯 사라
졌다. 키리오스가 지나간 흔적 속에, 김독자 지망생이 줄줄이
누워 있었다.

"아파! 아프다고!"

나를 지망한다는 녀석들이 저 꼴로 있는 걸 보자니 이쪽도 기분이 묘하기는 마찬가지다. 장하영이 물었다.

"……너무 과했던 거 아니야?"

김독자 지망생을 향한 물음은 아니었다. 나는 키리오스가 사라진 포털 쪽을 보며 말했다.

"그래야 움직일 사람이었어."

키리오스는 이미 무림에서 두 명의 제자를 잃었다. 그런 그를 제1 무림으로 보내려면, 비겁한 구실을 만드는 수밖에 없었다.

"저 사람이 파천검성을 죽이면 어쩌려고 그래?"

"그건 걱정 마."

나는 장하영이 입힌 상처 위에 설화 파편을 치덕치덕 문지르며 답했다. 지금이야 내 복수를 하러 가는 것처럼 보이지만, 일이 어떻게 돌아갈지는 두고 봐야 알 것이다. 키리오스급 초월좌라면, 슬슬 제1 무림의 변고 정도는 눈치챘을 테니까.

[당신으로 인해 새로운 서브 시나리오가 촉발됐습니다.]

아마 지금쯤 키리오스는 새 서브 시나리오를 받아 제1 무림에 개입할 개연성을 얻었겠지.

키리오스 또한 '이계의 신격'에게 원한이 있는 존재. 전후 사정을 알게 되면 어쩔 수 없이 파천검성을 돕는 쪽을 택할 것이다. 그리고 모든 게 내가 꾸민 계략이라는 것도 알게 되겠지. 후환이 두렵기는 하지만 지금은 이게 최선이었다.

"그보다 당장 우리 쪽이 더 걱정이야."

"뭐? 왜?"

"원래 키리오스는 여기서 쓸 카드가 아니었어."

그동안 무수한 위기가 있었음에도 나는 장하영을 통해 키리오스를 부르지 않았다. 본래 키리오스는 마왕 선발전의 격전지에서 부를 생각이었기 때문이다.

그 카드를 파천검성을 살리는 데 사용했다. 잘못된 선택인지 어떤지는 모르겠다. 하지만 적어도 떳떳한 선택이라는 점만은 분명했다.

나는 밤하늘을 올려다보았다.

[성좌, '악마 같은 불의 심판자'가 걱정스러운 눈길로 당신을 바라봅니다.]

어떤 별은 나를 걱정하고 있었고.

[몇몇 성좌가 당신을 향해 회심의 미소를 짓습니다.]

어떤 별은 나의 위기를 기회로 여기고 있었다.

나는 별들을 향해 씁쓸히 웃었다.

"충분히 봤으면 이제 결정들 하지 그래."

나는 천천히 숨을 들이켠 뒤 하늘을 향해 공언했다.

"내가 진짜 '김독자'다."

이미 키리오스와의 대화마저 모두 공개된 상황에 더 이상의 증명은 필요 없었다. 아득한 밤하늘의 별들이 동시에 반짝였다.

[성좌, '악마 같은 불의 심판자'가 당신을 '진짜 김독자'로 인정했습니다.]

[성좌, '긴고아의 죄수'가 당신을 '진짜 김독자'로 인정했습니다.]

[성좌, '가장 어두운 봄의 여왕'이 당신을 '진짜 김독자'로 인정했습니다.]

(…)

[극소수의 성좌가 해당 결과에 불복합니다.]

동의하지 않는 놈들은 또 뭔가 싶었지만 어차피 다수결이었다.

[대다수의 성좌가 당신을 '진짜 김독자'로 인정했습니다.]

[당신은 '진짜 김독자'로 인정받았습니다.]

[히든 시나리오가 완료됐습니다!]

[시나리오 보상으로 200,000코인을 획득했습니다.]

주변에 있던 김독자 지망생의 얼굴이 하나둘씩 바뀌기 시작했다. 모자이크가 흩어지고 진짜 얼굴이 만천하에 드러났다. 생전 처음으로 공단의 주인을 확인한 공민들이 경악하며 외쳤다.

"김독자다! 진짜 김독자야!"

"고, 공단의 주인이 돌아왔다……!"

이어서 메시지들이 떠올랐다.

[당신은 '구 길로바트 공단'을 정식으로 계승했습니다.]

[구 길로바트 공단이 '김독자 공단'으로 정식 공언됐습니다.]

[마계에 당신의 위명이 널리 퍼집니다!]

[당신의 유명세가 당신이 가진 설화들을 강화합니다.]

전신을 감싸는 환한 빛살과 함께 한층 더 강화된 설화가 충만하게 차올랐다.

[당신은 마계 공단의 '공작'이 됐습니다.]

이제 외로운 싸움이 시작될 것이다.

¤ ¤ ¤

사태가 진정된 후, 내가 제일 먼저 찾은 곳은 공단 중심지에 위치한 마르크의 집무실이었다.

"……면목이 없네."

"아냐, 이만하면 잘 해줬어."

'김독자 게임'이 시작되며 일어난 폭동에, 마르크를 비롯한 공단 간부는 모두 구금되어 있었다. 나는 마르크의 어깨를 툭 툭 두들기며 말했다.

"최선을 다했다는 걸 아니까."

마르크가 아니라 누구였더라도 '김독자 게임'을 막을 수는 없었을 것이다. 애초에 내가 자리를 비워서 발생한 이벤트니까. 그나마 공단이 이만큼 유지된 것도 마르크 덕분이다. 실제로 마르크는 고향 행성에서 용병단장을 역임했고, 그 때문에 굉장히 높은 [군중 지휘] 스킬을 보유하고 있었다.

나는 마르크에게 주변 동향에 대해 간단한 보고를 들었다.

"곳곳에서 전쟁 소식이 들려오고 있네."

집무실 창밖으로 한 무리의 인파가 공단을 빠져나가는 모습이 보였다. 방금 전까지 시나리오에 참가하던 사람도 있었고, 아닌 사람도 있었다.

"전쟁은 혼자서 하는 게 아닐세. 이미 알고 있겠지만."

"싸울 의지 없는 사람들을 애써 붙잡는 것도 미련한 짓이야."

저들 중 대부분은 '시나리오 지역 이탈'로 페널티를 받아 사망할 것이다. 그럼에도 불구하고 저들은 이주를 결심했다. 그만큼이나 상황이 절망적이라는 뜻이겠지.

[공단의 인구가 줄어 '공장'의 가동력이 감소합니다.]

설화 병기인 공장은 공민의 노동으로 유지된다. 그러니 노동력이 줄어드는 만큼 파워가 낮아지는 것도 당연하다.

하지만 나는 별거 아니라는 투로 말했다.

"공단 전력만으로 승부를 볼 수는 없어. 어차피 적들의 주력도 공단은 아니야."

내가 상대해야 할 공단은 멜레돈과 베르칸.

멜레돈은 성운 〈베다〉, 베르칸은 성운 〈파피루스〉와 손을 잡았다.

동맹 규모로 봐서 성운과 직접 동맹을 맺지는 않았을 것이고, 아마 해당 성운의 일부 성좌와 계약했을 테지.

그렇다 해도 무시할 수 없는 전력이었다. 모르긴 몰라도 아마 마왕 선발전에서 나는 최소 열 명 이상의 성좌와 맞서 싸워야 할 것이다.

"뭔가 방책이 있는 겐가?"

솔직히 말해서 승산이 높지는 않았다.

막 애송이 성좌가 된 내가, 아무리 유중혁의 도움이 있다 해도 그들과 정면으로 싸우는 것은 자살 행위였다.

"방법이야 있지."

하지만 지금은 없어도 있다고 해야 한다.

보고 있는 눈들이 있으니까.

[상당수의 성좌가 당신의 패기에 감탄합니다!]

[성좌, '긴고아의 죄수'가 그 방법이 뭔지 궁금해합니다.]

[2,000코인을 후원받았습니다.]

게다가 실제로 생각해둔 게 몇 가지 있기는 했다. 예전이라면 불가능했겠지만, 지금은 가능해진 방법들.

그런데 그 방법을 쓰기 전에 먼저 확인해야 할 것이 있었다.

['제4의 벽'이 꿈틀거립니다.]

내 마음을 읽었는지 녀석이 곧장 반응해 왔다. 나는 천천히 눈을 깜빡이며 생각했다.

'네 도움이 필요해.'

내 마음을 줄줄이 꿰는 녀석이니 굳이 입밖으로 내뱉지 않아도 무슨 말을 하는지 알 것이다.

'내 특성창을 보게 해줘.'

지금까지는 내 정보를 제대로 모르는 상태로도 어떻게든 싸워왔다.

지금까지는 말이다.

['제4의 벽'이 불안하게 요동칩니다.]

하지만 지금부터는 그런 식이어서는 곤란했다. 적을 알고 나를 알아도 이기기 힘든 싸움. 이미 적에 관해서는 어느 정도 아는 상황이니까 지금부터는 '나'에 관해 알아야 한다.

[제4의 벽]이 위협적으로 이빨을 드러냅니다.]

허공에서 사납게 스파크가 튀기 시작했다.

나는 마르크에게 빨리 집무실 밖으로 나가 있으라고 지시했다. 괜히 여기 있다가 무슨 꼴을 당할지 알 수 없었기 때문이다.

'잠깐만, 내 말 좀 들어봐.'

나는 무슨 제안을 어떻게 해야 이 망할 벽 녀석을 진정시킬수 있을지 생각했다.

'너 설화 좋아하잖아. 이번 일 잘 끝나면 네가 먹고 싶은 거 잔뜩 먹여줄게.'

[제4의 벽]이 눈살을 찌푸리며 당신을 바라봅니다.]

으르렁거리던 기세가 조금 주춤했다. 아예 효과가 없지는 않은 모양이군.

'꼭 확인해야 할 게 있어서 그래. 계속 모르고 있다간 여기서 나 죽을 수도 있다고. 설마 네가 바라는 게 그거야?'

[제4의 벽]이 침묵했다. 다행히 이 녀석도 지금 내가 죽는건 원하지 않는 모양이었다. 한참이나 침묵하던 [제4의 벽]이 입을 열었다.

「'제4의 벽'이 말합니다. '*김 독자.*'」

'응.'

「*내가 없으면 위험.*」

무슨 말인지 알 것 같았다.

[제4의 벽]은 성좌들 시선에서 나를 보호하는 기능도 있었다. 녀석은 자신이 기능을 상실했을 때 성좌들이 내게 해를 가할까 걱정되는 것이다.

'알아. 하지만 이번에는 꼭 봐야만 해.'

내 의지가 완강하자, 잠시 대답이 없던 [제4의 벽]이 입을 열었다.

「*십 초 정도라면.*」

십 초라. 그래, 조금 빠듯하긴 하지만 그 정도면 괜찮다.

「*대신 채 널이 모 두 차 단되어야 함.*」

나는 고개를 끄덕였다.

―비유. 채널에 광고 띄워줘.

도깨비 통신으로 명령을 내리는 순간, 비유가 송출하던 화면이 일제히 꺼졌다.

[다수의 성좌가 갑작스러운 광고 영상에 당황합니다.]

좋아, 이만하면 됐겠지. 그러나 [제4의 벽]은 만족스럽지 못한 투였다.

「'제4의 벽'이 말합니다. '아직 충 분치 *않* 다.'」

'충분치 않아? 뭐가?'

[제4의 벽]은 답이 없었다. 허공을 올려다보자 비유가 무구한 눈망울을 깜빡이고 있었다.
[……바앗?]
분명 비유는 제대로 채널을 차단했다.
그런데도 아직 충분치 않다는 것은…….
순간, 종전에 있었던 시나리오가 떠올랐다.

히든 시나리오 – '김독자 증명'.

지금 이 공단 안에는 그 시나리오를 진행하던 도깨비가 있을 것이다.

나는 창밖으로 시나리오의 폐허를 바라보며 생각했다. 히든 시나리오를 생성하는 것은 스타 스트림이지만, 그 시나리오의 방향을 인도하는 것은 도깨비다.

[다수의 성좌가 불안정한 채널 상태에 항의합니다.]

돌이켜보면, '김독자 증명'은 좀 특이한 시나리오였다.

성좌들 요구를 정확히 아는 듯한 시나리오 진행, 심지어 시나리오 이전의 '나'에 대한 정보까지…….

아무리 생각해봐도 이런 짓을 벌일 녀석은 하나뿐이다.

나는 가볍게 한숨을 쉬고 천천히 입을 열었다.

"비형, 그만 나오지 그래?"

❋ ❋ ❋

"아줌마! 어디 있어? 나 왔어!"

성남시에 마련된 '자애 구호소'.

정부 도움으로 만들어진 이 대피소는, 시나리오 침습으로 인한 부상자를 돌보는 민간 구호 단체 중 하나였다. 한수영은 곳곳에 쓰러져 있는 환자들을 툭툭 걸어차며 소리쳤다.

"김독자 엄마! 김독자 엄마 손 들어봐!"

서슴없는 발길질에 멀쩡히 누워 있던 환자들이 인상을 쓰며 비켜났다. 사색이 된 유상아가 재빨리 뒤쪽에서 다가와 환자들을 수습했다.

"죄송해요! 괜찮으세요? ……이봐요, 한수영 씨!"

유상아의 날카로운 목소리에 한수영이 질색하며 말했다.

"아아아, 잔소리할 거면 저리 가."

"너무 막무가내잖아요. 이 사람들은 환자라고요!"

"나도 환자야."

눈살을 찌푸린 유상아가 화를 내려는 순간, 구호소 문이 열리며 새로운 환자들이 들이닥쳤다. 이계의 괴수에게 당한 화신들. 대형 병동에서조차 감당하지 못한 인파를 구호소에 강제로 떠맡긴 것이다.

주변을 일별하던 한수영 눈에 낯익은 여인이 보였다.

"이설화도 있었네."

의선 이설화.

유중혁의 동료이던 그녀는 이곳에서 환자를 돌보고 있었다.

한수영이 깊게 한숨을 내쉬었다.

"엉망진창이네 진짜…… 그거 알아? 쟤 원래 엄청 나쁜 년이 될 운명이었다는 거."

"그걸 수영 씨가 어떻게 알아요?"

"그냥 알아. 김독자도 아는 걸 내가 왜 몰라?"

김독자를 들먹이는 모습에 유상아의 눈이 가늘어졌다. 그런 유상아를 흘끗 보며 한수영이 말을 이었다.

"김독자가 너무 많은 걸 바꿨어. 죽어야 할 사람도 살리고, 살아야 할 사람도 살리고……."

"……'계시록'에 관한 이야기인가요?"

한수영은 대답 대신 쓰읍, 하는 소리를 내며 품속에서 꺼낸 다크 초콜릿을 하나 까먹었다. 초콜릿의 쓴맛이 입안에 한가득 퍼지자, 어쩐지 한수영의 말투에도 씁쓸함이 배어나오는 것 같았다.

"그 녀석 때문에 미래가 너무 많이 망가졌어. 이야기는 마땅히 흐름대로 흘러가야 하는 법인데. 그랬더라면……."

"그랬더라면, 너도 독자도 '등장인물'과 별반 다를 바 없었겠지."

유상아의 목소리가 아니었다. 한수영이 피식 웃으며 목소리가 들려온 쪽으로 고개를 돌렸다.

"건강해 보이는구나, 수영아."

김독자의 엄마, 이수경이 어느새 뒤쪽에 와 있었다.

"남이야 건강하든 말든."

"우리 독자는 병약한 애를 좋아하는 것 같던데."

"김독자가 뭘 좋아하든 나랑 무슨 상관이야!"

한수영이 빽 소리를 지르자 이수경이 웃으며 고개를 돌렸다.

"오랜만이군요, 유상아 씨. 여긴 무슨 일이죠?"

유상아가 뭐라고 답하기도 전에 한수영이 다시 끼어들었다.

"[길흉화복吉凶禍福]을 좀 봐줘."

길흉화복. 이수경이 배후성인 '시조의 어머니'를 통해 받은 성흔 중 하나였다.

"길흉화복이라…… 늘 자신만만한 것 같더니, 왜 갑자기 그런 잠기에 기대려는 거니?"

"자신감만으로 모든 일이 해결된다면 참 좋겠네."

"아는 정보가 떨어졌구나. 그렇지?"

한수영은 김독자와는 다르다. 한수영은 원작과 초반만 흡사한 파일을 가진 게 전부였다.

"아줌마도 딱히 여유 부릴 상황은 아닐 텐데. 슬슬 밑천 다 털리지 않았어?"

이수경 또한 다를 바가 없었다. 그녀도 아들에게서 들은 원작 정보가 아는 미래의 전부였으니까. 결국 두 사람 다 불확실한 정보만 가졌다는 점은 같았다. 이수경이 옅게 웃었다.

"꼭 나한테 올 필요가 있었니? 상아 씨도 〈올림포스〉를 통하면 미래를 읽을 수 있을 텐데."

"농담이지? 김독자가 〈올림포스〉한테 어떤 꼴을 당했는지 잊었어?"

유상아도 송구스러운 표정으로 덧붙였다.

"미안해요, 저는 지금 당장은 도움이……."

"신경 쓰지 말아요. 나도 〈올림포스〉 상황이 복잡하다는 건 아니까. 지금 한창 내분 중이죠?"

"……네."

유상아가 자신 없는 눈치로 고개를 숙이자 한수영이 말했다.

"앤 안 그래도 성흔 남발하는 바람에 수명 엄청 깎였어. 그러니까 이번엔 아줌마가 좀 희생해."

한수영의 뻔뻔한 말투에 이수경이 피식 웃었다. 가볍게 숨을 몰아쉰 그녀가 천체의 움직임을 헤아리듯 하늘을 올려다 보았다.

"[길흉화복]으로는 구체적인 미래 전망은 알 수 없어. 오직 길과 흉에 대해서만 점칠 수 있을 뿐이야. 알고 있는 거니?"

한수영이 고개를 끄덕였다.

"김독자의 현 상황 정도만 파악해도 충분해."

"흐음?"

이수경이 미묘한 눈빛으로 한수영을 바라보자, 한수영이 재빨리 말을 덧붙였다.

"……그쪽 상황이 어떤지에 따라 한반도가 개박살 날 수도 있어서 그러는 거야. 요즘 성좌들 통해 자꾸 이상한 얘기가 들려와서…… 왜 웃어?"

"그냥 귀여워서."

한수영이 투덜거리듯 말했다.

"빨리 점이나 쳐봐."

"이미 오래전부터 쳐보고 있었어."

"그래? ……김독자 지금 어떤데? 잘 있어? 안전하대?"

이수경이 능글맞게 웃었다.

"글쎄, 일주일 전에는 '중中'이었는데, 또 사흘 전에는 '흉凶'이었다가…….'

"뭐? 흉?"

"그저께는 '혹惑'이었던가…….'

"……혹? 김독자가 뭐 유혹이라도 당했다는 거야?"

한수영이 다급하게 묻자 이수경이 어깨를 으쓱했다.

"어제 잠간 '길흉'이기도 했다가……."

"아 지금은 뭔데, 그래서!"

이수경은 말없이 품속에서 청동경靑銅鏡을 꺼냈다. 한반도 설화의 천부삼인 중 하나인 '천경天鏡'의 파편이었다.

"직접 보렴."

목소리에 담긴 심상치 않은 뉘앙스에, 한수영과 유상아가 동시에 고개를 내밀었다. 초록빛 청동경에 희미한 글씨가 떠올랐다.

— 대흉大凶.

한수영은 순간 자신이 한자를 제대로 읽었는지 의심했다.

"이거 진짜야?"

"〈홍익〉이 망하지 않았다면."

말은 그렇게 하지만 이수경도 편안한 표정은 아니었다. 그때, 천경의 표면이 일렁이며 글씨가 변했다.

"앗……? '조助'라고 뜨는데요?"

유상아의 말에, 두 사람도 천경을 들여다보았다.

도울 조.

너무 의미가 명백하기에 구태여 해석할 필요도 없었다. 한수영과 유상아가 동시에 서로 마주 보았다. 이수경이 가볍게 한숨을 내쉬더니 두 사람을 보며 물었다.

"그래서 둘 중 누가 갈 거니?"

Ⅺ Ⅺ Ⅺ

[⋯⋯역시 김독자는 김독자네. 어떻게 알았어?]

허공에 나타난 비형의 모습은 예전과는 많이 달라져 있었다. 잘 다듬어진 털에는 윤기가 흐르고, 빼입은 거적도 제법 질 좋은 천으로 바뀌었다. 도깨비는 꼬질꼬질한 호랑이 팬티만 입는다더니 그 설화도 전부 옛말인 모양이다.

"한반도 채널은 어쩌고 여기까지 왔냐?"

[좌천된 거지 뭐. 보면 모르겠어?]

"내가 없으니까 잘 안 되는 모양이네."

[알면 빨리 돌아오든가.]

비형은 잠시 나를 바라보았고, 나도 비형을 바라보았다. 우리의 관계는 예전과 달라졌다. 나의 죽음으로 인해, 녀석과 맺은 '스트림 계약'은 사실상 종료되었기 때문이다.

[잘 지냈냐?]

"보다시피."

[네 이야기 많이 들리더라.]

나는 가볍게 고개만 끄덕였다.

[내 채널로 돌아올 생각은 없어? 대우 잘 해줄 수 있는데.]

아마도 이 말은 진심일 것이다. 그리고 진심이기에 더욱 위험한 제안이었다.

"글쎄……."

나는 이제 예전만큼은 비형을 증오하지 않았다. 고된 시나리오에 지쳐 감정이 희석되었기 때문일 수도 있고, 어쩌면 나 역시 저 도깨비들과 다를 바 없다는 것을 깨달았기 때문일지도 모른다.

그렇다고 비형과 손을 잡을 만큼 어리숙하지도 않았다.

어쨌든 비형은 관리국과 끈이 닿은 도깨비고, 관리국은 이 세계에서도 아주 위험한 집단 중 하나니까.

[하긴 넌 원래 그런 녀석이었지.]

비형의 표정이 변하고 있었다. 도깨비는 자신의 채널을 떠난 존재에게 냉담하니 당연한 일이었다. 비형이 적으로 돌아설 수도 있다고 생각해보지 않은 것은 아니다.

다만 생각보다 그 시점이 빨리 올 것 같아 속이 쓰렸다.

[그럼 이건 어때? 나랑 공동 채널을 구축하자. 여기 마계에서만이라도 좋으니까.]

잘못 들었다고 생각했다.

"……진심이냐?"

[한번 생각이나 해봐.]

나쁠 것 없는 제안이었다. 비형과 공동 채널을 구축할 수만 있다면, 비유도 비형 곁에서 여러 가지를 배우며 빠르게 성장할 것이다.

"알았어. 그보다 지금은……."

비형이 '도깨비 통신'으로 말해왔다.

─채널 꺼달라는 거지?

내가 고개를 끄덕였다. 역시 비형이다.

─뭘 하려는지는 모르겠지만, 잘되길 빈다. 지금은 나도 일이 좀 있으니 회포는 나중에 풀자고.

왜 비형이 저렇게까지 호의적인지 납득은 되지 않았다. 어찌 됐든 나로서는 잘된 셈이다. 비형이 설정을 바꿨는지, 다음 순간 채널에서 성좌들 메시지가 들려왔다.

[채널 내 모든 성좌가 채널 연결 상태에 불만을 품습니다!]

나는 곧바로 [제4의 벽]을 바라보았다.

「'제4의 벽'이 말합니다. '오 래 보 지 는 마.'」

[전용 스킬, '제4의 벽'이 해제됐습니다.]

내 세계를 둘러싸고 있던 장막이 사라지는 느낌이 들었다. 나는 때를 놓치지 않고 '특성창'을 켰다.

['특성창'을 확인합니다.]

그리고 막대한 양의 정보가 눈앞에 떠올랐다.

〈인물 정보〉

이름: 김독자

나이: 28세

배후성: 없음

수식언: 구원의 마왕(설화급)

전용 특성: 라마르크의 기린(전설), 마계 공작(전설), 시나리오의

해석자(???), ■■의 사도(???)……

지난번에 제대로 확인하지 못한 내 특성이 이제야 정확히
보였다. 솔직히 조금 의외였다. 내 특성은 당연히 '독자'일 거
라 생각했는데…….

'시나리오의 해석자'라고? 게다가 '■■의 사도'는 또 뭐야?
특성 등급은 왜 표기가 안 되는 건데?

[당신은 최초로 당신의 특성창을 확인했습니다.]

['시나리오의 해석자'의 특성 효과가 발동합니다!]

어쨌든 나는 계속해서 정보를 확인해나갔다. 가장 주의 깊

게 본 곳은 '전용 스킬'이 있는 부분이었다.

> **전용 스킬:** [전지적 독자 시점 Lv.?] [책갈피 Lv.?] [등장인물 일
> 람 Lv.?] [제4의 벽 Lv.?] [독해력 Lv.?]……

본래는 '■'에 가려 보이지 않던 스킬 중 눈에 띄는 것이 하
나 있었다.

[독해력讀解力].

얼핏 보기에는 단순히 뭔가 읽고 이해하는 능력 같지만, 그
게 전부일 것 같지는 않다는 생각이 들었다. 지금까지 내가 얻
은 스킬도 대부분 그랬으니까.

나는 무심결에 특성창을 향해 손을 가져다대었다. 그런데
허공에서 츠츠츠츳, 하는 소리가 들리며 특성창이 뭉그러지기
시작했다.

……벌써 십 초가 다 지난 건가?

처음에는 그렇게만 생각했으나 문제는 생각보다 단순하지
않았다.

귓가에 희미한 이명이 들리기 시작하더니, 갑자기 머릿속이
지끈거렸다. 특성창을 건드린 손끝이 저려왔고, 시야가 어지
러워졌다.

구역질할 것 같았다. 넘을 수 없던 '벽' 너머에서, 뭔가가 나

를 부르고 있었다.

[전용 스킬, '제4의 벽'이 강하게 발동합니다!]

[제4의 벽]이 발동했음에도 상황은 나아지지 않았다.

주변의 모든 풍경이 뒤섞이고 있었다. 합쳐지지 않던 것들이 합쳐지는 광경. 끔찍한 기분 속에서, 잠깐이지만 나는 기묘한 합일감에 빠졌다. 마치 오랫동안 바라온 상태에 도달한 듯한 느낌이었다.

츠츠츠츠츳!

그리고 희한한 메시지가 들려왔다.

[등장인물 '김독자'에 대한 이해도가 상승했습니다.]

뭐? 의식이 깜빡이는 순간, 누군가가 나를 향해 말했다.

「(그게, 오래 보지 말라고 했잖아.)」

[PART 2 - 03에서 계속]

Omniscient
Reader's
Viewpoint

전지적 독자 시점 PART 2-02

1판 1쇄 인쇄 2022년 11월 25일 **1판 1쇄 발행** 2022년 12월 26일
지은이 싱숑
펴낸이 고세규
편집 박정선, 박규민, 백경현 **디자인** 홍세연, 윤석진

발행처 김영사
주소 경기도 파주시 문발로 197(문발동) 우편번호 10881
등록 1979년 5월 17일(제406-2003-036호)
주문 및 문의 전화 031)955-3200 **팩스** 031)955-3111
편집부 전화 02)3668-3291 **팩스** 02)745-4827 **전자우편** literature@gimmyoung.com
비채 카페 cafe.naver.com/vichebooks **인스타그램** @drviche **카카오톡** @비채책
트위터 @vichebook **페이스북** www.facebook.com/vichebook
ISBN 978-89-349-6740-8 04810 책값은 뒤표지에 있습니다.

비채는 김영사의 문학 브랜드입니다.